I0619502

Reise um die Erde in 80 Tagen

JULES VERNE

Reise um die Erde in 80 Tage, J. Verne
Jazzybee Verlag Jürgen Beck
86450 Altenmünster, Loschberg 9
Deutschland

Druck: Createspace, North Charleston, SC, USA

Cover Design: © Can Stock Photo Inc. / Angelique

ISBN: 9783849697433

www.jazzybee-verlag.de
www.facebook.com/jazzybeeverlag
admin@jazzybee-verlag.de

INHALT:

ERSTES KAPITEL.

Phileas Fogg und Passepartout nehmen sich einander als Herr und Diener an.

Im Jahre 1872 wohnte in dem Hause Nummer 7, Saville-Row, Burlington Gardens, – worin Sheridan im Jahre 1814 starb, – Phileas Fogg, Sq., eines der ausgezeichnetsten und hervorragendsten Mitglieder des Reformclubs zu London, der jedoch dem Anschein nach beflissen war nichts zu tun, was Aufsehen erregen konnte.

Dieser Phileas Fogg, also Nachfolger eines der größten Redner, welche Englands Zierde sind, war ein rätselhafter Mann, von dem man nichts weiter wusste, als dass er ein recht braver Mann und einer der schönsten Gentlemen der vornehmen Gesellschaft sei.

Man sagte, er gleiche Byron – sein Kopf, denn seine Füße waren tadellos, – aber ein Byron mit Schnurr- und Backenbart, ein Byron mit leidenschaftslosen Zügen, der tausend Jahre alt werden konnte, ohne zu altern.

Ein echter Engländer unstreitig, war Phileas Fogg vielleicht kein Londoner. Man sah ihn nie auf der Börse, noch auf der Bank, noch auf irgendeinem Comptoir der City. Nie sah man in den Bassins und Doggs zu London ein Schiff, dessen Eigner Phileas Fogg gewesen wäre. In keinem Komitee der Verwaltung hatte dieser Gentleman einen Platz; nie hörte man seinen Namen in einem Advokaten-Colleg, oder im Temple, in Lincoln's-Inn oder Grays'-Inn. Er plädierte niemals, weder beim Obergerichtshof noch bei der Kingsbench, beim Schatzkammergericht oder einem geistlichen Hof. Er war weder ein Industrieller, noch ein Großhändler, noch Kaufmann oder Landbauer. Er gehörte weder dem Königlichen Institut, noch dem Institut von London, noch sonst irgend einer Anstalt der Kunst, Wissenschaft oder Gewerbe an; noch endlich einer der zahlreichen Gesellschaften, wovon die Hauptstadt Englands wimmelt, von der Harmonie bis zur entomologischen Gesellschaft, welche hauptsächlich den Zweck verfolgt, die schädlichen Insekten zu vertilgen.

Phileas Fogg war Mitglied des Reformclubs, nichts weiter.

Wundert man sich, dass ein so mysteriöser Gentleman unter den Gliedern dieser ehrenwerten Gesellschaft zählte, so dient zur Antwort, dass er auf Empfehlung des Hauses Gebr. Baring, wo er sein Geld angelegt hatte, Aufnahme fand. Daher ein gewisses Ansehen, welches er dem

Umstand verdankte, dass von dem Soll seines Kontokorrents seine Wechsel bei Sicht pünktlich gezahlt wurden.

War dieser Phileas Fogg reich? Unstreitig. Aber wie er sich dies Vermögen gemacht, konnten die Bestunterrichteten nicht sagen, und Herr Fogg war der Letzte, an den man sich wenden durfte, um es zu erfahren. Jedenfalls war er nicht verschwenderisch, aber auch nicht geizig; denn überall, wo es für eine edle, nützliche oder großmütige Sache an einem Betrag mangelte, schoss er ihn im Stillen bei, und selbst anonym.

Im Allgemeinen war dieser Gentleman sehr wenig mitteilsam. Er sprach so wenig wie möglich, und schien umso geheimnisvoller, als er schweigsam war. Doch lag seine Lebensweise Jedem vor Augen, aber was er tat, war so mathematisch stets eins und dasselbe, dass die unbefriedigte Einbildungskraft weiter hinaus forschte.

Hatte er Reisen gemacht? Vermutlich, denn kein Mensch war besser wie er in aller Welt auf der Karte bekannt. Auch von dem entlegensten Ort schien er genaue Kenntnis zu haben. Manchmal wusste er, doch in wenigen, kurzen und klaren Worten, die tausend Äußerungen, welche im Club über verlorene oder verirrte Reisende zirkulierten, zu berichtigen, und seine Worte schienen oft wie von einem zweiten Gesicht eingegeben, denn jedes Ereignis rechtfertigte sie schließlich. Es war ein Mann, der überall hin – im Geiste wenigstens, gereist sein musste.

Zuverlässig jedoch war Phileas Fogg seit vielen Jahren nicht aus London hinaus gekommen. Wer ihn etwas näher zu kennen die Ehre hatte, bezeugte, dass kein Mensch ihn je wo anders gesehen, als auf dem geraden Wege von seinem Hause zum Club, den er tagtäglich machte. Sein einziger Zeitvertreib bestand im Lesen der Journale und im Whistspiel. Bei diesem schweigsamen Spiel, welches so sehr seiner Natur angemessen war, gewann er oft, aber seine Gewinne flossen nie in seine eigene Börse, sondern bildeten einen erheblichen Posten auf seinem Barmherzigkeits-Konto. Übrigens ist wohl zu merken, Herr Fogg spielte offenbar um des Spieles willen, nicht um zu gewinnen. Das Spiel war ihm ein Ringen mit einer Schwierigkeit, das jedoch keine Bewegung, keine Platzveränderung, keine Ermüdung kostete, und das passte zu seinem Charakter.

Man wusste bei Phileas Fogg nichts von Weib oder Kind – was dem honnetesten Menschen passieren kann – noch von Verwandten oder Freunden, was allerdings seltener ist. Phileas Fogg war der einzige Bewohner seines Hauses Saville-Row, und kein Mensch sonst kam in dasselbe hinein, einen einzigen Diener ausgenommen, der ihm genügte. Was im Innern desselben vorging, davon war niemals die Rede. Er frühstückte und speiste zu Mittag im Club, zu chronometrisch bestimmten Stunden, in demselben Saal, an demselben Tische, traktierte niemals einen Kollegen, lud nie einen auswärts ein, und kehrte nur zum Schlafen, Punkt zwölf Uhr Nachts, nach Hause, ohne jemals von den wohnlichen

Gemächern Gebrauch zu machen, welche der Reformclub für seine Mitglieder zur Verfügung hält. Von vierundzwanzig Stunden brachte er zehn in seiner Wohnung zu, teils zum Schlafen, teils zur Beschäftigung mit seiner Toilette. Spazieren ging er unabänderlich, mit gleich gemessenem Schritt in dem mit eingelegter Arbeit parkettierten Eingangssaal oder auf dem Rundgang, über welchem ein blaues Glasgewölbe auf zwanzig ionischen Säulen von rotem Porphyr ruhte. Bei der Mahlzeit oder dem Frühstück lieferten die Küche und Speisekammer, die Konditorei, der Fischbehälter und die Milchstube ihre besten Gerichte; die Clubdiener, gesetzte Leute in schwarzer Kleidung und mit Multonschuhen, bedienten ihn auf besonderem Porzellan und Tafelweißzeug von kostbarer sächsischer Leinwand; seinen Sherry oder Porto, seinen mit feinstem Zimt und Frauenhaar gemischten Claret trank er aus dem seltensten Kristall des Clubs; und das Eis, welches der Club mit schweren Kosten aus den Seen Amerikas bezog, erhielt seinen Trunk in erquickender Frische.

Wenn man ein Leben in solchen Verhältnissen exzentrisch nennt, so muss man zugeben, dass Exzentrizität etwas Gutes enthält!

Das nicht eben prachtvolle Haus in Saville-Row empfahl sich durch
größte Bequemlichkeit. Übrigens beschränkte sich, bei den unabänderlichen
Gewohnheiten des Mieters, seine Bedienung auf geringe Anforderungen.
Doch verlangte Phileas Fogg von seinem einzigen Diener eine
außerordentliche Pünktlichkeit und Regelmäßigkeit. An diesem Tage, 2.
Oktober, hatte Phileas Fogg seinen Burschen James Forster entlassen, weil
er ihm zum Rasieren Wasser gebracht hatte, das vierundachtzig anstatt
sechsundachtzig Grad Fahrenheit heiß war, und er erwartete den
Nachfolger desselben, welcher sich zwischen elf und halb zwölf Uhr ihm
vorstellen sollte.

Phileas Fogg saß breit in seinem Fauteuil, beide Füße bei einander, wie ein Soldat auf der Parade, die Hände auf die Knie gestützt, den Leib gerade, den Kopf aufrecht, und sah auf die Pendeluhr, welche Stunden, Minuten, Sekunden, Tag und Datum anzeigte. Nach seiner Gewohnheit sollte Herr Fogg Schlag halb zwölf Uhr sich aus dem Hause auf den Reformclub begeben.

In diesem Augenblicke klopfte es an die Türe des kleinen Salons, worin sich Phileas Fogg aufhielt.

Der verabschiedete Diener trat ein.

»Der neue Diener«, sagte er.

Ein Bursche von etwa dreißig Jahren trat ein und grüßte.

»Sie sind Franzose und heißen John? fragte Phileas Fogg.

– Jean, belieben mein Herr, erwiderte der neue Diener, Jean Passepartout, ein Beiname, der mein natürliches Geschick, mich aus Verlegenheiten zu ziehen, bezeichnet. Ich glaube ein braver Bursche zu sein, mein Herr, doch, offen gesagt, ich habe schon mehrere Geschäfte getrieben. Ich war Bänkelsänger, Bereiter in einem Circus, voltigierte wie

Leotard, und tanzte auf dem Seile gleich Blondin; darauf bin ich Lehrer der Gymnastik geworden, um meine Talente nützlicher zu machen, und zuletzt Sergeant bei den Pompiers zu Paris. Ich habe merkwürdige Brände auf meiner Liste. Nun aber habe ich bereits seit fünf Jahren Frankreich verlassen, und bin, um das Familienleben zu genießen, Kammerdiener in England. Da ich jetzt ohne Stelle bin, und vernommen habe, Herr Phileas Fogg sei der pünktlichste und eingezogenste Mann im Vereinigten Königreiche, so habe ich mich dem Herrn vorgestellt, in Hoffnung, bei demselben ruhig zu leben, und selbst den Namen Passepartout zu vergessen ...

– Passepartout ist ganz passend für mich, erwiderte der Gentleman. Sie sind mir empfohlen. Man hat mir gute Auskunft über Sie gegeben. Sie wissen meine Bedingungen?

– Ja, mein Herr.

– Gut. Wie viel Uhr haben Sie?

– Elf Uhr zweiundzwanzig Minuten, erwiderte Passepartout, indem er eine große silberne Uhr aus seiner Hosentasche hervorzog.

– Sie sind in der Zeit zurück, sagte Herr Fogg.

– Verzeihen Sie, mein Herr, aber es ist nicht möglich.

– Um vier Minuten sind Sie zurück. Gleichviel. Merken wir uns nur die Abweichung. Also von diesem Augenblicke an, elf Uhr neunundzwanzig Minuten Vormittags, Mittwochs, 2. Oktober 1872, sind Sie in meinem Dienst.«

Hierauf stand Phileas Fogg auf, nahm seinen Hut in die Linke, setzte ihn mit einer automatischen Bewegung auf und verschwand ohne ein Wort weiter.

Passepartout hörte wie die Haustüre einmal sich schloss: sein neuer Herr ging hinaus; dann zum zweiten Mal: sein Vorgänger, James Forster, ging ebenfalls fort.

Passepartout befand sich allein im Hause der Saville-Row.

ZWEITES KAPITEL.

Passepartout hat sein Ideal gefunden.

»Meiner Treu, sagte sich Passepartout, der anfangs etwas verdutzt war, ich finde, dass die Hampelmännchen bei Madame Tussaud ebenso lebendig sind, als mein neuer Herr!«

Die Hampelmännchen der Madame Tussaud sind nämlich Wachsfiguren, die in London sehr gerne gesehen wurden, und bei denen man in der Tat nur vermisste, dass sie nicht reden konnten.

Während der wenigen Augenblicke, wo er mit Phileas Fogg zusammen gewesen, hatte Passepartout seinen künftigen Herrn rasch, aber doch genau gemustert. Der Mann von edler und schöner Gestalt, hohem Wuchs, dem einige Wohlbeleibtheit nicht übel stand, mochte etwa vierzig Jahre alt sein, hatte blondes Haar und Bart, eine glatte Stirn ohne auch nur einen Schein von Runzeln an den Schläfen, ein mehr bleiches als gerötetes Angesicht, prachtvolle Zähne. Er schien in hohem Grade zu besitzen, was die Physiognomisten »Ruhe in der Tätigkeit« nennen, eine Eigenschaft, die allen denen gemein ist, welche mit wenig Geräusch ihre Arbeit treiben. Mit Seelenruhe und Phlegma begabt, reinem Auge und unbeweglichen Wimpern, war er der vollendete Typus jener kaltblütigen Engländer, wie man sie im Vereinigten Königreiche ziemlich häufig antrifft, und deren etwas akademische Haltung Angelika Kaufmanns Pinsel zum Staunen treffend dargestellt hat. Sah man diesen Gentleman in seinen verschiedenen Tätigkeiten, so gab er die Idee eines Geschöpfes, dessen sämtliche Teile wohl im Gleichgewicht standen und richtig abgewogen waren, so vollkommen, wie ein Chronometer von Leroy oder Earnshaw. Und in der Tat war Phileas Fogg die personifizierte Genauigkeit, was man deutlich an »dem Ausdruck seiner Füße und Hände« sah; denn beim Menschen, wie bei den Tieren, sind die Glieder selbst ausdrucksvolle Organe der Leidenschaften.

Phileas Fogg gehörte zu den mathematisch exakten Menschen, welche niemals eilig und stets fertig, mit ihren Schritten und Bewegungen sparsam sind. Er hob sein Bein nicht, ohne dass es nötig war, und ging stets den kürzesten Weg. Kein Blick nach der Decke war bei ihm vergeblich, keine Handbewegung überflüssig. Man sah ihn nie in Gemütsbewegung oder Unruhe. Kein Mensch auf der Welt war weniger hastig, und doch kam er stets zu rechter Zeit. Man wird jedoch begreiflich finden, dass dieser Mann einsam lebte, und so zu sagen außer aller gesellschaftlichen Beziehung. Er wusste, dass es im Leben unvermeidlich Reibungen gibt, und da die Reibungen hemmen, so rieb er sich an Niemand.

Was nun Jean, genannt Passepartout, betrifft, so war er ein echter Pariser aus Paris, und hatte seit den fünf Jahren, wo er in England wohnte und zu London den Kammerdiener machte, vergeblich einen Herrn gesucht, an den er sich fest anschließen konnte.

Passepartout gehörte nicht zu denen, die sich in die Brust werfen, mit kecker Nase, zuversichtlichem Blick, trockenem Auge doch nur unverschämte Tölpel sind. Nein, Passepartout war ein braver Bursche mit freundlichem Gesicht, etwas vorstehenden Lippen, ein sanfter und geschmeidiger Charakter, mit so einem gutwilligen, runden Kopf, wie man ihn gerne auf den Schultern eines Freundes sieht. Er hatte blaue Augen, belebten Teint, ein Gesicht, das voll genug war, um selbst die Wölbung seiner Wangen wahrzunehmen; breite Brust, starke Taille, einen Muskelbau von herkulischer Kraft, welche durch die Übungen seiner Jugendzeit erstaunlich entwickelt war. Seine braunen Haare spielten etwas ins Rötliche. Kannten die Bildhauer des Altertums achtzehn verschiedene Arten, das Haupthaar der Minerva zu ordnen, so wusste Passepartout für das seinige nur eine: drei Strich mit dem Scheitelkamm und der Hauptschmuck war fertig.

Ob der mitteilsame Charakter dieses Burschen zu dem des Phileas Fogg passen würde, war der einfachsten Voraussicht nicht möglich zu sagen. Sollte wohl Passepartout der so gründlich exakte Diener sein, welchen sein Herr bedurfte? Das ließe sich nur aus der Erfahrung abnehmen. Nachdem er, wie wir wissen, eine ziemlich vagabundierende Jugend gehabt, trachtete er nach einem ruhigen Leben. Da man ihm die regelmäßige Pünktlichkeit und sprichwörtliche Kälte der Gentlemen gepriesen hatte, so versuchte er in England sein Glück. Aber bisher hatte der Zufall ihm schlecht gedient; er hatte nirgends Wurzel fassen können, und schon zehnmal den Herrn gewechselt. Überall war man phantastisch, ungleich, abenteuerlich, von Land zu Land schweifend, – was für Passepartout nicht mehr passen konnte. Sein letzter Herr, der junge Lord Longsserry, Parlamentsmitglied, kam oft, wenn er seine Nacht in den »Austernstuben« Haymarkets verbracht, auf den Schultern der Polizeileute nach Hause. Passepartout, der vor allen Dingen seines Herrn Ehre wahren wollte, wagte einige respektvolle Bemerkungen, die üble Aufnahme fanden, und er verließ den Dienst. Darauf hörte er, Phileas Fogg, Sq., suche einen Diener, und erkundigte sich über ihn. Ein Mann von so geregeltem Leben, der nicht auswärts schlief, keine Reisen machte, niemals auch nur einen Tag abwesend war, konnte ihm nur angenehm sein. Er stellte sich vor und wurde, wie wir wissen, angenommen.

Passepartout befand sich also, nachdem halb Zwölf vorüber war, allein im Hause der Saville-Row. Sogleich machte er sich daran, es vom Keller bis zum Speicher zu besichtigen. Dieses reinliche, geordnete, streng puritanische, wohl für den Dienst eingerichtete Haus gefiel ihm. Es machte auf ihn den Eindruck eines schönen Schneckenhauses, das jedoch mit Gas erleuchtet und geheizt war, denn der kohlenstoffhaltige Wasserstoff war darin hinreichend für alle Bedürfnisse der Beleuchtung und Erwärmung. Passepartout fand leicht im zweiten Stock das für ihn bestimmte Zimmer, und es gefiel ihm. Durch elektrische Glocken und Hörrohre stand es mit den Gemächern des Zwischenstocks und der ersten Etage in Verbindung! Auf dem Kamin stand eine elektrische Uhr, welche mit der Uhr im Schlafzimmer von Phileas Fogg übereinstimmte, und beide schlugen in demselben Augenblick dieselbe Sekunde.

»Das steht mir an, das gefällt mir!« sagte Passepartout.

Er bemerkte auch in seinem Zimmer über der Standuhr ein Merkblatt angeheftet, mit der Vorschrift des täglichen Dienstes. Dasselbe enthielt – von acht Uhr Vormittags, der regelmäßigen Zeit, wo Phileas Fogg aufstand, bis zu halb Zwölf, da er zum Frühstücken sich auf den Reformclub begab – alle Einzelheiten des Dienstes: Tee und geröstete Brotschnitten um acht Uhr dreiundzwanzig Minuten; Wasser zum Rasieren, um neun Uhr siebenunddreißig; Frisieren um neun Uhr vierzig, usw. Nachher von halb zwölf Vormittags bis zu zwölf Uhr Nachts, wo der methodische Gentleman zu Bette ging, war alles aufgezeichnet, vorgesehen, geregelt. Passepartout machte sich eine Freude daraus, dies Programm zu studieren und dessen verschiedene Artikel seinem Geist einzuprägen.

Die Garderobe des Herrn war sehr gut ausgestattet und merkwürdig gehaltreich. Jede Hofe, jeder Rock oder Weste war mit einer Ordnungsnummer versehen, die in einem Register eingetragen war, worauf das Datum stand, wann, der Jahreszeit nach, diese Stücke angezogen werden sollten. Gleiche regelmäßige Anordnung auch für die Fußbekleidung.

Im Allgemeinen war dieses Haus der Saville-Row, – welches zur Zeit des berühmten, aber zerstreuten Sheridan ein Tempel der Unordnung gewesen sein muss – bequem möbliert, einer hübschen Gemächlichkeit entsprechend.

Keine Bibliothek, keine Bücher, welche für Herrn Fogg unnütz gewesen wären, weil der Reformclub zwei Bibliotheken, eine für Literatur, die andere für Recht und Politik, ihm zur Verfügung stellte. In dem Schlafzimmer ein Kassenschrank mittlerer Größe, der gegen Feuersgefahr und Diebstahl sicherte. Keine Waffe im Hause, nichts von Jagd- oder Kriegsgeräte. Aus Allem sah man nur die friedlichsten Gewohnheiten.

Nachdem Passepartout diese Wohnung im Detail gemustert hatte, rieb er sich die Hände, sein breites Gesicht ward heiter, und er sagte wiederholt freudigen Herzens:

»Das steht mir an! Hier ist mein Platz! Herr Fogg und ich, wir verstehen uns vollkommen. Das ist ein geregelter Mann, ein Zimmerhüter! Eine wahre Maschine! Nun, ich bin's ganz zufrieden, eine Maschine zu bedienen!«

DRITTES KAPITEL.

Eine Unterredung, welche Phileas Fogg teuer zu stehen kommen kann.

Phileas Fogg hatte um halb zwölf Uhr sein Haus in Saville-Row verlassen, und langte, nachdem er fünfhundertfünfundsiebzigmal seinen rechten Fuß vor den linken, und fünfhundertsechsundsiebzigmal seinen linken Fuß vor den rechten gesetzt hatte, im Reformclub an, einem ungeheuren Gebäude in Pall-Mall, welches nicht weniger als drei Millionen zu bauen gekostet hat.

Phileas Fogg begab sich sogleich in den Speisesaal, dessen neun Fenster die Aussicht auf einen Garten boten, mit Bäumen, die bereits im herbstlichen Goldschmuck prangten. Er setzte sich dort an die gewöhnliche Tafel, wo sein Gedeck auf ihn wartete. Sein Frühstück bestand aus einem Nebengericht, gesottenem Fisch in einer vorzüglichen »reading sauce« – einem scharlachroten Roastbeef mit »musheron« gewürzt, einem Kuchen mit Füllsel von Rhabarberstengeln und grünen Stachelbeeren, einem Stückchen Chester, – alles mit einigen Tassen von dem vortrefflichen Tee, welcher ganz besonders für die Küche des Reformclubs gesammelt wurde.

Um zwölf Uhr siebenundvierzig Minuten stand dieser Gentleman auf und begab sich in den großen Salon, der prachtvoll mit Gemälden in reichen Rahmen verziert war. Hier stellte ihm ein Diener die noch nicht aufgeschnittene »Times« zu, welche Phileas Fogg mit einer Sicherheit der Hand auseinander faltete, welche eine große Übung in dieser schwierigen Operation bekundete. Mit dem Lesen dieses Journals war Phileas Fogg bis drei Uhr fünfundvierzig Minuten beschäftigt; sodann mit der Lektüre des »Standard« bis zum Diner. Diese Mahlzeit fand in gleicher Weise statt, wie das Frühstück, nur dass noch die »royal british sauce« hinzukam.

Um fünf Uhr vierzig Minuten erschien der Gentleman wieder in dem großen Salon und vertiefte sich in der Lektüre des »Morning Chronicle.«

Eine halbe Stunde später kamen verschiedene Mitglieder des Reformclubs herein und näherten sich dem Kamin, wo ein Kohlenfeuer brannte. Es waren die gewöhnlichen Spielgenossen des Herrn Phileas Fogg, gleich ihm leidenschaftliche Whistspieler: der Ingenieur Andrew Stuart, die Bankiers John Sullivan und Samuel Fallentin, der Brauer Thomas Flanagan, Walther Ralph, einer der Administratoren der Bank von England, – reiche und angesehene Männer, selbst in diesem Club, welcher die hervorragendsten Glieder der Industrie und Finanzwelt in seiner Mitte zählt.

»Nun Ralph, fragte Thomas Flanagan, wie steht's mit dem Diebstahl?
– Nun, erwiderte Andrew Stuart, die Bank wird um ihr Geld kommen.

– Ich hoffe im Gegenteil, sagte Walther Ralph, dass wir den Dieb in die Hand bekommen werden. Es sind sehr geschickte Polizeileute nach Amerika und Europa in alle hauptsächlichen Landungs- und Einschiffungshäfen abgeschickt worden, denen wird jener Herr wohl schwerlich entrinnen.

– Man hat das Signalement des Diebes? fragte Andrew Stuart.

– Vor allem, es ist kein Dieb, erwiderte ernsthaft Walther Ralph.

– Wie, dieses Individuum, welches fünfundfünfzigtausend Pfund in Banknoten (über 360,000 Taler) entwendet hat, ist nicht ein Dieb zu nennen?

– Nein, versetzte Walther Ralph.

– Also ein Industrieller? sagte John Sullivan.

– Das ›Morning Chronicle‹ versichert, es sei ein Gentleman.«

Der Mann, welcher diese Äußerung machte, war Niemand anders, als Phileas Fogg, dessen Kopf damals aus der um ihn herum aufgetürmten Flut von Papieren auftauchte. Zugleich grüßte Phileas Fogg seine Kollegen, welche seinen Gruß erwiderten.

Der fragliche Vorfall, welchen die verschiedenen Journale des Vereinigten Königreichs eifrig besprachen, hatte sich drei Tage zuvor, am 29. September, begeben. Ein Paket Banknoten, fünfundfünfzigtausend Pfund enthaltend, war aus dem Fach des Hauptkassierers der Bank von England verschwunden.

Wunderte man sich, dass ein solcher Diebstahl so leicht vorfallen konnte, so antwortete der Unter-Gouverneur Walther Ralph nur, dass der Kassierer eben damit beschäftigt war, einen Einnahmeposten von drei Schilling sechs Pence einzutragen, und man könne nicht seine Augen überall zugleich haben.

Aber es ist hier zu bemerken – was die Tatsache erklärlicher macht – dass dieses staunenswerte Institut der Bank von England äußerst besorgt für die Würde des Publikums ist. Keine Wachen, keine Invaliden, keine Gitter! Das Gold, Silber, die Noten liegen da ganz frei, so zu sagen dem Belieben des ersten Besten Preis gegeben. Es fällt Einem nicht ein, gegen die Ehrenhaftigkeit irgendeines Vorübergehenden Verdacht zu hegen. Einer der besten Beobachter englischer Gebräuche erzählt sogar Folgendes: In einem der Säle der Bank, wo er sich eines Tages befand, war er so neugierig, eine sieben bis acht Pfund schwere Goldbarre näher zu besehen; er nahm dieselbe, betrachtete sie, übergab sie seinem Nachbar, dieser einem anderen, und so wanderte die Barre von Hand zu Hand bis in einen dunkeln Gang hinein, und kam erst nach einer halben Stunde an ihren Platz zurück, ohne dass der Kassierer nur den Kopf danach hob.

Aber am 29. September ging's nicht ganz eben so. Der Pack Banknoten kam nicht wieder zurück, und als die prachtvolle Uhr, welche über dem Geschäftssaal angebracht war, um fünf Uhr den Schluss der Büros anläutete, blieb der Bank von England nichts übrig als fünfundfünfzigtausend Pfund auf das Verlustkonto zu setzen.

Als der Diebstahl gehörig festgestellt war, wurden auserwählte Agenten, »Detektivs«, in die bedeutendsten Häfen zu Liverpool, Glasgow, Havre, Suez, Brindisi, New-York etc., abgeschickt, und eine Prämie von zweitausend Pfund nebst fünf Prozent der wieder gefundenen Summe für die Entdeckung ausgesetzt. Während sie die Auskünfte abwarteten, welche die unverzüglich eingeleitete Untersuchung zu liefern versprach, hatten diese Agenten den Auftrag, sorgfältig alle ankommenden und abreisenden Passagiere zu beobachten.

Nun hatte man Grund, gerade wie das »Morning Chronicle« sich ausspracht, anzunehmen, dass der Täter keiner der organisierten Diebesgesellschaften Englands angehöre. Man hatte im Laufe des 29. September einen wohlgekleideten Gentleman von guten Manieren und vornehmer Miene in dem Zahlungssaale, wo der Diebstahl vorfiel, ab- und zugehen gesehen. Die Untersuchung hatte es möglich gemacht, ziemlich genau das Signalement dieses Gentlemans herzustellen, welches dann augenblicklich an alle Detektive des Vereinigten Königreiches und des Kontinentes abgeschickt wurde. Manche gute Köpfe, – worunter auch Walther-Ralph – glaubten daher Grund zur Hoffnung zu haben, der Dieb werde nicht entrinnen.

Man kann sich denken, dass dieser Vorfall zu London und in ganz England das Tagesgespräch bildete. Man stritt leidenschaftlich für und wider die Wahrscheinlichkeit des Erfolges der Polizei in der Hauptstadt. Kein Wunder also, dass, die Mitglieder des Reformclubs den nämlichen Gegenstand besprachen, umso mehr, als einer der Untergouverneure der Bank sich unter ihnen befand.

Der ehrenwerte Walther Ralph wollte am Erfolg der Nachforschungen nicht zweifeln, indem er meinte, die ausgesetzte Prämie müsse den Eifer und die Spürkraft der Agenten ausnehmend schärfen. Aber sein College, Andrew Stuart, teilte bei weitem nicht diese Zuversicht. Der Wortstreit dauerte also unter den Gentlemen fort, die an einem Spieltische Platz genommen hatten, Stuart gegenüber Flanagan, Fallentin gegen Phileas Fogg. Während des Spieles schwiegen die Spieler, aber zwischen den Robbers wurde die unterbrochene Unterhaltung umso lebhafter fortgesetzt.

»Ich behaupte, sagte Andrew Stuart, dass der Dieb unfehlbar ein gewandter Mensch ist, welcher alle Aussicht hat, zu entkommen.

– Ei doch! erwiderte Ralph, es gibt ja nicht ein einziges Land mehr, wo er Zuflucht fände.

– Das wäre!

– Wo meinen Sie denn, dass er hingehen soll?

– Das weiß ich nicht, versetzte Andrew Stuart, aber, trotz allem ist doch auf der Erde viel Raum.

– Das war ehedem der Fall ...« sagte Phileas Fogg halblaut. Darauf: »Sie müssen abheben, mein Herr«, und reichte Thomas Flanagan die Karten.

Der Disput ruhte während der Robber. Aber bald fing er wieder an, als Andrew Stuart sagte:

»Wie so? ehedem! Ist die Erde etwa kleiner geworden?

– Allerdings, versetzte Walther Ralph. Ich bin der Meinung des Herrn Fogg. Die Erde hat an Umfang verloren, weil man jetzt zehnmal rascher wie vor hundert Jahren um sie herum reisen kann. Und deshalb werden auch in unserm gegebenen Falle die Nachforschungen weit rascher angestellt.

– Und auch die Flucht des Diebes wird dadurch leichter!

– An Ihnen ist die Reihe, Herr Stuart!« sagte Phileas Fogg.

Aber der ungläubige Stuart war nicht überzeugt, und als die Partie fertig war, versetzte er:

»Man muss gestehen, Herr Ralph, Sie haben da einen scherzhaften Einfall gehabt, indem Sie sagten, die Erde sei kleiner geworden! Also weil man jetzt in drei Monaten um dieselbe herum reist ...

– In achtzig Tagen nur, sagte Phileas Fogg.

– Wirklich, meine Herren, setzte John Sullivan hinzu, achtzig Tage, seitdem auf der großen Indischen Eisenbahn die Strecke zwischen Rothal und Allahabad eröffnet worden ist, wie das ›Morning Chronicle‹ die Route berechnet, nämlich:

Von London nach Suez über den Mont-Cenis und Brindisi,

Eisenbahn und Paketboot 7 Tage
Von Suez nach Bombay, Paketboot 13 Tage
Von Bombay nach Kalkutta, Eisenbahn 3 Tage
Von Calcutta nach Hongkong, Paketboot 13 Tage
Von Hongkong nach Yokohama in Japan,
Paketboot 6 Tage
Von Yokohama nach San Francisco,
Paketboot 22 Tage
Von San Francisco nach New-York,
Eisenbahn 7 Tage
Von New-York nach London, Paketboot
und Eisenbahn 9 Tage
Sa. 80 Tage.

– Ja! achtzig Tage, rief Andrew Stuart, der aus Unachtsamkeit eine schlechte Karte abhob, aber die schlechte Witterung, widrige Winde, Schiffbruch, Entgleisungen etc. nicht gerechnet.

– Alles einbegriffen, erwiderte Phileas Fogg, und fuhr fort zu spielen; dann diesmal nahm das Gespräch keine Rücksicht auf das Spiel.

– Selbst auch, wenn die Hindus oder die Indianer die Schienen aufheben! rief Andrew Stuart, wenn sie die Züge aufhalten, um die Gepäckwagen zu plündern und die Passagiere zu skalpieren!

– Alles inbegriffen«, erwiderte Phileas Fogg, der sein Spiel hinwarf, mit den Worten: »Zwei Haupttrümpfe!«

Andrew Stuart, an welchem die Reihe war zu geben, nahm die Karten wieder zusammen und sprach:

»Theoretisch haben Sie Recht, Herr Fogg, aber in der Praxis ...

– In der Praxis auch, Herr Stuart..

– Ich wünschte Sie dabei zu sehen.

– Das hängt nur von Ihnen ab. Machen wir die Reise mit einander.

– Der Himmel behüte mich! rief Stuart, aber ich würde schon um viertausend Pfund wetten, dass eine solche Reise unter solchen Bedingungen unmöglich ist.

– Sehr möglich, im Gegenteil, erwiderte Herr Fogg.

– Nun, so machen Sie die Reise!

– Die Reise um die Welt in achtzig Tagen?

– Ja.

– Ich bin's zufrieden.

– Wann?

– Augenblicklich. Nur will ich Ihnen bemerken, auf Ihre Kosten will will ich sie machen.

– Es ist Narrheit! rief Andrew Stuart, dem das Drängen seiner Spielgenossen lästig ward. Spielen wir lieber.

– So geben Sie die Karten nochmals, erwiderte Phileas Fogg, denn sie sind vergeben.«

Andrew Stuart nahm die Karten wieder in die zitternde Hand; dann legte er sie plötzlich wieder auf den Tisch und sprach:

»Nun ja! Herr Fogg, ja, ich wette um viertausend Pfund! ...

– Lieber Stuart, sagte Fallentin, werden Sie ruhig. Das ist nicht ernstlich gemeint.

– Wenn ich sage: ich wette, versetzte Andrew Stuart, ist's immer ernstlich gemeint.

– Ich schlage ein!« sagte Herr Fogg. Dann zu seinen Kollegen gewendet: »Ich habe zwanzigtausend Pfund bei Gebr. Baring stehen. Die setze ich gerne daran ...

– Zwanzigtausend Pfund! rief John Sullivan. Zwanzigtausend Pfund, die Sie durch eine unvorhergesehene Verspätung verlieren können!

– Es gibt nichts Unvorhergesehenes, erwiderte Phileas Fogg einfach.

– Aber, Herr Fogg, dieser Zeitraum von achtzig Tagen ist nur als ein Mindestmaß gemeint!

– Wenn man ein Mindestmaß gut verwendet, reicht's immer hin.

– Aber um es nicht zu überschreiten, muss man mathematisch genau aus den Eisenbahnen in die Paketboote, und aus den Paketbooten in die Eisenbahnen springen!

– Ich will den Sprung mathematisch genau vornehmen.

– Es ist nur Spaß!

– Ein guter Engländer macht nie Spaß, wenn sich's um eine so ernste Sache, wie eine Wette handelt, erwiderte Phileas Fogg. Ich wette mit Jedem, der Luft dazu hat, um zwanzigtausend Pfund, dass ich die Reise um den Erdball in längstens achtzig Tagen machen werde, d.h. in neunzehnhundertundzwanzig Stunden, oder hundertfünfzehntausendzweihundert Minuten. Sind Sie es zufrieden!

– Wir nehmen die Wette an, erwiderten, nachdem sie sich unter einander verständigt, die Herren Stuart, Fallentin, Sullivan, Flanagan und Ralph.

– Gut, sagte. Herr Fogg. Der Zug nach Dover geht um acht Uhr fünfundvierzig Minuten ab. Mit dem reise ich.

Heute Abend? fragte Stuart.

– Heute Abend, versetzte Phileas Fogg. Also, fuhr er fort, indem er einen Kalender aus der Tasche zog und nachsah, weil heute Mittwoch, der 2. Oktober, so muss ich Samstags, den 21. Dezember um acht Uhr fünfundvierzig Minuten Abends wieder in London sein, hier in diesem Salon des Reformclubs, sonst sollen die zwanzigtausend Pfund, welche eben für mich bei den Gebr. Baring stehen, mit Recht und Fug Ihnen, meine Herren, angehören. – Hier ist eine Anweisung von gleichem Betrage.«

Es wurde ein Protokoll über die Wette aufgenommen und auf der Stelle von den sechs Beteiligten unterzeichnet. Phileas Fogg war kaltblütig geblieben. Er hatte die Wette sicherlich nicht gemacht, um zu gewinnen, und hatte diese zwanzigtausend Pfund – die Hälfte seines Vermögens – nur deshalb daran gesetzt, weil er voraus sah, er könne die andere Hälfte zu brauchen haben, um das schwierige, um nicht zu sagen unausführbare Project gut auszuführen. Dagegen schienen seine Gegner in Aufregung, nicht wegen des hohen Einsatzes, sondern weil sie sich einigermaßen ein Gewissen daraus machten, unter solchen Bedingungen eine Wette einzugehen.

Damals war es Schlag sieben. Man forderte Herrn Fogg auf, sein Spiel zu unterbrechen, um seine Reisevorbereitungen zu treffen.

»Ich bin stets reisefertig!« erwiderte dieser leidenschaftslose Gentleman, gab seine Karten und sprach:

»Ich schlage Eckstein um, Sie spielen aus, Herr Stuart.«

VIERTES KAPITEL.

Phileas Fogg setzt seinen Diener Passepartout in Bestürzung.

Um sieben Uhr fünfundzwanzig Minuten nahm Phileas Fogg, nachdem er beim Whist zwanzig Guineen gewonnen, von seinen ehrenwerten Kollegen Abschied und verließ den Reformclub. Um sieben Uhr fünfzig öffnete er seine Haustüre und trat in sein Haus.

Passepartout, welcher sein Programm gewissenhaft einstudiert hatte, war sehr überrascht, als er Herrn Fogg so ungenau sah, dass er zu dieser ungewöhnlichen Stunde erschien. Nach der Vorschrift sollte der Bewohner von Saville-Row erst zu Mitternacht heim kommen.

Phileas Fogg begab sich zuerst auf sein Zimmer, dann rief er:

»Passepartout!«

Passepartout gab keine Antwort. Dieses Anrufen konnte nicht ihm gelten. Es war ja nicht die Stunde.

»Passepartout«, rief Herr Fogg wiederholt, doch ohne Steigerung des Tones.

Passepartout stellte sich.

»Ich habe Sie zweimal rufen müssen, sagte Herr Fogg.

— Aber es ist noch nicht Mitternacht, erwiderte Passepartout, die Uhr in der Hand.

— Ich weiß es, versetzte Phileas Fogg, und mache Ihnen keinen Vorwurf. In zehn Minuten reisen wir nach Dover und Calais.«

Das runde Angesicht des Franzosen verzog sich unwillkürlich. Offenbar hatte er nicht recht verstanden.

»Der Herr will eine Reise machen? fragte er.

— Ja, erwiderte Phileas Fogg. Wir wollen eine Reise um die Erde vornehmen.«

Da staunte Passepartout über die Maßen. Er riss die Augen weit auf, spannte die Wimpern und Brauen, streckte die Hände aus — Symptome förmlicher Bestürzung.

»Reise um die Erde! brummte er.

— In achtzig Tagen, erwiderte Herr Fogg. Also, wir haben keinen Augenblick Zeit zu verlieren.

— Aber die Koffer ... sagte Passepartout mit unwillkürlichem Kopfschütteln.

— Keine Koffer. Nur eines Reisesackes bedarf es, mit zwei wollenen Hemden darin, und drei Paar Strümpfen; ebenso viel für Sie. Weiteres kaufen wir unterwegs. Holen Sie meinen Macintosh und meine Reisedecke, und nehmen Sie gute Fußbekleidung. übrigens gehen wir wenig oder nicht zu Fuße. Jetzt, rasch!«

Passepartout hätte gern geantwortet, konnte aber nicht. Er verließ Herrn Foggs Zimmer, begab sich auf das seinige, sank auf einen Stuhl nieder, und sagte mit einem in seiner Heimat üblichen Ausdruck:

»Ei! Das ist stark! Und ich wollte ruhig leben! ...«

Er machte mechanisch seine Vorbereitungen zur Reise. Eine Reise um die Erde in achtzig Tagen! Hatte er's mit einem Narren zu tun? Nein ... War's ein Scherz? Die Reise ging nach Dover, gut. Nach Calais, lass ich gelten. übrigens konnte das dem wackeren Jungen nicht sehr zuwider sein, da er seit fünf Jahren den heimatlichen Boden nicht betreten hatte. Vielleicht auch ging die Reise bis Paris, und wahrhaftig, es hätte ihm Vergnügen gemacht, die große Hauptstadt wieder zu sehen. Aber sicherlich wurde ein Gentleman, der keinen unnötigen Schritt tat, es dabei bewenden lassen ... Ja, ganz gewiss, aber es war doch die volle Wahrheit, dass dieser Gentleman, sonst so ein Haushüter, auf Reisen ging!

Um acht Uhr hatte Passepartout den bescheidenen Sack mit seiner und seines Herrn Garderobe zurecht gemacht; darauf verließ er, noch ganz verstörten Geistes, sein Zimmer, verschloss sorgfältig die Türe desselben, und begab sich wieder zu Herrn Fogg..

Herr Fogg war reisefertig. Unterm Arm trug er »Bradshaw's Kontinents-Eisenbahn- und Dampfboot-Reiseführer«, woraus er alle für seine Reise erforderlichen Notizen schöpfen konnte. Er nahm Passepartout den Reisesack aus der Hand, öffnete ihn und schob ein starkes Bündel von den schönen Banknoten hinein, welche in aller Welt Cours haben.

»Haben Sie nichts vergessen? fragte er.

– Nichts, mein Herr.

– Mein Macintosh und meine Decke?

– Hier.

– Gut, nehmen Sie den Sack.«

Herr Fogg stellte Passepartout den Sack wieder zu.

»Und haben Sie wohl Acht darauf, fügte er bei. Es sind zwanzigtausend Pfund drinnen.«

Beinahe wäre der Sack Passepartout aus den Händen gefallen, als wären die zwanzigtausend Pfund in schwerem Gold drinnen.

Herr und Diener stiegen darauf hinab, und die Haustüre wurde doppelt verschlossen.

Am Ende der Straße Saville-Row fand sich eine Fuhrwerkstation. Phileas Fogg und sein Diener stiegen in ein Cab, welches rasch nach dem Bahnhof Charing Cross zufuhr, wo ein Zweig der Süd-Ostbahn mündet.

Um acht Uhr zwanzig Minuten hielt das Cab vor dem Gitterthore des Bahnhofes. Passepartout sprang herab, sein Herr folgte nach und bezahlte Den Kutscher.

In diesem Augenblicke trat eine arme Bettlerin mit einem Kinde an der Hand, barfuß im Kot, zerrissenem Hut mit jämmerlich herabhängender

Feder, zersetztem Shawl über dem Lumpenkleid, zu Herrn Fogg heran und bat um ein Almosen.

Herr Fogg zog die zwanzig Guineen, welche er beim Whist gewonnen hatte, aus der Tasche und überreichte sie der Bettlerin mit den Worten:

»Hier nehmen Sie, brave Frau, es ist mir lieb, dass ich Sie getroffen habe!«.

Dann ging er weiter.

Passepartout fühlte sein Auge nass. Sein Herr hatte einen Schritt in sein Herz getan.

Herr Fogg trat mit ihm sogleich in den großen Bahnhofsaal und gab ihm Auftrag, zwei Billets erster Klasse nach Paris zu nehmen. Als er sich hierauf umdrehte, sah er sich von seinen fünf Kollegen des Reformclubs umgeben.

»Meine Herren, sprach er, jetzt reise ich ab, und die Visa auf meinem Pass werden Ihnen bei meiner Rückkehr den Nachweis meiner Reiseroute geben.

— O! Herr Fogg, erwiderte höflich Walther Ralph, das ist nicht nötig. Wir verlassen uns auf Ihr Wort als Gentleman!

— So ist's besser, sagte Herr Fogg.

— Sie vergessen nicht, dass Sie wieder hier sein müssen? ... bemerkte Andrew Stuart ...

— Binnen achtzig Tagen, erwiderte Herr Fogg, Samstags, den 21. Dezember 1872, um acht Uhr fünfundvierzig Minuten Abends. Auf Wiedersehen, meine Herren.«

Um acht Uhr vierzig Minuten setzten sich Phileas Fogg und sein Diener in dieselbe Waggon-Abteilung. Um acht Uhr fünfundvierzig Minuten hörte man pfeifen und der Zug ging ab.

Es war finstere Nacht, und ein seiner Regen fiel. Phileas Fogg drückte sich stille in eine Ecke. Passepartout, noch ganz verdutzt, drückte den Sack mit den Banknoten maschinenmäßig an sich.

Aber der Zug war noch nicht über Sydenham hinaus, als Passepartout in wahrer Verzweiflung aufschrie!

»Was fehlt Ihnen? fragte Herr Fogg.

— Ich habe ... in der Eile ... meiner Bestürzung ... vergessen ...

— Was?

— Den Gashahn in meinem Zimmer zuzudrehen!

— Nun, mein lieber Junge, erwiderte Herr Fogg kaltblütig, so brennt das Gas auf Ihre Kosten!«

FÜNFTES KAPITEL.

Ein neues Werthpapier erscheint auf dem Platz London.

Phileas Fogg vermutete wohl bei seiner Abreise von London nicht, welch' großes Aufsehen sein Vorhaben erregen würde. Die Neuigkeit von der Wette verbreitete sich zuerst im Reformclub und erregte unter den Mitgliedern dieser ehrenwerten Gesellschaft eine arge Aufregung, welche sich durch die Berichterstatter von da in die Journale verbreitete und durch diese das Publikum von London und im ganzen Vereinigten Königreiche durchdrang.

Diese Frage der Reise um die Erde wurde mit ebenso viel Leidenschaft und Hitze erläutert, besprochen, zergliedert, als handle sich's um eine neue Alabama-Frage. Die einen ergriffen Partei für Phileas Fogg, die anderen — und sie bildeten bald eine ansehnliche Majorität — sprachen sich gegen ihn aus. Diese Reise um die Erde, innerhalb der geringen Frist, mit den jetzt im Gebrauch befindlichen Verkehrsmitteln anders als in der Theorie und auf dem Papier fertig zu bringen, war nicht allein unmöglich, sondern unsinnig!

»Times«, »Standard«, »Evening-Star«, »Morning-Chronicle« und zwanzig andere Journale ersten Ranges erklärten sich gegen Fogg. Nur »Daily-Telegraph« unterstützte ihn einigermaßen. Im Allgemeinen behandelte man Phileas Fogg als Wahnsinnigen, als Narren; und seine Kollegen vom Reformclub wurden getadelt, dass sie sich auf so eine Wette eingelassen, welche eine Geistesschwäche ihres Urhebers beurkunde.

Es erschienen äußerst leidenschaftliche, aber logisch scharfe Artikel über die Frage. Bekanntlich hat man in England viel Interesse an allem, was Geographie betrifft. Darum gab's auch keinen einzigen Leser, zu welcher Klasse er auch gehörte, der nicht die Phileas Fogg gewidmeten Spalten verschlang.

Während der ersten Tage waren einige kühne Geister — besonders Frauen — auf seiner Seite, zumal als »Illustrated-London-News« sein Portrait nach seiner im Archiv des Reformclubs niedergelegten Photographie publizierte. Manche Gentlemen sagten dreist: »Ei! ei! Warum nicht gar? Man hat außerordentlichere Dinge gesehen!« Es waren besonders Leser des »Daily-Telegraph«. Aber man merkte bald, dass dies Journal selbst anfing seine Zuversicht zu verlieren.

Wirklich erschien am 7. Oktober im Bulletin der königlichen Geographischen Gesellschaft ein langer Artikel, welcher die Frage von allen Gesichtspunkten aus betrachtete und das Unsinnige des Unternehmens klar auseinander setzte. Nach diesem Artikel war Alles dem Reisenden entgegen, Hindernisse, die in der Person und in der Natur begründet waren. Sollte das Project gelingen, so musste ein wunderbares Zusammenstimmen der Ankunft- und Abfahrtsstunden stattfinden; aber dieses Zusammenstimmen existierte nicht, konnte nicht statthaben. Strenge genommen kann man in Europa, wo verhältnismäßig kleine Bahnstrecken vorhanden sind, auf die Ankunft der Züge zu fest bestimmter Zeit rechnen; aber wenn sie in drei Tagen quer durch Indien zu fahren haben, sieben Tage durch die Vereinigten Staaten: konnte man wohl die Elemente eines solchen Problems auf ihre Genauigkeit gründen? Und sprachen nicht die Unfälle der Maschine, Entgleisungen, Zusammenstöße, üble Witterung, Schneeanhäufung – sprach nicht dies alles gegen Phileas Fogg? War er nicht auf den Paketbooten während der Winterzeit den Windstößen oder Nebeln preisgegeben? Ist's denn so selten, dass die besten Segler der überseeischen Fahrtlinien um zwei bis drei Tage sich verspäten? Nun konnte schon eine Verspätung, eine einzige, hinreichen, um die Kette der Verbindungen unverbesserlich zu zerreißen. Wenn Phileas Fogg auch nur um einige Stunden für die Abfahrt eines Paketbootes zu spät kam, musste er das nächstabgehende abwarten, und durch diesen einzigen Umstand geriet seine Reise unwiderruflich in Gefahr.

Der Artikel erregte großes Aufsehen. Fast alle Journale druckten ihn ab, und die Aktien Phileas Foggs sanken außerordentlich.

Während der ersten Tage nach der Abreise des Gentlemans wurden über das Wagnis seines Unternehmens bedeutende Wetten veranstaltet. Bekanntlich spielen die Wetter in England eine bedeutende Rolle: Wetter sind gescheitere und angesehenere Leute als die Spieler. Wetten liegt den Engländern im Blute. So stellten auch nicht allein die verschiedenen Glieder des Reformclubs bedeutende Wetten für oder wider Phileas Fogg an, sondern auch die Masse des Publikums wurde von der Bewegung fortgerissen. Phileas Fogg wurde gleich einem Renner in eine Art *studbook* eingetragen. Man machte auch ein Börsenpapier daraus, und es ward sogleich auf den Platz London eingetragen. Man verlangte, man offerierte »Phileas Fogg«, fest oder auf Prämie, und es wurden enorme Geschäfte gemacht. Aber fünf Tage nach seiner Abreise, nach dem Artikel im Bulletin der Geographischen Gesellschaft, singen die Angebote an häufiger zu werden. Phileas Fogg sank. Man bot paketweise. Nahm man's anfangs zu fünf, später zu zehn, so nahm man's jetzt schon nur noch um zwanzig, um fünfzig, um hundert.

Ein einziger Anhänger blieb ihm treu, der alte gichtbrüchige Lord Albermale. Der ehrenwerte Gentleman, der an seinen Fauteuil gefesselt war, hätte sein Vermögen hingegeben, um die Reise um die Erde machen zu können, sei's auch in zehn Jahren! und er wettete fünftausend Pfund zu Gunsten des Phileas Fogg. Und wenn man ihm, zugleich mit der Torheit des Projects, dessen Unnützlichkeit nachwies, beschränkte er sich gewöhnlich auf die Antwort: »Ist die Sache ausführbar, so ist's gut, dass ein Engländer sie zuerst unternommen hat!«

Nun war es dahin gekommen, dass die Anhänger des Phileas Fogg immer seltener wurden; Jedermann trat, und nicht ohne Grund, seinen Gegnern bei; man nahm das Papier nur noch um hundertundfünfzig, um zweihundert gegen eins, als sieben Tage nach seiner Abreise ein völlig unerwartetes Ereignis zur Folge hatte, dass man's gar nicht mehr nahm.

An diesem Tage, um neun Uhr Abends, erhielt der Polizeidirektor der Hauptstadt folgende telegraphische Depesche:

»Suez nach London.«
»Rowan, Polizeidirektor, Zentralverwaltung, Schottlandplatz.«
Ich bin dem Bankdieb Phileas Fogg auf der Ferse. Schicken Sie unverzüglich Haftbefehl nach Bombay.
»Fix, geh. Agent.«

Diese Depesche wirkte unverzüglich. Der ehrenwerte Gentleman trat von der Bühne, und an seine Stelle ein Bankdieb. Seine in dem Reformclub bewahrte Photographie wurde untersucht. Sie entsprach Zug für Zug dem gerichtlich aufgenommenen Signalement. Man brachte die geheimnisvolle Existenz des Phileas Fogg, sein abgesondertes Leben, seine plötzliche Abreise in Anschlag, und es schien offenbar, dass dieser Mann unter dem Vorwand einer Reise um die Erde und gestützt auf eine unsinnige Wette keinen andern Zweck verfolgte, als den Agenten der englischen Polizei zu entwischen.

SECHSTES KAPITEL.

Der Agent Fix zeigt eine Ungeduld, die nicht unbegründet war.

Jene Depesche in Betreff des Phileas Fogg wurde unter folgenden Umständen verbreitet:

Am Mittwoch, den 9. Oktober, wurde zu Suez für elf Uhr Vormittags das Paketboot Mongolia erwartet, welches der *Company peninsular and oriental* gehörte, ein eiserner Schraubendampfer mit Verdeck, von zweitausendachthundert Tonnen-Gehalt und fünfhundert Pferdekraft. Er machte regelmäßig die Fahrten von Brindisi nach Bombay durch den Suez-Kanal, und war einer der schnellsten Segler der Compagnie, der die vorschriftsmäßige Schnelligkeit von zehn Meilen in der Stunde zwischen Brindisi und Suez, und von neun Meilen und dreiundfünfzig Hundertstel zwischen Suez und Bombay fast immer übertraf.

In Erwartung der Ankunft des Mongolia sah man am Quai ein Gedränge Einheimischer und Fremder, welche in dieser Stadt zusammenströmen, die kürzlich noch ein Flecken war, nun durch des Herrn von Lesseps großes Werk einer bedeutenden Zukunft sicher ist, – zwei Männer auf- und abgehen …

Der Eine derselben war der zu Suez angestellte Konsularagent des Vereinigten Königreiches, welcher – trotz der ungünstigen Vorausvermutungen der britischen Regierung und der schlimmen Prophezeiungen des Ingenieurs Stephenson – nun täglich englische Schiffe diesen Kanal passieren sah, welche so die bisherige Fahrt Englands nach Indien ums Cap der guten Hoffnung zur Hälfte abkürzte.

Der Andere war ein kleiner, magerer Mann, mit ziemlich gescheitem Gesicht und reizbar, der in auffallender Weise beständig mit den Augenbrauen-Muskeln zuckte. Unter seinen langen Wimpern glänzte ein sehr lebhaftes Auge, dessen Feuer er jedoch nach Belieben zu löschen verstand. In diesem Augenblicke gab er Zeichen von Ungeduld zu erkennen, lief hin und her, konnte nicht ruhig an der Stelle bleiben.

Dieser Mann hieß Fix, und war einer jener »Detektives« oder geheimen Agenten, welche die englische Polizei nach dem Diebstahl auf der Bank in die verschiedenen Häfen abgeschickt hatte. Sein Auftrag war, mit größter Sorgfalt alle Reisenden, die über Suez kamen, zu überwachen, und wenn ihm einer verdächtig vorkomme, ihm in Erwartung eines Haftbefehls im Stillen nachzureisen.

Eben, vor zwei Tagen, hatte Fix vom Direktor der Londoner Polizei das Signalement des vermutlichen Diebes erhalten, nämlich das des vornehmen und wohl gekleideten Mannes, welchen man im Zahlungssaal beobachtet hatte.

Der Detektiv, offenbar durch die für einen glücklichen Fang ausgesetzte ansehnliche Prämie gespornt, wartete also mit leicht begreiflicher Ungeduld auf die Ankunft des Mongolia.

»Und Sie sagten, Herr Konsul, fragte er zum zehnten Mal, das Dampfboot müsse bald ankommen?

– Ja wohl, mein Herr, erwiderte der Konsul. Es ist gestern auf hoher See bei Port-Said signalisiert worden, und die hundertsechzig Kilometer des Canals kommen bei einem solchen Segler nicht in Anschlag. Ich sage Ihnen nochmals, dass der Mongolia stets die Prämie von fünfundzwanzig Pfund gewonnen hat, welche die Regierung für jeden Vorsprung um vierundzwanzig Stunden vor der reglementären Zeit ausgesetzt hat.

– Dies Paketboot kommt geradeswegs von Brindisi? fragte Fix.

– Gerade von Brindisi, wo es die Indische Briefpost aufgenommen hat, und am Samstag um fünf Uhr Abends abgefahren ist. Also haben Sie Geduld, es muss bald anlangen. Aber ich weiß wirklich nicht, wie es Ihnen möglich ist, nach dem Signalement, welches man Ihnen zugestellt hat, Ihren Mann, wenn er an Bord des Mongolia ist, zu erkennen.

– Herr Konsul, erwiderte Fix, solche Leute wittert man vielmehr, als dass man sie erkennt. Man muss Spürkraft besitzen, die ist gleichsam ein besonderer Sinn, bei welchem Gehör, Gesicht und Geruch zusammen wirken. Ich habe in meinem Leben mehr wie einen solchen Gentleman verhaftet, und wofern nur mein Bankdieb an Bord ist, stehe ich Ihnen dafür, er wird mir nicht aus den Händen gleiten.

– Ich wünsche es, Herr Fix, denn es handelt sich um einen bedeutenden Diebstahl.

– Ein prachtvoller Diebstahl, versetzte der Agent voll Begeisterung. Fünfundfünfzigtausend Pfund! So ein Fund kommt einem nicht oft in den Weg! Die Diebe werden knauserig! Die Rasse der Sheppard wird selten! Jetzt bringt man sich um einige Shilling an den Galgen!

– Herr Fix, versetzte der Konsul, Sie sprachen in einer Weise, dass ich lebhaft wünsche, Sie mögen Glück haben; aber, sag' ich nochmals, in der Lage, worin Sie sich befinden, fürchte ich, es möge schwierig sein. Wissen Sie, nach dem Signalement, welches Sie empfingen, gleicht dieser Dieb durchaus einem ehrlichen Manne.

— Herr Konsul, erwiderte dogmatisch der Polizei-Agent, die großen Diebe sehen immer honneten Leuten gleich. Sie begreifen wohl, dass die, welche wie Schurken aussehen, keine andere Wahl haben, als rechtschaffen zu bleiben, sonst würden sie ihre Verhaftung veranlassen. Ehrliche Gesichter muss man vor allen Dingen ins Auge fassen. Das ist, geb' ich zu, ein schweres Stück Arbeit, das nicht mehr eine Sache des Gewerbes ist, sondern der Kunst.«

Man sieht, es fehlte dem Fix nicht an einer gewissen Dosis Eigenliebe.

Inzwischen wurde der Quai allmählich belebter. Seeleute verschiedener Nationalitäten, Handelsleute, Mäkler, Packträger, Fellahs strömten da zusammen. Die Ankunft des Paketbootes war offenbar nahe bevorstehend.

Es war ziemlich schönes Wetter, aber in Folge des Ostwindes kalte Luft. Über der Stadt erhoben sich im blassen Sonnenschein einige Minarette. Südwärts zog sich ein zwei Meilen langer Damm wie ein Arm vor der Reede von Suez. Auf der Fläche des Roten Meeres schaukelten einige Fischerbarken oder Küstenfahrzeuge, von denen manche in ihren Formen noch das elegante Muster der antiken Galeere bewahrt haben.

Mitten in diesem Volksgewühl bewegte sich Fix nach Gewohnheit seines Berufes, und fasste die Vorübergehenden mit raschem Blick ins Auge.

Es war damals halb elf Uhr.

»Aber das Paketboot bleibt aus! rief er, als er die Hafenuhr schlagen hörte.

– Es kann nicht mehr ferne sein, erwiderte der Konsul.

– Wie lange wird's in Suez verweilen? fragte Fix.

– Vier Stunden; so lange als nötig, um Kohlen einzunehmen. Von Suez nach Aden, am Ende des Roten Meeres, rechnet man dreizehnhundertundzehn Meilen, und es muss sich mit Brennmaterial versehen.

– Und von Suez fährt das Boot direkt nach Bombay? fragte Fix.

– Direkt, ohne umzuladen.

– Nun denn, sagte Fix, wenn der Dieb diesen Weg eingeschlagen hat, und auf diesem Boot sich befindet, muss es in seinem Plan liegen, zu Suez ans Land zu gehen, um auf andrem Wege in die holländischen oder französischen Besitzungen in Asien zu gelangen. Er muss wohl wissen, dass er in Indien nicht sicher wäre, weil es englisches Gebiet ist.

– Sofern es nicht ein sehr starker Mann ist, erwiderte der Konsul. Sie wissen, ein englischer Verbrecher ist stets in London leichter geborgen, als auswärts.«

Nach dieser Bemerkung, welche dem Agenten viel Bedenken erregte, begab sich der Konsul wieder auf seine Büros, die nicht weit davon waren. Der Polizei-Agent blieb allein, voll nervöser Ungeduld und auffallendem Ahnungsgefühl, sein Dieb müsse sich an Bord des Mongolia befinden, – und in Wahrheit, wenn der Schurke in Absicht, die neue Welt aufzusuchen, England verlassen hatte, so musste er den Weg nach Indien vorziehen, da dieser weniger überwacht oder schwerer zu überwachen ist, als der über das Atlantische Meer.

Fix blieb nicht lange in seine Gedanken vertieft, als gellendes Pfeifen die Ankunft des Paketbootes meldete. Der ganze Schwarm der Packträger und Bauern stürzte auf den Quai mit einem Tumult, der für die Passagiere und ihre Kleider beunruhigend war. Zehn Nachen stießen vom Ufer ab und fuhren dem Mongolia entgegen.

Nicht lange, so sah man das riesenmäßige Schiff zwischen den Kanalufern fahren, und Schlag elf Uhr warf der Dampfer auf der Reede Anker, während sein Dampf mit großem Getöse durch die Rauchfänge entströmte.

Es waren sehr viele Passagiere an Bord. Manche blieben auf dem Verdeck, um das malerische Panorama der Stadt zu betrachten; aber die meisten begaben sich in den Nachen, welche herangekommen waren, ans Land.

Fix beobachtete aufs Genaueste Alle, welche ans Land setzten.

In dem Augenblicke kam Einer, nachdem er die mit ihren Dienstanerbietungen zudringlichen Fellahs kräftig zurückgedrängt hatte, zu ihm heran und fragte ihn sehr höflich nach dem Büro des englischen Konsularagenten. Und zugleich hielt dieser Passagier einen Pass hin, worauf er ohne Zweifel das englische Visa einholen wollte.

Fix nahm den Pass instinktmäßig und überlief mit raschem Blick das Signalement.

Eine unwillkürliche Bewegung erfasste ihn, das Blatt zitterte in seiner Hand. Das auf dem Pass befindliche Signalement war gleichlautend mit dem, welches er vom Polizeidirektor der Hauptstadt erhalten hatte.

»Es ist nicht Ihr eigener Pass? sagte er zu dem Passagier.

– Nein, erwiderte dieser, er gehört meinem Herrn.

– Und Ihr Herr?

– Ist an Bord geblieben.

– Aber, versetzte der Agent, er muss sich persönlich auf dem Konsularbüro einfinden, um seine Identität festzustellen.

– Wie? Das ist nötig?

– Unerlässlich.

– Und wo ist dieses Büro?

– Dort an der Ecke des Platzes, erwiderte der Polizei-Agent, und wies auf ein zweihundert Schritte entferntes Haus.

– Dann will ich meinen Herrn holen, dem es übrigens nicht angenehm sein wird, gestört zu werden!«

Darauf empfahl sich der Passagier und kehrte an Bord des Dampfers zurück.

SIEBTES KAPITEL.

Ein neuer Beweis, wie unnütz Pässe in Polizeisachen sind.

Der Polizei-Agent begab sich wieder auf den Quai und unverzüglich ins Büro des Konsuls. Auf dringendes Verlangen erhielt er sogleich bei diesem Beamten Zutritt.

»Herr Konsul, sagte er ohne weiteres, ich habe starke Vermutungsgründe zu glauben, dass unser Mann sich als Passagier an Bord des Mongolia befindet.«

Und Fix erzählte, was sich mit dem Bedienten in Beziehung auf den Pass begeben hatte.

»Gut, Herr Fix, erwiderte der Konsul, es würde mir lieb sein, diesem Schurken ins Gesicht zu sehen. Aber vielleicht wird er nicht auf mein Büro kommen, wenn er ist, was Sie vermuten. Ein Dieb lässt nicht leicht eine Spur von sich zurück, und übrigens ist Niemand mehr an die Formalität des Passes gebunden.

– Herr Konsul, erwiderte der Agent, wenn's ein starker Mann ist, wie man annehmen muss, wird er kommen!

– Um seinen Pass visieren zu lassen?

– Ja. Die Pässe dienen nur noch, die ehrlichen Leute zu genieren und den Schurken zur Flucht förderlich zu sein. Ich versichere Sie, dieser wird in der Ordnung sein, aber ich hoffe, Sie werden ihn nicht visieren ...

– Und warum nicht? Wenn dieser Pass in Ordnung ist, hab' ich nicht das Recht, mein Visa zu verweigern.

– Doch, Herr Konsul, muss ich wohl diesen Menschen hier zurückhalten, bis ich von London einen Haftbefehl erhalten habe.

– Ei! Herr Fix, das ist Ihre Sache, erwiderte der Konsul, aber ich kann nicht ...«

Der Konsul hatte noch nicht ausgeredet, als man anklopfte und der Bürodiener zwei Fremde hereinführte, wovon der eine derselbe Diener war, welcher sich mit dem Detektiv unterhalten hatte.

Es waren wirklich der Herr und sein Diener. Der erstere überreichte seinen Pass und bat mit kurzen Worten den Konsul, sein Visa beizufügen.

Dieser nahm den Pass und las ihn achtsam, während Fix in einer Ecke des Zimmers den Fremden betrachtete, oder vielmehr mit den Augen verschlang.

Als der Konsul den Pass durchgelesen hatte, fragte er: »Sie sind Phileas Fogg, Sq.?

– Ja mein Herr, erwiderte der Gentleman.

– Und dieser Mensch ist Ihr Diener?

– Ja, ein Franzose, Passepartout mit Namen.

– Sie kommen aus London?

– Ja.

– Und gehen?

– Nach Bombay.

– Gut, mein Herr. Sie wissen, dass diese Förmlichkeit des Visa unnütz ist, und wir verlangen die Überreichung des Passes nicht mehr?

– Ich weiß es, mein Herr, erwiderte Phileas Fogg, aber ich wünsche durch Ihr Visa meine Anwesenheit in Suez zu erweisen.

– Meinetwegen, mein Herr.«

Und der Konsul unterzeichnete den Pass, datierte ihn und fügte seinen Stempel bei. Herr Fogg bezahlte die Gebühren, grüßte kalt und ging mit seinem Diener hinaus.

»Nun? fragte der Polizei-Agent.

– Nun, erwiderte der Konsul, er sieht wie ein ganz ehrlicher Mann aus!

– Möglich, erwiderte Fix, aber darum handelt sich's nicht. Finden Sie, Herr Konsul, dass dieser phlegmatische Gentleman Zug für Zug dem Diebe gleicht, dessen Signalement mir zugestellt worden ist?

– Ich gab's zu, aber Sie wissen, alle Signalements ...

– Ich werde die Sache heraus bekommen, erwiderte Fix. Der Diener scheint mir nicht so verschlossen wie der Herr. Zudem ist's ein Franzose, der das Reden nicht lassen kann. Auf baldiges Wiedersehen, Herr Konsul.«

Nach diesen Worten ging der Agent fort und suchte Passepartout auf.

Inzwischen hatte sich Herr Fogg von dem Konsulargebäude hinweg nach dem Quai begeben. Hier gab er seinem Diener einige Aufträge, fuhr dann in einem Nachen wieder an Bord des Mongolia, und begab sich in seine Kabine. Hierauf nahm er sein Notizbuch, worin er Folgendes eingetragen hatte:

»Abgefahren aus London, Mittwoch den 2. Oktober, 8 Uhr 45 Min. Abends.

Ankunft zu Paris, Donnerstag den 3. Oktober, 7 Uhr 20 Min. Vorm.

Abfahrt aus Paris, Donnerstag, 8 Uhr 40 Min. Vorm.

Ankunft, durch den Mont-Cenis, zu Turin, Freitag den 4. Oktober, 6 Uhr 35 Min. Vorm.

Abfahrt aus Turin, Freitag, 7 Uhr 20 Min. Vorm.

Angekommen zu Brindisi, Samstag den 5. Oktober, 4 Uhr Nachm.

Eingeschifft auf dem Mongolia, Samstag, 5 Uhr Nachm.

Angekommen zu Suez, Mittwoch den 9. Oktober, 11 Uhr Vorm.

Summa der Stunden: 158 1/2, macht 6 1/2 Tage.«

Herr Fogg schrieb diese Daten auf ein in Spalten eingeteiltes Reisenotizbüchlein, welches vom 2. Oktober bis zum 21. Dezember angegeben enthielt den Monat, Tag und Datum, die vorgeschriebene Ankunftszeit und die wirkliche Ankunft an jedem der Hauptorte: Paris, Brindisi, Suez, Bombay, Kalkutta, Francisco, New-York, Liverpool,

London, so dass man an jedem Orte, wohin man kam, den gewonnenen Vorsprung oder die Einbuße beziffern konnte.

Dieses methodische Büchlein gab also stets Rechenschaft, und Herr Fogg wusste immer, ob er einen Vorsprung hatte oder zurückgeblieben war.

Er trug also an diesem Tage, Mittwoch den 9. Oktober, seine Ankunft zu Suez ein, welche mit der vorgeschriebenen Ankunftszeit verglichen weder einen Gewinn noch Verlust nachwies.

Darauf ließ er sich in seiner Kabine ein Frühstück auftragen. Die Stadt zu besehen, fiel ihm nicht ein, denn er gehörte zu der Sorte von Engländern, welche die Länder, durch welche sie reisen, von ihren Bedienten besehen lassen.

ACHTES KAPITEL.

Passepartout spricht ein wenig mehr, als vielleicht sich gehörte.

Fix hatte in wenigen Augenblicken Passepartout am Quai eingeholt, der da schlenderte und schaute, denn er glaubte nicht, dass er verbunden sei, nichts zu sehen.

»Nun, Freund, redete Fix ihn an, ist Ihr Pass visiert?

– Ah! Sie sind's, mein Herr, erwiderte der Franzose. Sehr verbunden. Wir sind völlig im Reinen.

– Und Sie besehen sich das Land?

– Ja, aber wir reisen so rasch, dass mir's vorkommt, als reise ich im Traum. Z.B. Wir sind hier in Suez?

– Suez.

– In Ägypten?

– Ägypten, ganz recht.

– Und in Afrika?

– In Afrika.

– In Afrika! wiederholte Passepartout. Ich kann's gar nicht glauben. Denken Sie sich, mein Herr, ich meinte, wir gingen nicht weiter als nach Paris, und diese berühmte Hauptstadt sah ich eben nur von sieben Uhr zwanzig bis acht Uhr vierzig Minuten Vormittags, zwischen dem Nordbahnhof und dem Lyoner, durch die Scheiben eines Fiaker, während eines Platzregens! Das war mir leid! Gerne hätte ich den Père La Chaise und den Circus in den Champs Elysees besucht!

– Sie haben demnach sehr Eile? fragte der Polizei-Agent.

– Ich nicht, aber mein Herr. Apropos, ich muss ja Strümpfe und Hemden kaufen! Wir sind ohne Koffer abgereist, nur mit einem Reisesack.

– Ich will Sie in einen Bazar führen, wo Sie Alles finden, was Sie brauchen.

– Mein Herr, erwiderte Passepartout, Sie sind wirklich sehr gefällig!« ...

Und sie gingen mit einander. Passepartout schwatzte beständig.

»Vor Allem, sagte er, muss ich mich hüten, das Boot nicht zu verfehlen!

– Sie haben Zeit, versetzte Fix, es ist erst zwölf Uhr!«

Passepartout zog seine große Uhr heraus.

»Zwölf Uhr, sagte er. Nicht doch! es ist neun Uhr zweiundfünfzig Minuten!

— Ihre Uhr geht nach, erwiderte Fix.

— Meine Uhr! das alte Familienstück von meinem Urgroßvater her. Sie weicht nicht fünf Minuten im Jahre ab. Es ist ein wahres Chronometer!

— Ich sehe, woran's hängt. Sie haben noch die Londoner Zeit, welche um zwei Stunden etwa von der zu Suez abweicht. Sie müssen darauf bedacht sein, Ihre Uhr nach der Mittagszeit jedes Landes zu stellen.

— Ich! an meine Uhr rühren! rief Passepartout, niemals!

— Ah, dann stimmt sie nicht mehr mit der Sonne.

— Um so schlimmer für die Sonne, mein Herr! Sie ist im Irrtum.«

Und der wackere Bursche steckte seine Uhr mit stolzer Gebärde wieder in seine Tasche.

Nach einer kleinen Weile sprach Fix:
»Also Sie haben London in Eile verlassen?

– Das mein' ich! Letzten Mittwoch um acht Uhr Abends kam Herr Fogg
gegen alle Gewohnheit früh aus seiner Gesellschaft, und schon dreiviertel
Stunden nachher waren wir unterwegs.

– Aber wo reist Ihr Herr denn hin?

– Immer gerade aus, um die ganze Erde herum!

– Um die Erde herum? rief Fix.

– Ja, in achtzig Tagen! Eine Wette, sagte er, aber, unter uns, ich glaub's
nicht. Das wäre Unsinn. Es steckt was anderes dahinter.

– Ei! Der Herr Fogg ist ein Original.

– Das glaub' ich.

– Ist er denn reich?

– Ganz gewiss, er hat eine hübsche Summe bei sich, in ganz neuen Banknoten! Und er spart unterwegs nicht! Denken Sie, er hat dem Maschinisten des Mongolia eine stattliche Prämie versprochen, wenn wir bei der Ankunft in Bombay einen hübschen Vorsprung haben!

– Und Sie kennen Ihren Herrn von lange her?

– Ich! erwiderte Passepartout, erst am Tage unserer Abreise bin ich bei ihm in Dienst getreten!«

Man kann sich leicht denken, was diese Antworten auf den schon überspannten Kopf des Polizei-Agenten für eine Wirkung haben mussten.

Diese eilige Abreise von London, kurz nachdem der Diebstahl vorgefallen war, die große Summe, welche er bei sich hatte, diese hastige Eile, um in ferne Länder zu kommen, dieser Vorwand einer unsinnigen Wette, – Alles bestärkte Fix, und musste ihn auch wohl in seinem Argwohn bestärken. Er ließ den Franzosen noch weiter plaudern, und bekam die Gewissheit, dass dieser Bursche seinen Herrn gar nicht kannte, dass dieser zu London vereinsamt lebte, dass man ihn reich nannte, ohne zu wissen, woher sein Vermögen komme, dass es ein verschlossener Mann sei, etc. Aber zugleich konnte Fix sich überzeugt halten, dass Phileas Fogg zu Suez nicht das Boot verlasse, und dass er wirklich nach Bombay gehe.

»Ist's weit nach Bombay? fragte Passepartout.

– Sehr weit, erwiderte der Agent. Sie müssen dafür noch weitere zehn Tage auf der See fahren.

– Und wo liegt dies Bombay?

– In Indien.

– In Asien?

– Natürlich.

– Teufel! Das wollt' ich schon sagen ... es beunruhigt mich etwas ... Mein Hahn!

– Was für ein Hahn?

– Mein Gashahn, welchen ich zuzudrehen vergaß, und der jetzt auf meine Kosten brennt. Nun hab' ich ausgerechnet, dass ich für ihn zwei Shilling in vierundzwanzig Stunden zu zahlen habe, gerade sechs Pence mehr, als ich verdiene, und Sie begreifen, dass, wenn sich die Reise hinzieht ...«

Fix verstand wahrscheinlich die Sache nicht. Er hörte: nicht mehr zu, und machte seinen Plan. Der Franzose war mit ihm auf dem Bazar angekommen. Fix ließ denselben da seine Einkäufe machen, empfahl ihm, die Abfahrt des Mongolia nicht zu verfehlen, und kam in aller Eile wieder auf das Büro des Konsularagenten.

Fix hatte, nachdem er seiner Sache sicher war, alle Kaltblütigkeit wieder gewonnen.

»Mein Herr, sagte er zu dem Konsul, ich habe keinen Zweifel mehr. Der Mann ist's. Er will für einen Sonderling gelten, der in achtzig Tagen um die Erde herum reist.

– Dann ist's ein Schurke, versetzte der Konsul, und er denkt nach London zurückzukommen, nachdem er alle Polizeileute der beiden Kontinente an der Nase herum geführt.

– Das wird sich zeigen, erwiderte Fix.

– Aber irren Sie sich nicht? fragte der Konsul nochmals.

– Nein, ich irre mich nicht.

– Warum hat dann dieser Dieb darauf bestanden, seine Anwesenheit zu Suez durch ein Visa zu konstatieren?

– Warum? ... Ich weiß nicht, Herr Konsul, erwiderte der Detektiv, aber hören Sie mich.«

Und er erzählte in Hauptzügen, was er aus der Unterredung mit dem Diener Foggs wusste.

»Wirklich, sagte der Konsul, alle Wahrscheinlichkeit ist wider den Menschen. Und was wollen Sie tun?

– Eine Depesche nach London richten, mit dringendem Begehren, mir einen Haftbefehl nach Bombay zu senden; mich auf dem Mongolia einschiffen, meinem Diebe bis nach Indien nachschleichen, und dort, auf englischem Gebiete, mich ihm höflich nähern, meinen Haftbefehl in der einen Hand, und die andere auf seiner Schulter.«

Nachdem der Polizei-Agent dieses kaltblütig geäußert, verabschiedete er sich beim Konsul und begab sich aufs Telegraphenbüro. Von hier aus ließ er an den Polizeidirektor der Hauptstadt die Depesche abgehen, welche wir bereits kennen.

Eine Viertelstunde darauf befand sich Fix, sein leichtes Gepäck in der Hand, übrigens wohl mit Geld versehen, an Bord des Mongolia, und bald fuhr der rasche Dampfer mit vollem Dampf auf den Wellen des Roten Meeres.

NEUNTES KAPITEL.

Das Rote und das Indische Meer zeigen sich Phileas Foggs Absichten günstig.

Die Entfernung Adens von Suez beträgt genau dreizehnhundertzehn Meilen, und die Compagnie räumt ihren Paketbooten eine Zeit von achtunddreißig Stunden zur Fahrt ein. Der Mongolia fuhr mit verstärkter Feuerung so gut, dass er einen Vorsprung gewann..

Die meisten der zu Brindisi an Bord gegangenen Passagiere hatten Indien zum Reiseziel. Die Einen begaben sich nach Bombay, die Anderen nach Kalkutta, aber *via* Bombay, weil man, seit eine Eisenbahn die Indische Halbinsel in ihrer ganzen Breite quer durchzieht, nicht mehr um die Spitze von Ceylon herum zu fahren braucht.

Unter den Passagieren des Mongolia zählte man verschiedene Zivilbeamte und Offiziere jedes Grades. Von diesen gehörten einige der eigentlichen britannischen Armee, die anderen kommandierten Truppen von Eingeborenen, Sepoys genannt, alle mit hohem Gehalt[1], selbst seitdem die Rechte und Lasten der früheren Indischen Compagnie an die Regierung übergegangen sind.

Man lebte daher flott an Bord des Mongolia, in dieser Gesellschaft von Beamten, worunter sich einige junge Engländer befanden, welche mit Millionen in der Tasche im Begriff waren, Handelscomptoire in der Ferne zu errichten.

Der Proviantmeister, ein Vertrauensmann aus der Compagnie, von gleichem Rang mit dem Kapitän des Bootes, sparte keinen Aufwand. Beim Frühstück morgens, beim Zwischenimbiss um zwei Uhr, beim Diner um fünf und ein halb, und beim Abendessen um acht Uhr beugten sich die Tische unter den Platten frischen Fleisches und den Nebengerichten, welche die Metzgerei und die Küchen des Paketbootes lieferten. Die Frauen der Gesellschaft – es befanden sich einige dabei – wechselten zweimal täglich die Toilette. Man trieb Musik, tanzte sogar, wann das Meer ruhig genug war.

Aber das Rote Meer ist sehr launenhaft und häufig schlimm, wie alle schmalen und langen Golfe. Wehte der Wind von der asiatischen oder afrikanischen Küste her, so geriet der Mongolia, ein langer Schraubenspindel, von einer Seite gefasst, in fürchterliches Schwanken. Dann verschwanden die Damen; die Pianos verstummten; Gesang und Tanz hörte auf einmal auf. Und dennoch, trotz der Windstöße, trotz der hohlen See, fuhr das Paketboot von seiner starken Maschine getrieben, ungehemmt der Straße Bab-el-Mandeb zu.

Was trieb inzwischen Phileas Fogg? Man hätte meinen können, er habe stets unruhig und ängstlich an nichts anderes gedacht, als an die dem Laufe

38

des Schiffes hinderlichen Windwechsel, an die unordentlichen Bewegungen der hohlen See, welche eine Störung der Maschine veranlassen könnten, endlich an alle die möglichen Beschädigungen, welche dadurch, dass sie den Mongolia zum Anlegen an einem Hafen nötigten, seiner Reise Eintrag getan haben würden.

Dies war aber durchaus nicht der Fall, oder wenigstens, wenn dieser Gentleman auch an alle diese möglichen Fälle dachte, ließ er nichts davon merken. Er war stets der leidenschaftslose Mann, das gleichmütige Mitglied des Reformclubs, welches durch keinen Unfall oder Zufall in Verlegenheit gebracht werden konnte. Er schien von keiner anderen Bewegung getrieben, als die Chronometer an Bord. Man sah ihn selten auf dem Verdeck. Es kümmerte ihn wenig, dies an Erinnerungen so reiche Rote Meer, diesen Schauplatz der ersten historischen Szenen des Menschengeschlechts, zu betrachten. Es lag ihm nichts daran, die merkwürdigen Städte zu erkennen, womit beide Gestade zahlreich besetzt sind, und deren malerische Silhouetten manchmal am Horizont gezeichnet waren. Er machte sich keine Idee von den Gefahren des Arabischen Golfs, deren die alten Historiker von Strabo bis Edrisi stets mit Schrecken gedachten, und auf welchen die Seefahrer sich nie hinauswagten, ohne sich die Götter durch Sühnopfer geneigt zu machen.

Was trieb also dieses in dem Mongolia eingekerkerte Original? Erstlich hielt er täglich seine vier Mahlzeiten, ohne dass eine so merkwürdig organisierte Maschine jemals durch Schwanken oder Stampfen konnte in Unordnung gebracht werden. Nachher spielte er Whist.

Er hatte Spielgenossen getroffen, die ebenso leidenschaftlich dabei waren, wie er: es waren ein Zolleinnehmer, der sich auf seinen Posten nach Goa begab; ein Geistlicher, der ehrwürdige Decimus Smith, der nach Bombay zurückkehrte; und ein Brigade-General der englischen Armee, der sich zu seinem Corps nach Benares begab. Diese drei Passagiere hatten für das Whistspiel eine gleich leidenschaftliche Vorliebe, wie Herr Fogg, und spielten ganze Stunden lang ebenso stille, wie er.

Passepartout spürte nicht das Mindeste von Seekrankheit. Er hatte eine Kabine im Vorderteile inne, und aß ebenfalls mit Gewissenhaftigkeit. Unter diesen Bedingungen hatte die Reise für ihn allerdings nichts Unangenehmes mehr. Er machte sich dieselbe zunutze. Er hatte gute Nahrung und Wohnung, sah Länder, und gab sich zudem selbst die Versicherung, der ganze Phantasieplan werde zu Bombay ein Ende haben.

Am folgenden Morgen nach der Abfahrt aus Suez, den 29. Oktober, traf er zu einigem Vergnügen auf dem Verdeck den gefälligen Mann, an welchen er sich bei seiner Landung in Ägypten gewendet hatte.

»Irre ich nicht, sagte er, indem er ihn mit dem liebenswürdigsten Lächeln anredete, so haben Sie, mein Herr, mich zu Suez so gefällig geführt?

– Wirklich erwiderte der Detektiv, ich erkenne Sie wieder! Sie sind der Diener des originellen Engländers ...

– Eben der, Herr ...?

– Fix.

– Herr Fix, erwiderte Passepartout. Es freut mich unendlich, Sie an Bord wieder zu finden. Und wohin geht die Reise?

– Ebendahin, wo die Ihrige, nach Bombay.

– Das ist ja herrlich! Haben Sie die Reise schon einmal gemacht?

– Bereits mehrmals, erwiderte Fix. Ich bin im Dienst der Peninsular-Compagnie.

– Dann sind Sie wohl in Indien bekannt?

– Ei ... ja ... versetzte Fix, der nicht zu sehr heraus rücken wollte.

– Und das Indien ist ein merkwürdiges Land?

– Sehr merkwürdig! Da gibt's Moscheen, Minarette, Tempel, Fakirs, Pagoden, Tiger, Schlangen, Bajaderen! Doch es steht zu erwarten, dass Sie Zeit genug haben werden, das Land zu besichtigen?

– Ich hoffe, Herr Fix. Sie begreifen wohl, dass ein Mensch von gesundem Verstand nicht fähig ist, sein Leben lang von einem Paketboot auf eine Eisenbahn, und von einer Eisenbahn in ein Paketboot zu springen, unterm Vorwande, in achtzig Tagen eine Reise um die Erde zu machen! Nein. Alle diese Sprünge werden sicherlich zu Bombay aufhören.

– Und Herr Fogg befindet sich wohl? fragte Fix in ganz natürlichem Tone.

– Sehr wohl, Herr Fix. Ich auch, übrigens; ich esse wie ein Wolf, der noch nüchtern ist. Die Seeluft bringt das mit sich.

– Aber ich sehe Ihren Herrn nie auf dem Verdeck.

– Da ist er niemals; er ist nicht neugierig.

– Wissen Sie, Herr Passepartout, diese vorgebliche Reise in achtzig Tagen könnte wohl eine geheime Sendung verdecken ... eine diplomatische z.B.

– Meiner Treu, Herr Fix, ich weiß nichts davon, gestehe ich Ihnen, und im Grunde gäb' ich nicht eine halbe Krone darum, es zu wissen.«

Seit diesem Begegnen plauderten Passepartout und Fix oft mit einander. Dem Polizei-Agenten war daran gelegen, mit dem Diener des Herrn Fogg vertraut zu werden. Das konnte bei Gelegenheit ihm förderlich sein. Er bot ihm daher oft, im Schenkzimmer des Mongolia, einige Gläser Whisky oder Dünnbier; der wackere Bursche nahm dies ohne weiteres an, und bot ihm ein Gleiches, um nicht seinerseits zurück zu stehen, – hielt übrigens diesen Fix für einen recht honneten Gentleman.

Inzwischen fuhr das Paketboot rasch weiter. Am 13. bekam man Mokka in Sicht, das man von zerfallenen Mauern umgeben sah, und darüber ragten einige grünende Dattelbäume hervor. Fern im Gebirge erblickte man ausgedehnte Kaffeepflanzungen.

Passepartout war entzückt, diese berühmte Stadt zu sehen, und er fand sogar, dass sie mit ihren Ringmauern und einem Fort mit niedergerissenen Mauern, welches wie eine Handhabe aussah, einer enormen Halbtasse glich.

Während der folgenden Nacht fuhr der Mongolia durch die Straße Bab-el-Mandeb, und Tags darauf, den 14., nahm er zu Steamer-Point, nordwestlich von der Reede Aden, Erfrischungen ein. Hier musste er sich mit Kohlen versehen.

Dass die Paketboote in so weiter Entfernung von den Centren der Produktion ihren Kohlenvorrath erneuern können, ist eine sehr wichtige Sache. Nur allein für die Peninsularcompagnie beträgt dies einen

Kostenaufwand von achtmalhunderttausend Pfund. Man hat dafür in mehreren Häfen Niederlagen errichten müssen und in diesen fernen Meeren kommt die Kohle auf achtzig Francs die Tonne zu stehen.

Der Mongolia hatte noch sechzehnhundertfünfzig Meilen zu machen bis nach Bombay, und er bedurfte zu Steamer-Point vier Stunden Zeit, um seine Vorratsräume zu füllen.

Aber dieser Aufenthalt konnte dem Programm des Herrn Fogg durchaus keinen Eintrag tun. Derselbe war schon vorgesehen; und zudem lief der Mongolia, dessen Ankunft zu Aden erst am Vormittag des 15. Oktober vorgeschrieben war, schon am Abend des 14. daselbst ein, also mit einem Vorsprung von fünfzehn Stunden.

Herr Fogg begab sich mit seinem Diener ans Land, um seinen Pass visieren zu lassen. Fix schloss sich unbemerkt an. Als diese Formalität erfüllt war, kehrte Phileas Fogg an Bord zurück, um seine unterbrochene Partie zu Ende zu spielen.

Passepartout schlenderte seiner Gewohnheit nach mitten in dieser Bevölkerung von Somanlis, Banianen, Parsi, Juden, Arabern, Europäern, woraus die fünfundzwanzigtausend Bewohner Adens bestehen. Er bewunderte die Befestigungswerke, welche aus dieser Stadt ein Gibraltar für die Indischen Meere machen, und stattliche Zisternen, womit die englischen Ingenieure, zweitausend Jahre nach denen des Königs Salomo, noch beschäftigt waren.

»Sehr merkwürdig, sehr merkwürdig! sagte sich Passepartout, als er an Bord zurück kam. Ich merke wohl, dass das Reisen nicht ohne Nutzen ist, wenn man Neues sehen will.«

Um sechs Uhr Abends rührte sich die Schraube des Mongolia zum Wellenschlag, die Reede von Aden zu verlassen, und bald fuhr er auf dem Indischen Meere. Für die Fahrt nach Bombay waren ihm hundertachtundsechzig Stunden eingeräumt. Übrigens zeigte sich dieses Meer günstig: bei fortwährendem Nordwestwind konnten die Segel die Dampfkraft unterstützen.

Das Boot, nun besser gestützt, schwankte weniger, und die Frauen erschienen in frischer Toilette wieder auf dem Verdeck. Gesang und Tanz begann wieder.

So ging die Reise unter den günstigsten Bedingungen vonstatten. Passepartout war über den liebenswürdigen Gesellschafter entzückt, welchen der Zufall ihm in der Person des Herrn Fix zugeführt hatte.

Sonntag den 20. Oktober, gegen Mittag, bekam man die Küste Indiens in Sicht. Zwei Stunden darauf kam der Pilot an Bord des Mongolia. Am Horizont zeichnete sich ein Hintergrund von Hügeln in harmonischen Umrissen von dem Himmelblau ab. Bald traten die Reihen Palmbäume, welche die Stadt verdecken, in den lebensvollen Vordergrund. Das Paketboot lief in die Reede ein, welche von den Inseln Salsette, Colaba,

Elephanta und Butcher gebildet wird, und nach vier und einer halben Stunde lag es vor den Quais von Bombay.

Phileas Fogg hatte eben den dreiunddreißigsten Robber des Tages fertig, und beendigte mit seinen Spielgenossen, nachdem sie Dank einem kühnen Manöver dreizehn Stiche gemacht, diese schöne Überfahrt mit einem bewundernswerten Schlemm.

Der Mongolia langte, anstatt am 22. Oktober, bereits am 20. zu Bombay an. Damit waren also seit der Abfahrt von London zwei Tage gewonnen, welche Phileas Fogg methodisch in seinem Reisenotizbüchlein auf die Spalte des Guthabens eintrug.

Fußnoten

1 Brigadiers mit 16,000 Tlrn., Generale 33,300 Tlr. Die Gehalte der Zivilbeamten sind noch höher: Richter erhalten 16,000 Tlr., die Präsidenten der Gerichtshöfe über 66,000 Tlr., die Gouverneure 100,000 Tlr., der Generalgouverneur über 200,000 Tlr.

ZEHNTES KAPITEL.

Passepartout kann sich glücklich schätzen, dass er mit dem Verluste seiner Fußbekleidung durchkommt.

Es ist allgemein bekannt, dass Indien, – das große umgekehrte Dreieck, dessen Grundlinie im Norden, die Spitze im Süden liegt – einen Flächeninhalt von vierzehnhunderttausend Quadratmeilen enthält, auf welchem eine Bevölkerung von hundertundachtzig Millionen Bewohnern ungleichmäßig verbreitet ist. Die britische Regierung übt über einen Teil dieses unermesslichen Landes eine wirkliche Herrschaft aus, hält einen Generalgouverneur zu Kalkutta, Gouverneure zu Madras, Bombay, in Bengalen, und einen Stellvertreter desselben zu Agra.

Aber das eigentlich englische Indien umfasst nur einen Flächeninhalt von siebenhunderttausend Quadratmeilen und eine Bevölkerung von hundert bis hundertundzehn Millionen Einwohnern. Ein ansehnlicher Teil des Landes ist noch frei von der Oberherrschaft der Königin; und in der Tat ist bei einigen wilden und furchtbaren Rajahs des Innern eine noch unbeschränkte Unabhängigkeit vorhanden.

Von 1756 an – seit welcher Zeit die erste englische Einrichtung an der Stelle, wo jetzt die Stadt Madras steht, datiert – bis zu diesem Jahre, wo der große Aufstand der Sepoys ausbrach, war die berühmte Indische Compagnie allmächtig. Sie annektierte sich nach und nach die verschiedenen Provinzen, welche sie den Rajahs um den Preis von Renten abkaufte, die sie wenig oder gar nicht entrichtete; sie ernannte ihren Generalgouverneur und alle von ihm verwendeten Zivil- und Militärpersonen; aber jetzt besteht sie nicht mehr, und die englischen Besitzungen in Indien stehen direkt unter der Krone.

Daher sind auch das Aussehen, die Sitten und ethnographischen Einteilungen der Halbinsel in einer steten Umbildung begriffen. Sonst machte man dort mit allen uralten Transportmitteln seine Reise, zu Fuß und zu Ross, im Karren, im Schubwagen, auf den Schultern eines Mannes, im Tragsessel, in der Kutsche etc. Jetzt fahren Dampfboote mit größter Schnelligkeit auf dem Indus und Ganges, und eine Eisenbahn, welche Indien der ganzen Breite nach durchzieht und sich seitwärts verzweigt, setzt Bombay binnen nur drei Tagen in Verbindung mit Kalkutta.

Diese Eisenbahn zieht nicht in gerader Linie durch Indien. Die direkte Entfernung beträgt nur tausend bis elfhundert Meilen, und die Züge würden bei einer mittleren Geschwindigkeit nur drei Tage brauchen, sie zu durchmessen; aber diese Entfernung wird mindestens um ein Drittel durch die Krümmung vermehrt, welche die Bahn durch eine Abschweifung bis Allahabad im Norden der Halbinsel beschreibt.

Die große vorderindische Eisenbahn nimmt in ihren Hauptpunkten folgende Richtung. Nach der Insel Bombay läuft sie über Salsette, setzt vor Tannah auf den Kontinent über, durchschneidet die Kette der West-Gates, zieht dann nordöstlich bis Burhampur, und von da durch das fast unabhängige Gebiet des Bundelkund, steigt dann aufwärts bis Allahabad, biegt sich östlich, stößt bei Benares auf den Ganges, entfernt sich ein wenig von demselben und läuft dann wieder südostwärts über Burdivan und die französische Stadt Chandernagor bis nach Kalkutta, wo die Linie endigt.

Um halb fünf Uhr Abends waren die Passagiere des Mongolia zu Bombay gelandet, und der Bahnzug ging präzis acht Uhr nach Kalkutta ab.

Herr Fogg verabschiedete sich also von seinen Spielgenossen, verließ das Dampfboot, gab seinem Diener Auftrag einige Ankäufe zu machen, empfahl ihm ausdrücklich, sich vor acht Uhr am Bahnhof einzufinden, und ging dann seinen regelmäßigen Schritt, der gleich dem Pendel einer astronomischen Uhr die Sekunde schlug, geradewegs aufs Passbüro.

Also von den Merkwürdigkeiten Bombays etwas zu sehen, fiel ihm nicht ein, wie das Stadthaus, die prachtvolle Bibliothek, die Festungswerke, die Docks, den Baumwollmarkt, die Bazars, die Moscheen, die Synagogen, die armenischen Kirchen, die prachtvolle Pagode von Malebar-Hill mit ihren zwei vielseitigen Türmen. Er fühlte keinen Trieb, die Meisterwerke Elephantas zu sehen, seine geheimnisvollen unterirdischen Totengewölbe, welche südöstlich von der Reede verdeckt sind, die Grotten Kanherie auf der Insel Salsette, diese staunenswerten Reste der buddhistischen Architektur!

Kein Gedanke daran! Als Phileas Fogg wieder aus dem Passbüro kam, begab er sich ruhig zum Bahnhof und ließ ein Diner auftragen. Der Wirth glaubte ihm unter anderen Gerichten ein Frikassee von Lapin empfehlen zu sollen, und rühmte es außerordentlich.

Phileas Fogg ließ es auftragen, kostete es sorgfältig, fand es aber trotz seiner pikanten Sauce abscheulich.

Er läutete dem Gastwirth.

»Mein Herr, sagte er, und sah ihm scharf ins Gesicht, das ist Lapin?

— Ja, Mylord, erwiderte keck der Schelm, Lapin von den Schilfwiesen.

— Und dieser Lapin hat nicht gemiaut, als man ihn tot schlug?

— Gemiaut! O, Mylord! Ein Lapin! Ich schwöre ...

— Herr Wirth, versetzte kalt Herr Fogg, schwören Sie nicht, und erinnern Sie sich, was ich Ihnen sage: Vor Zeiten hat man in Indien die Katzen als heilige Tiere angesehen. Das war eine bessere Zeit.

— Für die Katzen, Mylord?

— Und vielleicht auch für die Reisenden!«

Nach dieser Bemerkung fuhr er ruhig fort zu speisen. Einige Minuten nach Herrn Fogg war der Agent Fix ebenfalls ausgestiegen und zu dem Polizeidirektor von Bombay geeilt. Er gab seine Eigenschaft als Detektiv zu erkennen, den ihm erteilten Auftrag, seine Lage gegenüber dem vermutlichen Verüber des Diebstahls. Hatte man von London einen Haftbefehl erhalten? ... Es war nichts angekommen. Und es konnte auch ein Haftbefehl, der später als Fogg abging, noch nicht eingetroffen sein.

Nun war Fix in großer Verlegenheit. Er wünschte vom Direktor dennoch einen Haftbefehl wider Herrn Fogg zu erhalten. Derselbe schlug es ab. Die Sache gehörte vor die Verwaltung der Hauptstadt, und diese konnte allein gesetzlich einen Haftbefehl ausstellen. Diese Strenge der Prinzipien, diese Strenge in Beobachtung gesetzlicher Form ist durch die englischen Sitten völlig begreiflich, welche in Hinsicht der persönlichen Freiheit durchaus keine Willkür gestatten.

Fix bestand nicht weiter darauf, und begriff, dass er sich darein ergeben müsse, seinen Befehl abzuwarten. Aber er beschloss, seinen unausforschlichen Schurken während der ganzen Zeit seines Aufenthaltes zu Bombay nicht aus dem Auge zu lassen. Er zweifelte nicht, dass Phileas Fogg dort verweilen werde – und wir wissen, dass auch Passepartout der Meinung war – so dass mittlerweile der Haftbefehl anlangen könnte.

Aber seit den letzten Aufträgen, welche Passepartout beim Verlassen des Mongolia von seinem Herrn erhalten hatte, war diesem wohl begreiflich geworden, dass es zu Bombay ebenso wie zu Suez und Paris gehen, dass die Reise hier nicht ein Ende haben, und wenigstens bis Kalkutta fortgesetzt werde, und vielleicht noch weiter. Und er fing an, sich die Frage zu stellen, ob diese Wette des Herrn Fogg nicht ganz ernsthaft gemeint sei, und ob nicht sein Verhängnis ihn, während er in Ruhe leben wollte, dazu fortriss, in achtzig Tagen eine Reise um die Erde herum zu machen!

Unterdessen, nachdem er einige Hemden und Strümpfe gekauft, ging er in den Straßen von Bombay spazieren. Es strömte da viel Volk zusammen, mitten unter Europäern aller Nationalitäten, Perser mit spitzen Mützen, Bunhyas mit runden Turbanen, Inder mit viereckiger Kopfbedeckung, Armenier in langer Kleidung, Parsi mit schwarzer Mitra. Es wurde da gerade ein Fest von den Parsi oder Gebern gefeiert, direkten Abkömmlingen der Anhänger Zoroasters, welche die gewerbfleissigsten, zivilisiertesten, intelligentesten Hindus von strengster Lebensweise ausmachen, wozu gegenwärtig die reichen eingeborenen Kaufleute Bombays gehören. Das Fest, welches sie an diesem Tage feierten, war eine Art religiösen Karnevals mit Prozessionen und öffentlichen Lustbarkeiten, wobei Bajaderen in rosenfarbener, mit Gold und Silber durchwirkter Gazebekleidung figurierten, welche, von Violen und lärmenden Tam-Tams begleitet, wunderhübsche Tänze, übrigens mit allem Anstand, aufführten.

Dass Passepartout diesen merkwürdigen Festgebräuchen zuschaute, dass er dabei Augen und Ohren über die Maßen aufriss, dass er dabei aussah und eine Miene hatte, als wie der unerfahrenste Bauerntölpel, den man sich denken kann, brauche ich nicht besonders hervorzuheben.

Zum Unglück für ihn und seinen Herrn, dessen Reisezwecke er dadurch in Gefahr brachte, ließ er sich durch seine Neugierde weiter fortreißen, als zuträglich war.

Passepartout war, nachdem er diesem persischen Karneval zugesehen, auf dem Wege nach dem Bahnhofe begriffen, als er im Vorübergehen vor der bewundernswerten Pagode Malebar-Hill auf den unglückseligen Gedanken kam, ihr Inneres zu besehen.

Er wusste nicht, erstens, dass den Christen der Eintritt in manche Pagoden der Hindu förmlich untersagt ist; zweitens, dass selbst die Gläubigen nicht eintreten dürfen, ohne ihre Fußbekleidung vor der Türe zu lassen. Ich muss hier bemerken, dass die englische Regierung aus Gründen richtiger Politik die Religionsübungen des Landes nicht nur selbst in den geringsten Details respektiert, sondern auch ihnen Respekt verschafft, daher jede Verletzung ihrer Gebräuche mit strengen Strafen ahndet.

Passepartout trat, ohne etwas Schlimmes zu ahnen, wie ein bloßer Tourist hinein, bewunderte im Innern von Malebar-Hill das blendende Flitterwerk der brahmanischen Verzierungen, als er plötzlich auf den Boden des Heiligtums niedergeworfen wurde. Drei Priester fielen mit wütenden

Blicken über ihn her, rissen ihm Schuhe und Strümpfe ab, und singen an, mit wildem Geschrei ihn durchzuprügeln.

Der kräftige und gewandte Franzose sprang rasch wieder auf, warf mit Faustschlag und Fußtritt zwei seiner Gegner, die in ihre langen Gewänder verwickelt waren, nieder, stürzte, so rasch ihn seine Beine trugen, aus der Pagode hinaus und entrann bald dem dritten Hindu, welcher, das Volk aufhetzend, ihm nachgeeilt war.

So kam Passepartout fünf Minuten vor acht Uhr, einige Minuten vor der Abfahrt des Zuges barfuß und barhaupt, und ohne den Pack mit seinen Einkäufen, welchen er im Getümmel verloren hatte, auf dem Bahnhofe an.

Fix befand sich daselbst beim Einsteigen. Er hatte gemerkt, dass der Herr Fogg, dem er auf den Bahnhof nachgefolgt war, Bombay verlassen würde, und war sogleich entschlossen, ihn bis Kalkutta, und nötigenfalls noch weiter, zu begleiten. Passepartout gewahrte Fix nicht, der sich im Dunkeln hielt; aber dieser horte die Erzählung seiner Abenteuer, welche er seinem Herrn in aller Kürze machte.

»Ich hoffe, das wird Ihnen nicht mehr passieren«, erwiderte einfach Phileas Fogg, indem er in einem Waggon Platz nahm.

Der arme Junge, barfuß und ganz verblüfft, folgte ihm nach, ohne ein Wort hören zu lassen.

Fix wollte eben in einen besonderen Wagen einsteigen, als ein Gedanke ihn zurückhielt, und plötzlich sein Vorhaben mitzufahren änderte.

»Nein, ich bleibe, sprach er bei sich. Ein auf indischem Gebiet verübtes Vergehen ... Jetzt hab' ich meinen Mann.«

In dem Augenblicke vernahm man das Pfeifen der Lokomotive, und der Zug verschwand in der Nacht.

ELFTES KAPITEL.

Phileas Fogg kauft um fabelhaften Preis ein Reittier.

Der Zug ging zur regelmäßigen Zeit ab. Es befanden sich auf demselben eine Anzahl Passagiere, einige Offiziere, Zivilbeamte und Kaufleute, die durch Handel mit Opium und Indigo in den Norden der Halbinsel zu reisen veranlasst waren.

Passepartout befand sich mit seinem Herrn in derselben Waggonabteilung. In der Ecke gegenüber saß ein dritter Passagier.

Es war der Brigadegeneral Sir Francis Cromarty, einer der Spielgenossen des Herrn Fogg während der Fahrt von Suez nach Bombay. Er war auf dem Wege zu seinen Truppen, die in der Nähe von Benares cantonierten.

Sir Francis Cromarty, ein großer, blonder Fünfziger, der sich während der neulichen Empörung der Sepoys sehr ausgezeichnet hatte, konnte in Wahrheit für einen Eingeborenen gelten. Seit seinen Jugendjahren in Indien wohnhaft, war er nur selten in seinem Heimatlande gewesen.

Es war ein Mann von Kenntnissen, der gerne über die Gewohnheiten, Geschichte, Organisation des Hindulandes Auskunft gegeben hätte, wenn Phileas Fogg sie nur hätte begehren mögen. Aber dieser Gentleman hatte kein Verlangen danach. Er machte nicht eine Reise, sondern eine Umfangslinie. Es war ein schwerer Körper, welcher nach den Gesetzen der rationellen Mechanik einen Kreis um den Erdball beschrieb. In diesem Augenblicke stellte er eine wiederholte Berechnung der seit seiner Abreise aus London verbrauchten Stunden an; und wäre es nicht seiner Natur zuwider gewesen, eine unnütze Bewegung zu machen, so würde er sich die Hände gerieben haben.

Sir Francis Cromarty hatte wohl die Originalität seines Reisegefährten begriffen, obwohl er ihn nur die Karten in der Hand und zwischen zwei Robbers hatte studieren können. Er hatte daher Grund sich zu fragen, ob unter dieser kalten Hülle ein menschliches Herz schlage, ob Phileas Foggs Seele für Naturschönheiten, für sittliche Eindrücke empfänglich sei. Diese Aufgabe stellte er sich. Von allen Originalen, welchen der Brigadegeneral begegnet war, ließ sich keins mit diesem Produkt der exakten Wissenschaften vergleichen.

Phileas Fogg hatte dem Sir Francis Cromarty sein Vorhaben einer Reise um die Erde, und die Bedingungen, unter welchen er sie vornahm, nicht verhehlt. Der Brigadegeneral sah in dieser Wette nur eine Exzentrizität ohne nützlichen Zweck, welcher notwendig der Sinn für Wohltun abging, von dem jeder vernünftige Mensch sich muss leiten lassen. Bei einer solchen Art zu reisen würde der bizarre Gentleman offenbar weder sich selbst, noch anderen etwas zu Gute tun.

Eine Stunde nach der Abfahrt aus Bombay setzte der Zug über Viadukte von der Insel Salsette auf das Festland über. Bei der Station Cally an ließ er rechts eine Zweigbahn, welche über Kandallah und Punah nach dem südöstlichen Indien läuft, und fuhr in der Richtung von Pauwell. Von diesem Punkte aus durchzieht die Bahn das sehr verzweigte Gebirge der West-Gates, Ketten mit einer Basis von Trapp und Basalt, und Gipfeln, die bis zur Spitze dicht bewaldet sind.

Von Zeit zu Zeit tauschten Sir Francis Cromarty und Phileas Fogg einige Worte und eben jetzt knüpfte der Brigadegeneral eine Unterhaltung an, welche öfters abbrach:

»Vor einigen Jahren noch, Herr Fogg, sprach er, würden Sie an dieser Stelle eine Verzögerung erlitten haben, welche vermutlich Ihren Reiseplan in Gefahr gebracht hätte.

– Weshalb, Sir Francis?

– Weil die Eisenbahn am Fuße dieses Gebirges aufhörte, und man musste bis zu der auf der entgegengesetzten Bergseite gelegenen Station Kandallah den Weg im Palankin oder auf einem Klepper machen.

Diese Verzögerung würde die Ausführung meines Programms nicht gehindert haben, versetzte Herr Fogg. Ich hatte den möglichen Fall einiger Hindernisse schon vorgesehen.

– Inzwischen, Herr Fogg, fuhr der Brigadegeneral fort, liefen Sie Gefahr, durch das Abenteuer dieses Burschen eine recht schlimme Geschichte über den Hals zu bekommen.«

Passepartout war, die Füße in seine Reisedecke gehüllt, in tiefen Schlaf gesunken, und ahnte nicht, dass man von ihm sprach.

»Die englische Regierung ist, und mit Recht, gegen der Art von Vergehen äußerst strenge, fuhr Sir Francis Cromarty fort. Es ist ihr über alles daran gelegen, dass man die religiösen Gebräuche der Hindu respektiert; und wäre Ihr Diener ergriffen worden ...

– Ei nun, Sir Francis, wäre er ergriffen worden, erwiderte Herr Fogg, so wäre er verurteilt worden; er hätte seine Strafe bekommen, und wäre dann ruhig nach Europa zurückgekehrt. Ich sehe nicht, wie durch diese Geschichte sein Herr wäre aufgehalten worden!«

Darüber brach die Unterhaltung ab. Während der Nacht fuhr der Zug über die Gates, verweilte zu Nassik, und eilte am folgenden Tage, dem 21. Oktober, über ein verhältnismäßig flaches Land, das Gebiet von Khandeisch. Das wohlbebaute Feld war mit Flecken bedeckt, über welchen, wie der christliche Kirchturm in Europa, das Minarett einer Pagode emporragte. Zahlreiche kleine Gewässer, meist Nebenflüsse des Godavery oder Zuflüsse zu demselben, bewässerten diese fruchtbare Gegend.

Als Passepartout aufwachte, schaute er sich um, und konnte nicht glauben, dass er auf der »großen Halbinsel-Bahn« durch das Hinduland fuhr. Es schien ihm dies unwahrscheinlich; und doch war es wirklich so, wie irgendetwas auf der Welt. Die Lokomotive, durch den Arm eines englischen Maschinisten geleitet, und mit englischer Kohle geheizt, trieb ihren Rauch über Pflanzungen von Baumwolle, Kaffee, Muscat, Gewürznelken, rotem Pfeffer. Der Dampf wirbelte in Spiralwindungen um Gruppen von Palmbäumen, zwischen welchen malerische Wohnhäuser sich zeigten, einige Viharis, eine Art verlassener Klöster und merkwürdige Tempel, reich an unerschöpflichem Schmuck indischer Architektur. Hierauf breiteten sich unermessliche Strecken Landes, soweit die Blicke reichten, Schilfwiesen mit Schlangen und Tigern, die durch das Geräusch des Bahnzuges aufgeschreckt wurden; endlich führte die Bahn durch Waldungen, worin Elefanten hausten, die mit denkendem Blick dem vorübereilenden Zuge zuschauten.

Während dieses Morgens fuhren unsere Reisenden, jenseits der Station Malligaum, über den unheimlichen Landstrich, der so oft von den Anhängern der Göttin Kali mit Blut befleckt wurde. Nicht weit entfernt ragte Ellora mit seinen staunenswerten Pagoden, nicht weit Aurungabad, die berühmte Hauptstadt des grimmigen Aureng-Zeb, nun einfacher Hauptort einer der vom Reiche des Nizam abgetrennten Provinzen. Über diese Gegend übte einst das Haupt der Thugs, Feringhea, König der Würger, seine Gewaltherrschaft. Diese Banditen, in einem unfassbaren geheimen Bund geeinigt, erwürgten zur Ehre der Todesgöttin Opfer jedes Alters, ohne jemals Blut zu vergießen, und es gab eine Zeit, wo man an keiner Stelle dieser Gegend den Boden aufgraben konnte, ohne auf einen Leichnam zu stoßen. Die englische Regierung hat zwar dieses Morden in erheblichem Grade zu hemmen vermocht, aber der entsetzliche Geheimbund besteht und wirkt noch fortwährend.

Um halb ein Uhr hielt der Zug auf der Station Burhampur an, und Passepartout konnte sich um hohen Preis ein Paar mit falschen Perlen verzierte Pantoffeln kaufen, die er mit unverkennbarer Eitelkeit anzog.

Die Reisenden nahmen rasch ihr Frühstück ein, und dann ging's weiter nach der Station Assurghur, nachdem sie eine Strecke längs dem Tapty gefahren, einem Flüsschen, das in der Nähe von Surate in den Golf von Cambaye fließt.

Hier müssen wir Kenntnis nehmen, welche Gedanken damals Passepartout's Geist beschäftigten. Bis zu seiner Ankunft zu Bombay hatte er gemeint, und konnte auch meinen, es werde hierbei sein Bewenden haben. Jetzt aber, seitdem er mit voller Dampfkraft durch Indien fuhr, war ein Umschwung in seinem Geiste vorgegangen. Sein natürlicher Charakter stellte sich im Galopp wieder ein. Es kamen ihm die phantastischen Ideen seiner Jugend wieder, er hielt jetzt die Projekte seines Herrn für ernstlich gemeint, er glaubte jetzt an das wirkliche Bestehen der Wette, folglich auch dieser Reise um die Erde, und an das höchste Zeitmaß, welches nicht überschritten werden durfte. Bereits ward er unruhig über mögliche

Verzögerungen, unglückliche Zufälle, die unterwegs sich begeben konnten. Er teilte nun das Interesse an dieser Wette, und zitterte bei dem Gedanken, dass er am Abend zuvor durch seine unverzeihliche Tölpelei sie hätte gefährden können. So war er denn auch, weil er nicht so phlegmatisch war, wie Herr Fogg, weit unruhiger als dieser. Er zählte und zählte abermals die verflossenen Tage, fluchte, wann der Zug Halt machte, warf dem Herrn Fogg Langsamkeit vor, und tadelte ihn *in petto*, dass er nicht dem Maschinisten eine Prämie versprochen habe. Der wackere Junge wusste nicht, dass, was auf einem Paketboot möglich war, auf einer Eisenbahn, deren Geschwindigkeit eine vorschriftsmäßige ist, nicht mehr angeht.

Gegen Abend kam man in die Gebirgsengen von Sutpour, welche das Gebiet von Khandeisch von dem des Bundelkund trennen.

Als am folgenden Morgen, den 22. Oktober, Passepartout nach seiner Uhr sah, antwortete er auf eine Frage Sir Francis Cromarty's, es sei drei Uhr früh. Und in der Tat musste die fortwährend nach dem Meridian von Greenwich gestellte Uhr nachgehen, da derselbe bei siebenundsechzig Grad weiter westlich sich befand; und sie ging wirklich um vier Stunden nach.

Sir Francis berichtigte also die von Passepartout angegebene Zeit, und machte demselben die nämliche Bemerkung, welche ihm schon von Fix gemacht worden war. Er suchte ihm begreiflich zu machen, dass er sich nach jedem folgenden Meridian richten müsse, und dass, weil er stets nach Osten zu fuhr, d.h. der Sonne entgegen, die Tage ebenso vielmal um vier Minuten kürzer seien, als er Grade durchlaufen habe. Aber es fruchtete nicht. Mochte der eigensinnige Junge die Bemerkung des Brigadegenerals begriffen haben oder nicht, er weigerte sich hartnäckig, seine Uhr anders zu stellen, und ließ sie unverändert bei der Londoner Stundenangabe. Eine Harmlosigkeit übrigens, die Niemand schaden konnte.

Um acht Uhr früh, und fünfzehn Meilen vorwärts der Station Rothal, hielt der Zug mitten auf einer großen Lichtung an, die von einigen Wohnhäusern und Arbeiterhütten umgeben war. Der Konduktor ging an der Wagenreihe vorüber und sprach:

»Die Reisenden haben hier auszusteigen.«

Phileas Fogg sah Sir Francis an, dem ein Aufenthalt mitten in einem Wald von Tamarinden und Khajours unbegreiflich vorkam.

Passepartout, der nicht weniger betroffen heraussprang und den Bahnweg ansah, kam alsbald wieder und rief:

»Hier hört die Bahn auf, mein Herr!

– Was meinen Sie? fragte Sir Francis Cromarty.

– Ich meine, der Zug geht nicht weiter!«

Der Brigadegeneral stieg ebenfalls aus. Phileas Fogg folgte gemächlich nach. Beide wendeten sich an den Konduktor!

»Wo befinden wir uns? fragte Sir Francis Cromarty.

– Beim Weiler Kholby, erwiderte der Konduktor.

– Halten wir hier an?

– Allerdings. Die Bahn ist noch nicht vollendet ...

– Wie! nicht vollendet?

– Nein! es ist noch eine Strecke von fünfzig Meilen zwischen hier und Allahabad, wo die Bahn wieder anfängt, fertig zu machen.

– Die Journale haben doch die vollständige Eröffnung der Bahn angezeigt!

– Was meinen Sie, Herr Offizier, es war ein Irrtum der Journale.

– Und Sie erteilen Billets von Bombay nach Kalkutta? fuhr Sir Francis Cromarty fort, der seinen Gleichmuth verlor.

– Allerdings, erwiderte der Konduktor, aber die Reisenden wissen wohl, dass sie sich müssen von Kholby bis Allahabad weiter befördern lassen.«

Sir Francis wurde wütend. Passepartout hätte gern den Konduktor umgebracht, welcher doch nichts dazu konnte. Er wagte seinen Herrn nicht anzusehen.

»Sir Francis, sagte Herr Fogg, wenn es Ihnen gefällig ist, so wollen wir auf Mittel bedacht sein, dass wir nach Allahabad kommen.

– Herr Fogg, es handelt sich hier um eine Verspätung, welche Ihren Interessen durchaus hinderlich ist?

– Nein, Sir Francis, es war vorgesorgt.

– Wie? Sie wussten, dass die Bahn ...

– Durchaus nicht, aber ich dachte mir, dass früher oder später meine Reise irgendeine Hemmung erleiden werde. Nun ist noch nichts verdorben, Ich habe zwei Tage Vorsprung, die kann ich opfern. Am 25. zu Mittag wird ein Dampfboot von Kalkutta nach Hongkong abgehen. Jetzt haben wir erst den 22., und werden noch zeitig zu Kalkutta eintreffen.«

Gegen eine mit solcher Sicherheit ausgesprochene Antwort war nichts zu sagen.

Es war nur allzu wahr, dass die Eisenbahn hier unterbrochen war. Die Journale gleichen den Uhren, die gerne vorausgehen; und so hatten sie auch die Vollendung der Linie zu früh angezeigt.

Den meisten der Passagiere war diese Unterbrechung der Bahn bekannt, und sie hatten beim Aussteigen aus dem Zuge alle Arten von Fuhrwerken, welche sich im Bereich des Fleckens fanden, vierrädrige Palkigharis, von Buckelochsen gezogene Karren, Reisewagen, die wandelnden Pagoden glichen, Palankins, Ponys etc., in Besitz genommen. Daher konnten auch Herr Fogg und Sir Francis Cromarty trotz aller Bemühung im ganzen Flecken keins austreiben.

»Ich gehe zu Fuß«, sagte Phileas Fogg.

Passepartout kam dazu und machte ein saures Gesicht, als er seine prächtigen Pantoffeln ansah, welche für eine Fußpartie nicht genügten. Zu gutem Glück hatte auch er sich danach umgesehen, und sprach mit einigem Stocken:

»Mein Herr, ich glaube, ich hab' ein Transportmittel aufgefunden.

– Was für eins?

– Einen Elefanten! Er gehört einem Hindu, der hundert Schritte von hier wohnt.

– So gehen wir hin, den Elefanten zu sehen«, versetzte Herr Fogg.

Nach fünf Minuten standen Phileas Fogg, Sir Francis Cromarty und Passepartout vor einer Hütte neben einem mit hohen Palisaden umzäunten Raume. In der Hütte befand sich ein Inder, in der Umzäunung ein Elefant. Auf ihre Bitte führte der Inder Herrn Fogg und seine beiden Gefährten in das Gehege hinein.

Hier fanden sie ein halb gezähmtes Tier, welches von seinem Besitzer nicht zum Saumtier aufgezogen, sondern zum Kampf abgerichtet wurde. Zu diesem Zwecke hatte er angefangen, den von Natur sanften Charakter des Tieres umzubilden, indem er ihn allmählich zu dem Paroxismus von Wut, welcher in der Hindusprache »*mutsch*« genannt wird, hinzuleiten bemüht war, und zwar dadurch, dass er ihn drei Monate lang mit Zucker und Butter nährte. Dieses Verfahren mag vielleicht ungeeignet erscheinen, um ein solches Resultat zu erzielen, aber es wird doch von den Züchtern mit Erfolg angewendet. Zu gutem Glück für Herrn Fogg war dieser Elefant erst seit Kurzem in diese Zucht genommen worden, und vom »Mutsch« hatte sich noch nichts gezeigt.

Kiuni – so hieß das Tier – konnte, wie alle seine Stammesgenossen, lange Zeit rasch vorwärts bringen, und in Ermangelung eines andern Reittieres beschloss Phileas Fogg sich desselben zu bedienen.

Aber die Elefanten sind in Indien, wo sie schon selten zu werden anfangen, teuer. Die männlichen, welche zu den Kämpfen im Circus allein taugen, sind äußerst gesucht. Diese Tiere pflanzen sich im gezähmten Zustande selten fort, so dass man sie also nur durch die Jagd sich verschaffen kann. Daher widmet man ihnen auch äußerste Sorgfalt, und als Herr Fogg den Inder fragte, ob er ihm seinen Elefanten leihen wollte, schlug er's rund ab.

Fogg drang in ihn, und bot für das Tier den enormen Preis von zehn Pfund die Stunde. Er weigerte sich. Zwanzig Pfund? Abermalige Weigerung. Vierzig Pfund? Ebenso. Passepartout kam bei jeder Steigerung außer sich. Aber der Inder ließ sich nicht dazu bestimmen.

Doch war's eine hübsche Summe. Nahm man an, der Elefant brauche fünfzehn Stunden für den Weg bis Allahabad, so betrug das sechshundert Pfund, welche er seinem Besitzer einbrachte.

Phileas Fogg, ohne im Mindesten aus seiner ruhigen Fassung zu kommen, machte darauf dem Inder den Vorschlag, ihm sein Tier abzukaufen, und bot ihm dafür erst tausend Pfund.

Der Inder wollte ihn nicht abgeben!

Sir Francis Cromarty nahm Herrn Fogg bei Seite und forderte ihn auf, wohl zu überlegen, ehe er noch weiter gehe. Phileas Fogg erwiderte seinem Gefährten, er sei nicht gewohnt ohne Überlegung zu handeln, es handle sich schließlich um eine Wette von zwanzigtausend Pfund; dieser Elefant sei ihm dafür nötig und er müsse ihn haben, sollte er auch zwanzigmal mehr für ihn zahlen müssen, als er wert sei.

Herr Fogg ging wieder hin zu dem Inder, aus dessen kleinen, lüsternen Augen man wohl abnehmen konnte, dass es bei ihm nur auf den Preis ankam, und bot ihm nach einander erst zwölfhundert Pfund, dann fünfzehnhundert, dann achtzehnhundert, endlich zweitausend Pfund. Passepartout erblasste vor Entrüstung.

Für zweitausend Pfund ließ ihn der Inder ab.

»Bei meinen Pantoffeln, rief Passepartout, der macht den Preis des Elefantenfleisches hübsch teuer!«

Als der Handel geschlossen war, handelte sich's nur noch um einen Führer. Dieser war leichter zu finden. Ein junger Parse mit gescheitem Angesicht bot seine Dienste an. Herr Fogg ging darauf ein und versprach ihm eine tüchtige Belohnung, welche seinen Verstand noch zu steigern geeignet war.

Unverzüglich wurde der Elefant vorgeführt und reisefertig gemacht. Der Parse verstand sich trefflich auf das Geschäft eines »Mahut« oder Elefantenführers. Er warf dem Tier eine Schabracke über den Rücken und brachte auf seinen beiden Seiten zwei ziemlich unbequeme Tragkörbe an.

Phileas Fogg bezahlte den Inder mit Banknoten aus dem famosen Sack. Passepartout stellte sich an, als würden sie ihm aus dem eigenen Leibe gezogen. Darauf bot er dem Sir Francis Cromarty einen Platz bis zu der Station Allahabad an, und der Brigadegeneral nahm es an. Ein Passagier mehr machte dem Riesentiere nichts aus.

Zu Kholby kaufte man Lebensmittel ein. In dem einen der beiden Körbe nahm Sir Francis Cromarty Platz, in dem andern Phileas Fogg. Passepartout setzte sich rittlings auf die Schabracke zwischen seinen Herrn und den Brigadegeneral. Der Parse saß auf dem Halse des Tieres auf, und um neun Uhr verließ es den Flecken und drang auf kürzestem Wege ins Dickicht des Latanenwaldes.

ZWÖLFTES KAPITEL.

Phileas Fogg und seine Gefährten machen einen abenteuerlichen Ritt durch indische Waldung.

Der Führer ließ, um den Weg abzukürzen, die im Bau begriffene Linie der Eisenbahn rechts; denn dieselbe konnte, durch launenhafte Windungen des Vindhiagebirges gehemmt, nicht den kürzesten Weg laufen, welchen Phileas Fogg einzuschlagen genötigt war. Der Parse, welcher Wege und Stege des Landes genau kannte, behauptete, man könne quer durch den Wald etwa zwanzig Meilen zustrecken, und man verließ sich auf ihn.

Phileas Fogg und Sir Francis Cromarty, welche bis an den Hals in ihren Körben staken, wurden durch den scharfen Trab des Elefanten, den sein Mahut antrieb, arg geschüttelt. Aber sie ertrugen ihre schlimme Lage mit echt englischem Phlegma, sprachen dabei übrigens wenig und sahen sich einander kaum.

Passepartout, der auf dem Rücken des Tieres den Stößen und Gegenstößen direkt ausgesetzt war, nahm sich, wie sein Herr ihm anempfohlen hatte, wohl in Acht, dass ihm nicht die Zunge zwischen die Zähne kam, denn er hätte sie sonst entzwei gebissen. Der brave Junge, welcher bald auf den Hals des Elefanten geschleudert, bald wieder zum Kreuz zurückgeworfen wurde, machte Sprünge, wie ein Clown auf dem Sprungbrett. Aber er scherzte und lachte bei allen seinen Karpfensprüngen, und holte von Zeit zu Zeit ein Stück Zucker aus seinem Sacke, welches der gescheite Kiuni mit der Spitze seines Rüssels fasste, ohne einen Augenblick seinen regelmäßigen Trab zu unterbrechen.

Nachdem sie zwei Stunden geritten waren, hielt der Führer an und machte eine Stunde Rast. Das Tier verschlang Gezweig und Gebüsche, und stillte seinen Durst aus einer nahen Lache. Sir Francis Cromarty war ganz zufrieden mit diesem Halt, denn er fühlte sich wie gerädert. Herr Fogg schien ebenso wohl aufgelegt, als wäre er aus dem Bette aufgestanden.

»Der ist ja von Eisen! sagte der Brigadegeneral, indem er ihn mit Verwunderung betrachtete.

– Aus geschmiedetem Eisen«, versetzte Passepartout, der eilig ein Frühstück zu bereiten beflissen war.

Um die Mittagsstunde gab der Führer das Zeichen zum Aufbruch. Das Land zeigte bald ein sehr wildes Aussehen. Auf die hohe Waldung folgten niedere Schläge Tamarinden und Zwergpalmen, nachher ausgedehnte dürre Ebenen, die mit magerem Gesträuch und großen Syenitblöcken bedeckt waren. Dieser ganze Teil des oberen Bundelkund, wohin Reisende selten kamen, ist von einer fanatischen, in den fürchterlichsten Übungen der Hindu-Religion verhärteten Bevölkerung bewohnt. Die Herrschaft der Engländer hat auf einem dem Einfluss der Rajahs unterliegenden Gebiete noch nicht regelmäßig festen Bestand gewinnen können, da es schwer gehalten haben würde, in ihren unzugänglichen Schlupfwinkeln des Vindhiagebirges ihnen beizukommen.

Manchmal gewahrte man Scharen wilder Inder, welche zornige Gebärden machten, als sie das rasche Tier vorübertraben sahen. Übrigens wich ihnen der Parse möglichst aus, weil er sie für Leute hielt, mit denen man nicht gerne zu tun hat. Man sah diesen Tag über wenig Tiere, kaum einige Affen, welche mit allerlei Grimassen, die dem Passepartout viel Spaß machten, das Weite suchten.

Diesen Burschen plagte unter vielen anderen auch der Gedanke, was denn wohl Herr Fogg nach seiner Ankunft zu Allahabad mit dem Elefanten machen würde. Unmöglich würde er ihn mitnehmen; durch den Transportpreis würde das ohnehin schon über die Maßen teure Tier zum Ruin führen. Würde man ihn verkaufen? oder in Freiheit setzen? Das schätzbare Tier verdiente wohl eine solche Rücksicht. Sollte es Herrn Fogg einfallen, ihm, Passepartout, ein Geschenk mit demselben zu machen, so würde ihn dies nur in große Verlegenheit setzen. Solche Gedanken ließen ihm keine Ruhe.

Um acht Uhr Abends war man über die Hauptkette der Vindhia hinaus, und die Reisenden machten am Fuße des Nordabhanges in einem verfallenen Hause halt.

Man hatte an diesem Tage ungefähr fünfundzwanzig Meilen zurückgelegt, und ebenso viel waren noch bis zur Station Allahabad zu machen.

Die Nacht war kalt. Der Parse zündete in dem Hause aus dürrem Gezweig ein Feuer an, das recht behaglich wärmte. Für das Abendessen hatte man sich zu Kholby vorgesehen, und die Reisenden sprachen zu wie abgemattete, zerschlagene Leute. Die mit abgebrochenen Sätzen angefangene Unterhaltung ging bald in lautes Schnarchen über. Der Führer wachte neben Kiuni, der, an einen dicken Baumstamm gelehnt, stehend einschlief.

Kein Unfall störte diese Nacht. Die Stille wurde mitunter durch Gebrüll von Löwen, Tigern und Panthern, dazwischen von hellem Hohngelächter der Affen unterbrochen. Aber das reißende Wild ließ es beim Schreien bewenden, und verschonte die Gäste des Hauses mit Feindseligkeiten. Sir Francis Cromarty, als ein wackerer, von Strapazen ermüdeter Krieger, schlief schwer wie ein Sack. Passepartout träumte in unruhigem Schlaf von den bestandenen Purzelsprüngen. Herr Fogg dagegen lag in tiefster Ruhe, als befinde er sich in seinem stillen Hause der Saville-Row.

Um sechs Uhr früh machte man sich wieder auf den Weg. Der Führer hoffte noch an demselben Abend zu Allahabad anzukommen, so dass Herr Fogg nur einen Teil der seit Anfang der Reise gesparten achtundvierzig Stunden eingebüßt haben würde.

Es ging den letzten Abhang der Vindhia hinab, und Kiuni war wieder in seinem raschen Trabe. Gegen Mittag bog der Führer um den Flecken Kallenger herum, am Cani, einem der Nebenzuflüsse des Ganges; denn er wich stets den bewohnten Orten aus, weil er sich in den menschenleeren Ebenen, welche die ersten Niederungen des großen Flussbeckens bildeten, sicherer wusste. Die Station Allahabad befand sich nur noch zwölf Meilen nordöstlich. Man machte unter einem Wäldchen von Pisang Halt, deren Früchte, so gesund wie Brod, so »saftig wie Creme«, sehr köstlich waren.

Um zwei Uhr drang der Führer in das Dickicht eines Waldes, unter welchem wir einige Meilen weit hindurch mussten; denn er wählte gerne für die Reisenden ein solches Obdach. Jedenfalls war ihm bis jetzt noch nichts Widriges begegnet, und die Reise schien ohne Unfall vollendet zu werden, als der Elefant mit einigen Zeichen von Unruhe plötzlich stehen blieb.

Es war eben vier Uhr.

»Was gibt's? fragte Sir Francis Cromarty, indem er den Kopf aus seinem Korbe heraus steckte.

– Ich weiß nicht, Herr Offizier«, erwiderte der Parse, und lauschte einem wirren Gemurmel, welches man durch das dichte Gezweig hindurch vernahm.

Nach einigen Augenblicken war das Getöse schon besser zu unterscheiden. Man konnte meinen, es sei ein noch weit entferntes Concert von Menschenstimmen und kupfernen Instrumenten.

Passepartout war ganz Auge, ganz Ohr. Herr Fogg wartete in Geduld, ohne ein Wort zu sprechen.

Der Parse sprang auf den Boden, band den Elefanten an einen Baum und drang mehr ins Dickicht des Gehölzes. Nach einigen Minuten kam er zurück und sprach:

»Eine Brahmanen-Prozession, welche dieses Weges zieht. Wo möglich wollen wir vermeiden, dass man uns bemerke.«

Der Führer band den Elefanten los, führte ihn in ein dichtes Gebüsch, und empfahl den Reisenden, nicht abzusteigen. Er selbst hielt sich bereit rasch aufzusitzen, wenn es notwendig werden sollte zu entfliehen. Doch dachte er, der Schwarm der Gläubigen werde, ohne ihn zu bemerken, vorüberziehen, denn das dichte Laubwerk verhüllte ihn ganz.

Das widrige Getön von Stimmen und Instrumenten kam näher, eintönige Gesänge, vermischt mit Trommelschlag und Zimbelnklang. Bald zeigte sich die Spitze der Prozession unter den Bäumen, fünfzig Schritte von der Stelle, wo Herr Fogg mit seinen Gefährten sich befand. Sie konnten leicht durch das Gezweig hindurch das merkwürdige Personal dieser religiösen Zeremonie unterscheiden.

In vorderster Reihe schritten Priester mit spitzen Mützen und langen, verbrämten Gewändern. Sie waren von einer Truppe Männer, Frauen und Kinder umgeben, die eine Art Leichenpsalmen anstimmten, unterbrochen von Tam-Tamschlägen und Zimbelnklängen.

Hinter ihnen, auf einem Wagen mit breiten Rädern, deren Speichen und Felgen ein Schlangengewinde darstellten, sah man eine hässliche Statue, die von zwei Paar mit reichen Schabracken gezierten Bisons gefahren wurde. Dieses Standbild hatte vier Arme, dunkelrot gefärbten Körper, große Augen, zerzauste Haare, heraushängende Zunge, und mit Betel und Henne gefärbte Lippen. Ein Halsband von Totenköpfen und ein Gürtel von abgehauenen Händen war sein Schmuck. Es stand auf einem niedergeworfenen Riesen ohne Kopf.

Sir Francis Cromarty erkannte diese Statue.

»Die Göttin Kali, sagte er halblaut, die Göttin der Liebe und des Todes.

– Des Todes, das geb' ich zu, aber der Liebe, niemals! sagte Passepartout. Das hässliche Weibsbild!«

Der Parse bedeutete sie, sich still zu halten.

Um die Statue herum wimmelte, zappelte in Verzuckungen ein Trupp alter Fakirs, streifig mit ockerfarbenen Bändern, mit kreuzförmigen Einschnitten bedeckt, aus welchen Blut träufelte, stupide Besessene, die bei den großen Zeremonien der Hindu sich sogar unter die Räder des Wagens von Jaggernaut werfen.

Hinter ihnen sah man einige Brahmanen in vollem Schmuck ihrer reichen orientalischen Prachtkleidung eine Frau schleppen, die sich kaum aufrecht zu halten vermochte.

Es war eine junge Frau, weiß wie eine Europäerin. Kopf, Hals, Schultern, Ohren, Arme, Hände, Zehen waren mit Geschmeide übermäßig behängt, mit Hals-und Armbändern, Ohr- und Fingerringen. Eine golddurchwirkte, mit leichtem Musselin umhüllte Tunika zeigte die Formen ihrer Taille.

Hinter dieser jungen Frau, in grellem Kontrast, trugen Leibgarden mit entblößten Säbeln und damaszierten Pistolen am Gürtel auf einem Palankin einen Leichnam.

Es war der Körper eines Greises in reichem Rajagewande, wie bei Lebzeiten mit perlengesticktem Turban, in Gold und Seite gewirktem Kleide, einem Gürtel von Kaschmir mit Diamantenschmuck und dem prachtvollen Wappen eines indischen Fürsten.

Den Zug schloss eine Musikbande und ein Trupp Fanatiker, die mit betäubendem Geschrei mitunter den Lärm der Instrumente überboten.

Sir Francis Cromarty sah diesem Aufzug mit besonders trauriger Miene zu, und sprach zu dem Führer:

»Ein *sutty*!«

Der Parse bejahte mit einem Zeichen, und hielt einen Finger auf seine Lippen. Die lange Prozession zog sich langsam unter die Bäume, und bald verschwanden ihre hintersten Reihen im Waldesgrunde.

Nach und nach wurden die Gesänge nicht mehr vernehmlich. Man hörte nur noch das laute Aufschreien aus der Ferne, und endlich folgte tiefe Stille auf den Lärm.

Phileas Fogg hatte das Wort, welches Sir Francis Cromarty gesprochen, vernommen, und fragte, sobald die Prozession vorüber war: »Was ist ein *sutty*?

– Ein *sutty*, Herr Fogg, erwiderte der Brigadegeneral, ist ein Menschenopfer, aber ein freiwilliges. Diese Frau, welche Sie soeben gesehen haben, wird morgen in aller Frühe verbrannt werden.

– Ei! die Lumpenkerle! rief Passepartout, der seine Entrüstung zu äußern sich nicht enthalten konnte.

– Und dieser Leichnam? fragte Herr Fogg.

– Eines Fürsten, der ihr Gemahl war, erwiderte der Führer, ein unabhängiger Rajah des Bundelkund.

– Wie, fuhr Phileas Fogg fort, ohne dass seine Stimme die geringste Gemütsbewegung verriet, diese barbarischen Gebräuche existieren noch in Indien, und die Engländer haben sie noch nicht abschaffen können?

– Im größten Teile Indiens, erwiderte Sir Francis Cromarty, werden diese Opfer nicht mehr vollzogen, aber wir haben auf diese wilden Gegenden, und besonders das Gebiet des Bundelkund, keinen Einfluss. Der ganze nördliche Abhang der Vindhia ist der Schauplatz unaufhörlichen Mordens und Plünderns.

– Die Arme! brummte Passepartout, lebendig verbrannt!

– Ja, fuhr der Brigadegeneral fort, verbrannt; und würde sie's nicht, Sie können nicht glauben, in welch' jämmerliche Lage sie sich dann von ihren nächsten Verwandten versetzt sähe. Man würde ihr die Haare abscheren, ihr kaum eine Handvoll Reis zur Nahrung reichen, sie von sich stoßen; sie würde wie eine unreine Person angesehen, und in irgend einem Winkel wie ein räudiger Hund hinsterben. Daher treibt diese Aussicht auf so ein erschreckliches Dasein diese unglücklichen Personen oft weit mehr zur Opferung, als Liebe oder religiöser Fanatismus. Manchmal jedoch ist das Opfer ein wirklich freiwilliges, und es ist ein energisches Dazwischentreten von Seiten der Regierung nötig, um es zu hindern. So sah ich vor einigen Jahren, als ich zu Bombay wohnte, eine junge Witwe, die sich vom Gouverneur die Erlaubnis ausbat, sich mit dem Leichnam ihres Mannes zu verbrennen. Sie können sich denken, dass der Gouverneur es abschlug. Da zog die Witwe aus der Stadt weg und flüchtete zu einem unabhängigen Rajah, wo sie ihre Opferung vollzog.«

Während der Erzählung des Brigadegenerals schüttelte der Führer den Kopf, und als derselbe ausgeredet hatte, sprach er:

»Das Opfer, welches morgen bei Tagesanbruch statthaben soll, ist kein freiwilliges.

– Woher wissen Sie das?

– Es ist eine Geschichte, die im Bundelkund allgemein bekannt ist, erwiderte der Führer.

– Die Unglückliche schien aber doch gar keinen Widerstand zu leisten, bemerkte Sir Francis Cromarty.

– Das kommt daher, weil man sie mit Hanfrauch und Opium berauscht hat.

– Aber wo führt man sie hin?

– In die Pagode zu Pillaji, zwei Meilen von hier. Dort wird sie die Nacht zubringen bis zur Zeit der Opferung.

– Und dieses Opfer wird statthaben? ...

– Morgen bei Tagesanbruch.«

Nach dieser Antwort führte er den Elefanten aus dem Dickicht und schwang sich auf seinen Hals. Aber im Moment, als er im Begriff war, ihn durch ein eigentümliches Pfeifen anzutreiben, hielt Herr Fogg ihn ab und sprach zu Sir Francis Cromarty:

»Ob wir diese Frau retten könnten?

– Diese Frau retten, Herr Fogg! ... rief der Brigadegeneral.

– Ich habe noch zwölf Stunden voraus. Ich kann sie dem widmen.

– Nun! Sie sind ja ein Mann von Gemüt! sagte Sir Francis Cromarty.

– Bisweilen, erwiderte einfach Phileas Fogg, wann ich dazu Zeit habe.«

DREIZEHNTES KAPITEL.

Ein abermaliger Beweis, dass das Glück dem Kühnen hold ist.

Das Vorhaben war kühn, voll Schwierigkeiten, vielleicht unausführbar. Herr Fogg setzte sein Leben in Gefahr, oder doch seine Freiheit, und damit den Erfolg seiner Unternehmung; aber er besann sich keinen Augenblick. Übrigens fand er in Sir Francis Cromarty einen entschlossenen Gehilfen.

Passepartout war gerne zur Verfügung. Die Idee seines Herrn begeisterte ihn. Er empfand, dass unter dieser Hülle von Eis ein Herz schlug, eine Seele lebte. Nun fühlte er sich gedrungen, Phileas Fogg zu lieben.

Wie würde nun aber der Führer sich dabei verhalten? Sollte er wohl zu den Hindu halten? In Ermangelung seiner Mitwirkung musste man wenigstens seiner Neutralität sicher sein.

Sir Francis Cromarty legte ihm offen die Frage vor.

»Herr Offizier, erwiderte der Führer, ich bin Parse und diese Frau ist Parsin. Ich stehe zu Diensten.

– Wohl, wackerer Mann, erwiderte Herr Fogg.

– Jedoch, merken Sie wohl, fuhr der Parse fort, wir setzen nicht allein unser Leben ein, sondern haben auch, wenn wir gefangen werden, eine schauderhafte Hinrichtung zu gewärtigen. Also, sehen Sie wohl zu.

– Das ist schon geschehen, erwiderte Herr Fogg. Ich denke, wir müssen zum Handeln die Nacht abwarten.

– Das ist auch meine Meinung«, versetzte der Führer.

Der wackere Hindu erzählte darauf einiges Nähere über das Opfer. Es war eine Inderin von ausgezeichneter Schönheit parsischer Abstammung, die Tochter reicher Kaufleute zu Bombay. Sie hatte in dieser Stadt eine ganz englische Erziehung erhalten, und ihrem Benehmen, ihrer Bildung nach hätte man sie für eine Europäerin angesehen. Sie hieß Aouda.

Als Waise wurde sie wider Willen mit diesem alten Rajah des Bundelkund verheiratet, und nach drei Monaten schon ward sie Witwe. Da sie wusste, welches Los ihr bevorstand, suchte sie zu entrinnen, wurde sogleich wieder aufgegriffen, und die Verwandten des Rajah, in deren Interesse ihr Tod lag, bestimmten sie zu dieser Todesart, und sie schien derselben nicht mehr entgehen zu können.

Diese Erzählung konnte Herrn Fogg und seine Gefährten nur in ihrem edlen Entschluss bestärken. Man beschloss, der Führer solle den Elefanten nach der Pagode Pillaji leiten, und dieser so nahe wie möglich bringen.

Eine halbe Stunde nachher machte man unter einem Buschwerk, fünfhundert Schritte von der Pagode, Halt. Diese konnte man zwar nicht sehen, aber das Geheul der Fanatiker ließ sich deutlich vernehmen.

Nun beriet man über die Mittel, um zu dem Opfer zu gelangen. Dem Führer war die Pagode zu Pillaji bekannt, worin, wie er behauptete, die junge Frau gefangen war. Sollte es möglich sein, während die ganze Schar im Schlafe der Trunkenheit versunken lag, durch eine der Türen hinein zu gelangen, oder musste man ein Loch in die Mauer brechen? Darüber konnte man doch erst zur Zeit der Ausführung und an Ort und Stelle urteilen. Aber unzweifelhaft war, dass die Entwendung während dieser Nacht vorgenommen werden musste, und nicht, wenn bei Tagesanbruch das Opfer zum Tode geführt wurde. Dann wäre es keiner menschlichen Macht mehr möglich, sie zu retten.

Herr Fogg wartete mit seinen Genossen die Nacht ab.

Sobald es dunkel ward, gegen sechs Uhr Abends, entschlossen sie sich, eine Erkundung um die Pagode herum anzustellen. Das letzte Geschrei der Fakirs verstummte damals. Nach ihrer Gewohnheit mussten diese Inder in tiefer Berauschung mit »Hang«, – flüssigem Opium mit einem Hanfaufguss gemischt – liegen, und es würde vielleicht möglich sein, sich zwischen ihnen durch bis zum Tempel zu schleichen.

Geräuschlos drangen die kühnen Leute durch den Wald. Nachdem sie zehn Minuten unter dem Gezweig gekrochen, langten sie am Ufer eines Flüsschens an, und gewahrten da beim Scheine von Fackeln einen Haufen aufgeschichteten Holzes. Es war der aus kostbarem Sandelholz errichtete Scheiterhaufen, der bereits mit parfümiertem Öl getränkt war. Oben darauf lag der einbalsamierte Leichnam des Rajah, welcher zugleich mit seiner Witwe verbrannt werden sollte. Hundert Schritte von diesem Scheiterhaufen stand die Pagode, deren Minarette über die Gipfel der Bäume ragten.

»Kommen Sie!« sagte der Führer leise.

Und mit verdoppelter Vorsicht schlich er seinen Gefährten voran stille durch das hohe Gras.

Nur das Säuseln des Windes unterbrach noch die Stille. Nicht lange, so hielt der Führer am Rande einer Lichtung, die von einigen Fackeln erleuchtet war. Haufenweise lagen da, wie auf einer Wahlstatt, die Schläfer in tiefem Rausch, Männer, Weiber, Kinder, alle durcheinander; einiges Röcheln vernahm man hier und da.

Im Hintergrunde, zwischen dem Gebüsche, erhob sich undeutlich der Tempel von Pillaji. Aber zu großer Enttäuschung des Führers waren die Garden der Rajahs im Scheine rußiger Fackeln wachsam an den Eingängen, und wandelten mit gezogenem Säbel auf und ab. Es ließ sich voraussetzen, dass die Priester innen ebenso wachsam waren.

Der Parse wagte nicht weiter vorzugehen. Da er die Unmöglichkeit sah, gewaltsam in den Tempel zu gelangen, führte er seine Gefährten rückwärts.

Phileas Fogg und Sir Francis Cromarty begriffen wie er, dass man von dieser Seite her nichts wagen konnte.

Sie standen stille und sprachen leise mit einander.

»Warten wir, sagte der Brigadegeneral, es ist erst acht Uhr, und es ist möglich, dass auch diese Wächter in Schlaf verfallen.

– Das ist wohl möglich«, erwiderte der Parse.

Phileas Fogg und seine Gefährten lagerten sich daher am Fuß eines Baumes und warteten.

Wie wurde ihnen die Zeit lang! Von Zeit zu Zeit entfernte sich der Führer, um den Rand des Gehölzes zu beobachten. Die Leibwächter des Rajah wachten unablässig bei Fackelschein, und ein dämmerndes Licht drang durch die Fenster der Pagode.

So wartete man bis Mitternacht; aber die Lage änderte sich nicht. Die Bewachung außen blieb unverändert; offenbar konnte man nicht darauf rechnen, dass die Wächter in Schlaf versanken. Vermutlich hatte man ihnen die Berauschung mit »Hang« unmöglich gemacht. Man musste also anders verfahren, und durch eine in die Mauer der Pagode gebrochene Öffnung einzudringen versuchen. Dann blieb noch die Frage, ob die Priester bei ihrem Opfer ebenso sorgsam wachten, wie die Soldaten am Eingang des Tempels.

Nach einer letzten Beratung machte sich der Führer auf den Weg, gefolgt von Herrn Fogg, Sir Francis und Passepartout. Sie machten einen ziemlichen Umweg, um der Pagode von hinten beizukommen.

Etwa um halb Eins kamen sie, ohne Jemand zu begegnen, am Fuß der Mauer an. Auf dieser Seite waren keine Wachen aufgestellt, aber es waren da auch weder Tür noch Fenster.

Es war dunkle Nacht. Der Mond, damals im letzten Viertel, stieg eben, von dichtem Gewölk umgeben, am Horizont auf. Die hohen Bäume vermehrten noch die Dunkelheit.

Aber dass man sich am Fuße der Mauer befand, reichte nicht hin, man musste auch eine Öffnung hinein brechen. Dafür waren Phileas Fogg und seine Genossen mit gar keinem Werkzeuge versehen, als ihren Taschenmessern. Zum Glück waren die Mauern des Tempels nur aus Ziegelstein in Verbindung mit Holz gebaut, so dass es nicht schwer war ein Loch einzubohren. War einmal ein Ziegelstein herausgenommen, so ging's mit den anderen noch leichter.

Man machte sich so still wie möglich ans Werk. Auf der einen Seite der Parse, auf der andern Passepartout, entnahmen sie die Ziegelsteine dergestalt, dass sie ein zwei Fuß breites Loch bekamen.

Die Arbeit schritt vor, als ein Geschrei im Innern des Tempels sich vernehmen ließ, das von außen sogleich erwidert wurde.

Die beiden Arbeiter hielten inne. Hatte man sie entdeckt? Machte man Lärm? Die gewöhnlichste Klugheit riet, sich zu entfernen, und sie taten es mit Phileas Fogg und Sir Francis Cromarty. Sie duckten sich abermals unters Gehölz, in Erwartung, dass der Lärm sich wieder legen würde, um dann von Neuem ans Werk zu gehen. Aber zu allem Unglück wurden an jener Stelle der Pagode Wachen aufgestellt, die jede Annäherung unmöglich machten.

Unbeschreiblich war die Verlegenheit der vier Männer, als sie sich bei ihrem Werk gehemmt sahen. Wie konnten sie das Opfer retten, da sie nicht zu ihm gelangen konnten? Sir Francis Cromarty benagte sich die Finger. Passepartout war außer sich, und der Führer konnte ihn kaum beschwichtigen. Phlegmatisch wartete Herr Fogg ab, ohne seine Gefühle kund zu geben.

»Es bleibt uns nichts, als abzuziehen? fragte leise der Brigadegeneral.

– Warten Sie, sagte Fogg. Ich brauche erst morgen vor zwölf Uhr in Allahabad zu sein.

– Aber worauf hoffen Sie? erwiderte Sir Francis Cromarty. In einigen Stunden wird's Tag sein, und ...

– Die günstige Gelegenheit kann sich noch im letzten Augenblicke ergeben.«

Der Brigadegeneral hätte gewünscht in Phileas Foggs Augen lesen zu können.

Worauf rechnete der kaltblütige Engländer? Wollte er im Moment des Todes sich auf die junge Frau losstürzen und sie ihren Henkern offen entreißen?

Das wäre Wahnsinn gewesen; und war wohl anzunehmen, dass dieser Mann zu solchem Wahnsinn gediehen sei? Dennoch willigte Sir Francis Cromarty ein, bis zur Entwickelung dieser schrecklichen Szene zu warten. Doch ließ der Führer seine Gefährten nicht an dem Orte, wohin sie sich geflüchtet hatten, und führte sie an die vordere Seite der Lichtung. Hier konnten sie, von einem Gebüsche verdeckt, die eingeschlafenen Gruppen beobachten.

Inzwischen trug sich Passepartout, der hoch auf den Zweigen eines Baumes saß, mit einem Gedanken, der erst wie ein Blitz seinen Geist durchzuckte und endlich in seinem Kopfe sich festsetzte.

Anfangs hatte er zu sich gesagt: »Wie toll!« und jetzt sagte er wiederholt: »Warum nicht, allem Anschein nach? Ein möglicher Weg, vielleicht der einzige bei so viehdummem Volke! ...«

Jedenfalls gab Passepartout damals seinen Gedanken keine andere Form, aber er glitt flink wie eine Schlange unverweilt auf die unteren Zweige des Baumes, deren Enden sich bis zum Boden hinab bogen.

Die Stunden verflossen, und bald verkündigte Dämmerungsschein den Anbruch des Tages. Doch war's noch völlig finster. Dies war der bestimmte Zeitpunkt. Gleich einer Auferstehung erhoben sich die Massen aus dem Schlafe, die Gruppen belebten sich. Tam-Tamschläge, lautes Geschrei und Gesang ertönten. Es war die Todesstunde der Unglücklichen gekommen.

In der Tat, die Pforten der Pagode öffneten sich und es strahlte ein helleres Licht aus dem Innern heraus. Herr Fogg und Sir Francis Cromarty konnten in heller Beleuchtung wahrnehmen, wie zwei Priester das Opfer herausschleppten. Es kam ihnen sogar vor, als bemühe sich die

Unglückliche, im äußersten Drange der Selbsterhaltung die Betäubung abschüttelnd, ihren Henkern zu entrinnen. Sir Francis Cromarty, dem das Herz zerspringen wollte, fasste mit krampfhafter Bewegung Phileas Foggs Hand, und fühlte, dass diese Hand ein Messer gezückt hielt.

In dem Augenblicke setzte sich die Masse in Bewegung. Die junge Frau war in die durch Hanfrauch erzeugte Erstarrung zurückgesunken. Sie schritt mitten durch die Fakirs, welche sie mit frommem Geschrei umgaben.

Phileas Fogg und seine Genossen schlossen sich im Gedränge den hintersten Reihen der Masse an.

Nach zwei Minuten gelangten sie an den Rand des Baches, und hielten keine fünfzig Schritte von dem Scheiterhaufen an, worauf der Leichnam des Rajah lag. Im Halbdunkel sahen sie das Opfer regungslos neben der Leiche ihres Gemahls liegen.

Darauf wurde mit einer Fackel das ölgetränkte Holz angezündet, das sogleich in heller Flamme loderte.

In dem Moment wollte Phileas Fogg, von edelmütigem Wahnsinn getrieben, auf den Scheiterhaufen zustürzen, doch Francis Cromarty und der Führer hielten ihn zurück ...

Phileas Fogg stieß sie von sich – da änderte sich plötzlich die Szene. Ein Schrei des Entsetzens ward vernommen, und die gesamte Menge warf sich in Bestürzung zu Boden.

Der alte Rajah war also nicht tot? man sah ihn plötzlich wie ein Gespenst sich aufrichten und die junge Frau in den Armen vom Scheiterhaufen herab, einer Geistererscheinung vergleichbar, mitten durch die Dampfwolken schreiten. Die Fakirs, die Leibwächter, die Priester hatten sich, von plötzlichem Schrecken befallen, zu Boden geworfen, wagten nicht ihr Angesicht aufzurichten, um ein solches Wunder zu schauen!

Leblos lag das Opfer in den kräftigen Armen, die es trugen. Herr Fogg und Sir Francis Cromarty waren stehen geblieben, der Parse hatte den Kopf gesenkt und Passepartout war ohne Zweifel nicht minder erstaunt!

Der Wiederauferstandene kam so in die Nähe der Stelle, wo Herr Fogg und Sir Francis Cromarty sich befanden, und hier sprach er mit leiser Stimme:

»Nun eilen wir wohl! ...«

Passepartout selbst war's, der mitten durch den dichten Qualm zum Scheiterhaufen gedrungen war! Passepartout hatte unterm Schutz des noch herrschenden Dunkels die junge Frau vom Tode errettet! Passepartout, der seine Rolle mit dem Glücke des Kühnen spielte, schritt mitten durch die vom Schrecken gelähmte Menge.

In einem Augenblicke waren sie alle vier im Gehölz verschwunden, und der Elefant trabte mit ihnen rasch von dannen. Aber Geschrei und Geheul, und selbst eine Kugel, die durch Phileas Foggs Hut drang, gaben zu erkennen, dass man den listigen Streich entdeckt hatte.

Wirklich, als der Scheiterhaufen in hellen Flammen stand, sah man darin den Leichnam des alten Rajah.

Die Priester erholten sich von ihrem Schrecken und merkten nun, dass eine Entwendung stattgefunden hatte.

Sie stürzten über Hals und Kopf in den Wald, gefolgt von den Leibwächtern. Dieselben schossen ihre Gewehre ab, aber die Räuber waren bereits auf rascher Flucht, und befanden sich bald weit voraus, dass weder Kugeln noch Pfeile sie erreichen konnten.

VIERZEHNTES KAPITEL.

Phileas Fogg fährt das wundervolle Gangestal hinab, ohne dass er sich kümmert, es zu sehen.

Der kühne Raub war gelungen. Nach einer Stunde noch lachte Passepartout über den glücklichen Erfolg. Sir Francis Cromarty drückte dem unerschrockenen Burschen die Hand und sein Herr sprach zu ihm: »Brav«, was in dem Munde dieses Gentleman einen hohen Grad von Befriedigung bedeutete. Passepartout erwiderte darauf nur, die ganze Ehre dabei gehöre seinem Herrn. Er habe dabei nur eine »drollige« Idee gehabt, und er lache noch bei dem Gedanken, dass er, Passepartout, vormals Gymnast und Exsergeant der Pompiers, einige Augenblicke der Witwer einer reizenden Frau, ein alter einbalsamierter Rajah, gewesen sei!

Die junge Inderin war bei dem Vorfall ohne Bewusstsein. In Reisedecken eingewickelt lag sie auf einem der Tragkörbe.

Inzwischen lief der Elefant, von dem Parsen mit größter Sicherheit geleitet, rasch durch den noch dunkeln Wald. Eine Stunde, nachdem er die Pagode von Pillaji verlassen hatte, rannte er über eine ungeheure Ebene. Um sieben Uhr machte man Halt. Die junge Frau lag fortwährend in vollständiger Erschöpfung. Der Führer flößte ihr einige Schluck Wasser mit Branntwein ein; aber der betäubende Einfluss, der sie überwältigte, sollte noch einige Zeit dauern.

Sir Francis Cromarty, dem die durch Einhauchen von Hanfdünsten hervorgebrachte Berauschung in ihren Folgen bekannt war, zeigte ihrethalben keine Unruhe.

Aber flößte auch die Wiederherstellung der jungen Inderin dem Brigadegeneral keine Besorgnis ein, so war er doch in Betreff ihrer Zukunft nicht eben so beruhigt. Er sagte zu Phileas Fogg unumwunden, dass Mrs. Aouda, wenn sie in Indien bliebe, unvermeidlich ihren Henkern wieder in die Hände fallen werde. Diese Besessenen, welche auf der ganzen Halbinsel verbreitet seien, würden trotz der englischen Polizei ihr Opfer sicherlich wieder in ihre Hände zu bringen wissen, sei es zu Madras, Bombay oder Kalkutta. Und Sir Francis Cromarty führte eine Tatsache gleicher Art, die kürzlich vorgekommen, zum Belege seiner Behauptung an. Seiner Ansicht nach könne die junge Frau nur dann wirklich sicher sein, wenn sie Indien ganz verlasse.

Phileas Fogg sagte, er wolle sich dies merken und Vorsorge treffen.

Gegen zehn Uhr meldete der Führer die Station Allahabad, wo die unterbrochene Eisenbahn wieder anfing. Von hier aus gelangte man in weniger als einem Tag und einer Nacht nach Kalkutta.

Phileas Fogg musste also noch zeitig für das Paketboot ankommen, welches nur am folgenden Tage, den 25. Oktober, um zwölf Uhr, nach Hongkong abfuhr.

Die junge Frau wurde in einem Zimmer des Bahnhofs niedergelegt. Passepartout erhielt Auftrag, einige Toilettengegenstände, Kleid, Shawl, Pelzwerk etc., was er vorrätig fände, für sie zu kaufen, und bekam dafür unbegrenzten Kredit.

Derselbe ging augenblicklich aus und eilte durch die Straßen der Stadt. Allahabad, d.h. die Stadt Gottes, ist eine der am meisten verehrten Orte Indiens, weil sie am Zusammenfluss der beiden heiligen Flüsse, des Ganges und des Dschumna, liegt, zu deren Wasser man aus der ganzen Halbinsel her wallfahrtet. Es ist übrigens bekannt, dass den Legenden des Ramayana zufolge der Ganges aus dem Himmel entspringt, woher er durch Brahmas Gnade auf die Erde herabsteigt.

Passepartout besah sich, während er die Einkäufe besorgte, die Stadt, welche vormals durch ein prachtvolles Fort geschützt war, das nun Staatsgefängnis geworden ist. In der ehemals gewerbereichen Handelsstadt gibts keinen Handel und kein Gewerbe mehr. Passepartout suchte vergebens eine Modewarenhandlung, und fand die notwendigen Gegenstände nur bei einem Trödler, einem alten Juden, mit dem schwer zu handeln war. So musste er denn für ein Kleid von schottischem Stoff, einen weiten Mantel und einen prächtigen Otterpelz seine fünfundsiebzig Pfund zahlen. Er zahlte sie gerne und kehrte triumphierend zum Bahnhofe zurück.

Mrs. Aouda kam allmählich wieder zu sich. Nach und nach schwand die von den Priestern zu Pillaji über sie verhängte Nacht, und ihre schönen Augen gewannen wieder all' ihre indische Sanftmut. Die Witwe des Rajah von Bundelkund war eine reizende Frau im vollen europäischen Sinne des Wortes. Sie sprach mit großer Reinheit englisch, und es war keine Übertreibung, was der Führer versichert hatte, dass nämlich die junge Parsin durch die Erziehung umgewandelt worden sei.

Indessen war der Zug im Begriff abzufahren, und Herr Fogg bezahlte dem harrenden Parsen seinen Lohn, und keinen Pfennig weiter. Darüber stutzte Passepartout ein wenig, denn er wusste, was sein Herr der Hingebung des Führers verdankte. Wirklich hatte der Parse ja zu Pillaji sein Leben freiwillig aufs Spiel gesetzt; und wenn die Hindu noch später seiner habhaft wurden, würde er schwerlich ihrer Rache entgehen.

Nun handelte sich's noch um Kiuni? Was war mit einem so teuren Tiere anzufangen?

Aber Phileas Fogg hatte schon seinen Entschluss gefasst.

»Parse, sprach er zu dem Führer, Du bist mir zu Diensten und ergeben gewesen. Deine Dienstleistung hab' ich bezahlt, nicht aber Deine Hingebung. Willst Du den Elefanten, so soll er Dir gehören.«

Wie glänzten des Führers Augen!

»Ew. Gnaden schenken mir ein Vermögen! rief er aus.

– Nimm's nur, wackerer Führer, versetzte Herr Fogg, und ich bleibe doch noch Dein Schuldner.

– Das lass ich mir gefallen! rief Passepartout. Nimm nur, mein Freund! Kiuni ist ein braves und mutiges Tier!«

Darauf ging er hin zu dem Tiere und reichte ihm einige Stücke Zucker mit den Worten:

»Da nimm, Kiuni, nimm!«

Der Elefant gab mit einigem Brummen seine Befriedigung zu erkennen. Dann fasste er Passepartout beim Gürtel, umwickelte ihn mit seinem Rüssel und hob ihn zu seinem Kopfe empor. Passepartout erschrak nicht im Mindesten, liebkoste das Tier, und wurde von ihm wieder sanft auf den Boden gesetzt. Ein tüchtiger Handschlag des braven Burschen erwiderte den Rüsselschlag des guten Tieres.

Eine kleine Weile nachher befanden sich Phileas Fogg, Sir Francis Cromarty und Passepartout in einem komfortablen Waggon, nebst Mrs. Aouda, die den besten Platz inne hatte; und so fuhren sie in größter Eile Benares zu.

Die achtzig Meilen bis dahin legten sie binnen zwei Stunden zurück.

Während dieser Fahrt kam die junge Frau wieder völlig zu sich; die Wirkung des einschläfernden Hang verschwand.

Wie war sie erstaunt, als sie sich auf der Eisenbahn in diesem Waggon, in europäischer Kleidung mitten unter Reisenden fand, die ihr völlig unbekannt waren!

Anfangs wurde sie von ihren Reisegefährten gepflegt, und mit einigen Tropfen Likör zum Leben zurückgeführt; dann erzählte ihr der Brigadegeneral, was vorgefallen war. Er hob die Hingebung Phileas Foggs hervor, der ohne Bedenken sein Leben an ihre Rettung gesetzt hatte, und die kühne Lösung des Abenteuers durch Passepartout.

Herr Fogg sprach kein Wort dazu. Passepartout sagte wiederholt mit Beschämung, »das sei nicht der Mühe wert!«

Mrs. Aouda dankte ihren Rettern mit innigster Rührung; mehr mit Tränen, als mit Worten, sprachen ihre schönen Augen die Dankbarkeit des Herzens aus. Dann, als ihre Gedanken sie zu dem Scheiterhaufen zurückführten, als sie das Hinduland schaute, wo sie noch von so vielen Gefahren bedroht war, überfiel sie ein Schauder des Schreckens.

Phileas Fogg verstand, was ihre Seele durchdrang, und machte ihr zur Beruhigung, obwohl sehr kühl, das Erbieten, sie nach Hongkong zu führen, wo sie bleiben könne, bis die Gefahr vorüber sei.

Mrs. Aouda nahm dankbar das Erbieten an. Es lebte zu Hongkong ein Verwandter von ihr, der auch Parse war, einer der ersten Kaufleute der Stadt, die, wenn schon an der chinesischen Küste, doch völlig englisch ist.

Um halb ein Uhr hielt der Zug auf der Station Benares.

Die brahmanischen Legenden behaupten, diese Stadt stehe an der Stelle des alten Casi, welches ehemals im Weltraume schwebte, zwischen dem Zenit und dem Nadir, wie das Grab Mohammeds. Aber in der jetzigen Epoche der Wirklichkeit steht sie ganz prosaisch auf dem Erdboden, und Passepartout konnte einen Augenblick ihre Häuser von Ziegelsteinen, ihre Hütten aus Flechtwerk schauen, welche ihr ein ganz ödes Aussehen geben, ohne alle Lokalfarbe.

Hier musste Sir Francis Cromarty aussteigen. Die Truppen, zu welchen er sich begab, lagerten einige Meilen nördlich von der Stadt. Der Brigadegeneral nahm also von Phileas Fogg Abschied, wünschte ihm allen möglichen Erfolg, und dass er ein andermal auf eine nicht so originale, aber nützlichere Art die Reise machen möge. Herr Fogg drückte seinem Gefährten ein wenig die Finger.

Mrs. Aouda verabschiedete sich in mehr verbindlicher Weise mit der Versicherung, dass sie ewig gedenken werde, was sie Sir Francis Cromarty verdanke. Passepartout wurde von dem Brigadegeneral mit einem herzlichen Handschlage beehrt, und fragte ganz gerührt, wo und wann er ihm seine Ergebenheit beweisen könne. Hierauf trennte man sich.

Von Benares aus läuft die Eisenbahn noch eine Zeit lang im Gangestal. Durch die Fenster des Waggons bei ziemlich hellem Wetter erblickte man die bunte Landschaft Behar, grün belaubte Berge, Gerste-, Mais- und Weizenfelder, Bäche und Sümpfe voll grünlicher Alligatoren, stattliche Dörfer, noch grünende Waldung.

Einige Elefanten und dickbuckelige Bison badeten sich in den Gewässern des heiligen Stromes, und auch trotz der schon vorgerückten Jahreszeit und bereits kalter Witterung Scharen von Hindu beiderlei Geschlechts, welche frommer Weise heilige Waschungen vornahmen. Diese Gläubigen, erbitterte Feinde des Buddhismus, sind eifrige Anhänger der Brahmanen-Religion, welche sich in drei Personen verkörpert: der Sonnengottheit Wischnu; der göttlichen Personifikation der Naturkräfte, Shiva; und Brahma, dem obersten Herrn der Priester und Gesetzgeber. Aber mit welchem Auge sollten Brahma, Shiva und Wischnu dieses nunmehr »britannisierte« Indien anschauen, wenn rauschend ein Dampfboot vorüber fuhr und die heiligen Gewässer des Ganges trübte, die Meerschwalben verscheuchend, welche über dem Spiegel des Stromes hinflogen, die an seinem Uferrand wimmelnden Schildkröten, und die längs seiner Gestade lagernden frommen Gläubigen!

Dieses ganze Panorama flog blitzschnell vorüber, und oft hinderten weiße Dampfwolken seine Details zu sehen. Die Reisenden vermochten kaum flüchtig in Augenschein zu nehmen das Fort Chunar, zwanzig Meilen südöstlich von Benares, vormals Festung der Rajahs von Behar, Ghazepur mit seinen bedeutenden Rosenwasserfabriken, das am linken Gangesufer errichtete Grabmal des Lord Cornwallis, die feste Stadt Buxar, die große Gewerbe- und Handelsstadt Patna, wo der Hauptmarkt des indischen Opiums sich befindet, Monghir, eine Stadt so englisch wie Manchester und Birmingham, berühmt durch seine Eisengießereien, Zeugschmiede- und Gewehrfabriken, deren Rauchfänge Brahmas Himmel mit schwarzem Rauch beschmutzten.

Hierauf trat Nacht ein, und der Zug flog mitten durch das Geheul der Tiger, Bären und Löwen, die vor der Lokomotive flüchteten, mit größter Eile dahin, so dass man nicht mehr die Wunder Bengalens sehen konnte, Golgouda, Gour in Ruinen, die vormalige Hauptstadt Murshedabad, Burdwan, Hougly, Chandernagor, der einzige Punkt auf indischem Gebiete, welcher den Franzosen gehört, wo Passepartout gern mit Stolz das Banner seiner Heimat hätte wehen gesehen.

Endlich, um sieben Uhr früh, kam man zu Kalkutta an. Das nach Hongkong fahrende Paketboot ging erst um zwölf Uhr ab, so dass Phileas Fogg noch fünf Stunden Zeit vor sich hatte.

Seinem Büchlein zufolge musste der Gentleman dreiundzwanzig Tage nach der Abfahrt von London, am 25. Oktober, in der Hauptstadt Indiens eintreffen, und er langte am bestimmten Tage an. Leider waren die zwischen London und Bombay gewonnenen zwei Tage bei der Fahrt durch die indische Halbinsel wieder verloren worden, wir wissen wie, – aber man darf annehmen, dass Phileas Fogg es nicht zu bedauern hatte.

FÜNFZEHNTES KAPITEL.

Der Banknoten-Sack wird abermals um einige tausend Pfund leichter.

Der Zug hielt im Bahnhofe an. Passepartout verließ zuerst den Wagen, dann folgte Herr Fogg, welcher seiner jungen Gefährtin aussteigen half. Phileas Fogg hatte vor, sich direkt zum Paketboot nach Hongkong zu begeben, um Mrs. Aouda darin bequem einzurichten; denn er wollte, so lange sie in dem für sie so gefährlichen Lande weilte, ihr nicht von der Seite gehen.

Im Moment, als Herr Fogg aus dem Bahnhofe zu gehen im Begriff war, trat ein Polizeimann zu ihm und sprach:

»Herr Phileas Fogg?

– Der bin ich.

– Dieser Mensch ist Ihr Diener? fügte der Polizeimann bei, auf Passepartout deutend.

– Ja.

– Belieben Sie beide, mich zu begleiten.«

Herr Fogg ließ in keiner Bewegung irgendeine Überraschung merken. Dieser Agent war ein Repräsentant des Gesetzes, und jedem Engländer ist das Gesetz heilig. Passepartout mit seinen französischen Gewohnheiten wollte räsonieren, aber der Polizeimann berührte ihn mit seinem Stabe, und Phileas Fogg bedeutete ihn, zu gehorchen.

»Kann diese junge Dame uns begleiten? fragte Herr Fogg.

– Ja«, erwiderte der Polizist.

Der Polizeimann führte die drei Personen zu einem Palkighari, einer Art vierräderigen, zweispännigen Wagen zu vier Plätzen, und man fuhr ab. Während der etwa zwanzig Minuten dauernden Fahrt sprach Niemand ein Wort.

Der Wagen fuhr zuerst durch die »schwarze Stadt«, mit engen Straßen und Hütten, worin schmutziges, zerlumptes Volk aus allen Nationen wimmelte, nachher durch die europäische Stadt, die freundlich ist, mit Häusern von Ziegelstein, von Kokosbäumen beschattet, voll Masten und Stangen, worin bereits am frühen Morgen elegante Cavaliere mit prächtigem Gespann fuhren.

Der Palkighari hielt vor einem Hause von einfachem Äußeren, das aber zu Privatgebrauch nicht verwendet werden durfte. Der Polizeimann ließ seine Verhafteten aussteigen, führte sie in ein Zimmer mit vergitterten Fenstern und sprach:

»Um halb neun haben Sie vor dem Richter Obadiah zu erscheinen.«

Darauf zog er sich zurück und verschloss die Türe.

»Nun! Da sind wir im Kerker!« rief Passepartout, indem er auf einen Stuhl sank.

Mrs. Aouda wandte sich sogleich an Herrn Fogg, und sprach mit Rührung, die sie nicht verbergen konnte:

»Mein Herr, Sie müssen mich preisgeben! Um meinetwillen verfolgt man Sie! Weil Sie mich gerettet haben!«

Phileas Fogg erwiderte nur, das sei nicht möglich. Wegen dieser Entführung der Witwe verfolgt, – das war nicht anzunehmen. Die Kläger würden nicht aufzutreten wagen. Es musste da ein Missverständnis obwalten. Herr Fogg setzte hinzu, jedenfalls werde er die junge Frau nicht im Stiche lassen, und werde sie nach Hongkong führen.

»Aber das Boot fährt schon um zwölf Uhr ab! bemerkte Passepartout.

– Ehe es zwölf Uhr ist, werden wir an Bord sein«, erwiderte ruhig der Gentleman.

Dies sprach er mit solcher Bestimmtheit, dass Passepartout nicht umhin konnte, sich selbst zu sagen:

»Der Tausend! Das heißt doch sicher! Vor zwölf Uhr werden wir an Bord sein!« Aber beruhigt war er durchaus nicht.

Um halb neun öffnete sich die Türe, der Polizeimann trat herein und führte die Gefangenen in den daneben befindlichen Saal. Es war ein Verhörsaal, worin ein zahlreiches Publikum von Europäern und Eingeborenen bereits den Raum füllte.

Herr Fogg, Mrs. Aouda und Passepartout nahmen Platz auf einer Bank vor den Stühlen des Richters und Gerichtsschreibers.

Der Richter Obadiah kam alsbald in Begleitung des Gerichtsschreibers. Es war ein dicker, wohlbeleibter Mann. Er holte eine Perücke, die an einem Nagel hing, und setzte sie rasch auf.

»Die erste Sache«, sprach er.

Dann aber, die Hand am Kopfe:

»Nun! Das ist ja nicht meine Perücke!

– Wirklich, Herr Obadiah, es ist die meinige, erwiderte der Gerichtsschreiber.

– Lieber Oysterpuff, wie kann ein Richter ein richtiges Urteil fällen unter des Gerichtsschreibers Perücke!«

Die Perücken wurden getauscht. Während dieser Präliminarien saß Passepartout wie auf glühenden Kohlen, denn der Zeiger auf dem Zifferblatte der großen Uhr des Gerichtssaales schien ihm fürchterlich schnell vorzurücken.

»Die erste Sache, wiederholte der Richter Obadiah.

– Phileas Fogg? sagte der Gerichtsschreiber Oysterpuff.

– Hier bin ich, erwiderte Herr Fogg.

– Passepartout?

– Hier!

– Gut! sagte der Richter. Seit zwei Tagen erwartete man Euch bei jedem Zuge, der von Bombay kam.

– Aber weshalb sind wir verklagt? rief Passepartout voll Ungeduld.

– Das werden Sie gleich hören, versetzte der Richter.

– Mein Herr, sagte darauf Herr Fogg, ich bin englischer Bürger, und ich bin berechtigt ...

– Hat man's an Achtung fehlen lassen? fragte Obadiah.

– Durchaus nicht.

– Gut! Die Kläger sollen eintreten.«.

Auf des Richters Befehl öffnete sich eine Türe, und ein Gerichtsdiener führte drei Hindupriester herein.

»Ja wohl! brummte Passepartout, diese Kerle haben unsere junge Dame verbrennen wollen!«

Die Priester standen vor dem Richter, und der Gerichtsschreiber verlas laut eine Klage auf Tempelschändung gegen Phileas Fogg und seinen Diener, weil sie einen durch die brahmanische Religion geheiligten Ort entweiht hätten.

»Sie haben's gehört? fragte der Richter Phileas Fogg.

– Ja, mein Herr, versetzte Herr Fogg, und ich gebe es zu.

– Ah! Sie geben es zu ...

– Ich gebe es zu und erwarte, dass diese Priester ihrerseits gestehen, was sie in der Pagode zu Pillaji tun wollten.«

Die Priester sahen sich an. Sie schienen die Worte des Angeklagten nicht zu verstehen.

»Allerdings! rief Passepartout ungestüm, in der Pagode zu Pillaji, vor welcher sie ihr Opfer verbrennen wollten!«

Die Priester staunten abermals, der Richter Obadiah fragte verwundert:

»Was für ein Opfer? Verbrennen! Mitten in Bombay?

– Bombay? rief Passepartout.

– Allerdings. Von Pillaji ist keine Rede, sondern von der Pagode Malebar-Hill zu Bombay.

– Und zur Überführung, fügte der Gerichtsdiener bei, sind hier die Schuhe der Entweiher, und legte ein Paar Schuhe auf seinen Schreibtisch.

– Meine Schuhe!« rief voll Überraschung Passepartout, der die unwillkürliche Äußerung nicht zurückhalten konnte.

Man denke sich die Verwirrung im Geiste des Herrn und Dieners. Sie hatten den Zwischenfall in der Pagode zu Bombay ganz vergessen, und wurden doch deshalb vor den Richter zu Kalkutta geführt.

Wirklich hatte der Agent Fix darauf gesonnen, diesen leidigen Vorfall zu nützen. Er war noch zwölf Stunden zu Bombay geblieben und hatte da mit den Priestern von Malebar-Hill beraten; er hatte ihnen bedeutende Entschädigung zugesagt, denn er wusste, dass die englische Regierung solche Vergehen streng bestrafte; nachher hatte er sie mit dem nächsten Zuge zur Verfolgung des Tempelschänders abgeschickt. Aber in Folge des Zeitverlustes, welchen die Befreiung der Witwe verursachte, kam Fix mit seinen Hindu zu Kalkutta eher an als Phileas Fogg und sein Diener, welche von der, durch eine Depesche unterrichteten Behörde beim Aussteigen verhaftet werden sollten. Wie war Fix in Verlegenheit, als er vernahm, Phileas Fogg sei noch gar nicht zu Kalkutta angekommen! Er meinte, sein Dieb sei von einer Station aus in die nördlichen Provinzen geflüchtet. Vierundzwanzig Stunden lang hatte Fix in peinlichster Unruhe am Bahnhofe auf ihn gelauert. Und wie freute er sich, als er ihn endlich diesen Morgen aussteigen sah, zwar in Gesellschaft einer Frau, deren Anwesenheit er sich nicht erklären konnte. Er schickte ihm sogleich den Polizeimann auf den Hals, der, wie wir sahen, die drei Angekommenen vor den Richter Obadiah führte.

Wäre Passepartout nicht allzu sehr mit der Sache beschäftigt gewesen, so hätte er den Detektiv in einer Ecke des Gerichtssaales gesehen, wie er mit großem Interesse der Verhandlung zuhörte, – denn zu Kalkutta war, wie zu Bombay und Suez, der Haftbefehl noch nicht angekommen!

Unterdessen hatte der Richter Obadiah das Passepartout entschlüpfte Eingeständnis protokolliert.

»Die Tatsache ist eingestanden? sagte der Richter.

– Ja, eingestanden, erwiderte Herr Fogg kalt.

– In Anbetracht, fuhr der Richter fort, in Anbetracht, dass das englische Gesetz allen Religionen der indischen Bevölkerung gleichmäßig strengen Schutz verleiht, und da Herr Passepartout sein Vergehen eingestanden hat, und überführt ist, am 20. Oktober mit ungeweihten Füßen den Boden der Pagode Malebar-Hill zu Bombay betreten zu haben: so wird gedachter Passepartout zu vierzehn Tagen Gefängnis und einer Buße von dreihundert Pfund verurteilt.

– Dreihundert Pfund? rief Passepartout.

– Still! rief der Gerichtsdiener mit kreischender Stimme.

– Und, fuhr der Richter fort, in Betracht dass es nicht materiell bewiesen ist, dass zwischen dem Herrn und dem Diener nicht ein Einverständnis stattgefunden, dass jedenfalls der Herr für die Handlungen und Bewegungen eines von ihm besoldeten Dieners verantwortlich sein muss, wird gedachter Phileas Fogg festgehalten und zu acht Tagen Gefängnis und hundertfünfzig Pfund Buße verurteilt. – Gerichtsdiener, holen Sie eine andere Partie!«

Fix vernahm in seiner Ecke mit unbeschreiblicher Befriedigung, wie Phileas Fogg acht Tage zu Kalkutta aufgehalten werden sollte; mehr bedurfte er nicht, um seinen Haftbefehl zu erhalten.

Passepartout war ganz verstört. Dieser Spruch ruinierte seinen Herrn. Eine Wette von zwanzigtausend Pfund verloren, und zwar, weil er als echter Tölpel in die verwünschte Pagode gegangen!

Phileas Fogg war so ruhig geblieben, als ginge ihn der Spruch nichts an. Aber im Moment, als eine andere Partei berufen wurde, stand er auf und sagte:

– »Ich biete Kaution an.

– Das steht Ihnen zu«, versetzte der Richter.

Fix erschrak, dass es ihn kalt überlief, doch erholte er sich wieder, als er vernahm, wie der Richter, »in Betracht, dass Phileas Fogg und sein Diener Ausländer« seien, die Kaution für jeden von beiden auf tausend Pfund ansetzte.

Also zweitausend Pfund sollte Herr Fogg einbüßen, wenn er sich nicht rechtfertigte.

»Ich zahle«, sagte der Gentleman.

Und er holte aus dem Sacke, welchen Passepartout trug, einen Pack Banknoten, und legte sie auf das Büro des Gerichtsschreibers.

»Diese Summe wird Ihnen wieder zugestellt werden, so wie Sie aus dem Gefängnis kommen, sagte der Richter. Inzwischen sind Sie frei gegen die Kaution.

– Kommen Sie, sagte Phileas Fogg zu seinem Diener.

– Aber meine Schuhe müssen Sie wenigstens herausgeben!« rief Passepartout mit Entrüstung.

Man gab ihm seine Schuhe zurück.

»Die kommen teuer zu stehen! brummte er. Über tausend Pfund einer!«

Passepartout folgte mit kläglicher Miene Herrn Fogg, welcher der jungen Frau seinen Arm bot. Fix hoffte noch, sein Dieb werde sich nicht entschließen können, die zweitausend Pfund im Stiche zu lassen, und folgte ihm auf Schritt und Tritt.

Herr Fogg nahm einen Wagen, und stieg mit Mrs. Aouda und Passepartout unverzüglich ein. Fix lief hinter dem Wagen her, der bald an einem Quai hielt.

Eine halbe Meile entfernt lag der Rangun auf der Reede vor Anker, die Abfahrtsflagge schon aufgepflanzt. Es schlug elf, und Herr Fogg hatte noch eine Stunde Zeit. Er verließ also den Wagen und bestieg mit Mrs. Aouda und Passepartout einen Nachen. Der Detektiv stampfte mit dem Fuße.

»Der Lumpenkerl! rief er aus. Er reist ab, lässt zweitausend Pfund im Stich! So verschwenderisch ist nur ein Dieb! Ah! Ich bleibe ihm auf der Ferse bis ans Ende der Welt, wenn's Not tut; aber auf die Art wird das gestohlene Geld bald durchgebracht sein!«

Nicht ohne Grund sprach so der Polizei-Agent. Phileas Fogg hatte wirklich seit seiner Abfahrt aus London an Reisegeld und Prämien, für den Elefanten, Kaution und Bußen bereits über fünftausend Pfund auf der Reise verzettelt, und die Prozente der wieder beigebrachten Summe, welche den Detektiven zukommen, verminderten sich fortwährend.

SECHZEHNTES KAPITEL.

Fix stellt sich, als wisse er nichts davon, was ihm erzählt ward.

Der Rangun, ein Paketboot der Ostindischen Peninsular-Compagnie für den Dienst in den chinesischen und japanischen Meeren, war ein eiserner Schraubendampfer von siebenzehnhundertundsiebzig Tonnen brutto und vierhundert Pferdekraft. Er fuhr ebenso schnell wie der Mongolia, war aber nicht so bequem eingerichtet. Darum war auch für Mrs. Aouda nicht so gut gesorgt, als Phileas Fogg gewünscht hätte. Zudem handelte sich's nur um eine Fahrt von dreitausendfünfhundert Meilen, elf bis zwölf Tage, und die junge Frau war kein peinlicher Passagier.

Während der ersten Tage dieser Fahrt lernte Mrs. Aouda den Herrn Phileas Fogg näher kennen. Bei jeder Gelegenheit gab sie ihm die innigste Dankbarkeit zu erkennen. Der phlegmatische Gentleman hörte sie, dem Anschein nach, äußerst kühl an, ohne durch eine Betonung, eine Handbewegung die geringste Gemütsbewegung zu verraten. Er wachte darüber, dass es der jungen Frau an nichts mangelte; kam regelmäßig zu gewissen Zeiten, wo nicht zum Plaudern, doch um ihr zuzuhören. Er erfüllte gegen sie aufs Strengste die Pflichten der Höflichkeit, aber mit der Grazie und Unmittelbarkeit eines Automaten mit eigens dafür eingerichteten Bewegungen. Mrs. Aouda wusste nicht recht, was sie von ihm halten sollte, aber Passepartout gab ihr in Kürze Auskunft über das sonderbare Wesen seines Herrn. Sie lächelte ein wenig; aber sie verdankte ihm ihr Leben, und ihr Retter konnte dadurch nichts verlieren, dass sie ihn mit dankbarem Auge ansah.

Mrs. Aouda bestätigte die rührende Geschichte, welche der Hinduführer von ihr erzählt hatte. Sie gehörte allerdings der Rasse an, welche unter den Eingeborenen den ersten Rang behauptet. Manche parsische Kaufleute haben durch Baumwollhandel in Indien großes Vermögen erworben. Ein solcher, Sir James Iejeebhoy, war von der englischen Regierung in den Adelstand erhoben worden, und Mrs. Aouda war eine Verwandte dieses reichen Mannes, welcher zu Bombay wohnte. Und eben einen Vetter des Sir Iejeebhoy, den ehrenwerten Jejee, wünschte sie zu Hongkong aufzusuchen. Ob sie Zuflucht und Beistand bei ihm finden würde, konnte sie nicht behaupten. Herr Fogg antwortete hierauf, sie möge nur ganz ruhig sein, es werde sich Alles mathematisch genau regeln! So pflegte er sich auszudrücken.

Ob die junge Frau diesen horriblen Ausdruck verstand, muss dahingestellt bleiben. Doch ruhten ihre großen Augen auf denen des Herrn Fogg, ihre großen Augen, die so klar waren, wie die heiligen Seen des Himalaya! Aber der spröde Herr Fogg, so zugeknöpft wie jemals, schien nicht ein Mann zu sein, der fähig wäre, sich in diesen See zu stürzen.

Dieser erste Teil der Fahrt des Rangun verlief unter vortrefflichen Umständen. Das Wetter war leidlich. Diese ganze Partie des unermesslichen Bengalischen Busens war der raschen Fahrt günstig. Der Rangun bekam bald Groß-Andaman in Sicht, die Hauptinsel der Gruppe, welche durch das malerische, zweitausendvierhundert Fuß hohe Gebirge Saddle-Peack den Seefahrern weithin kenntlich ist.

Man fuhr längs der Küste ziemlich nahe vorbei. Die wilden Papuas der Insel ließen sich nicht sehen. Es sind zwar Geschöpfe, die auf der untersten Stufe menschlicher Bildung stehen, aber Menschenfresser sind sie doch nicht.

Die Inseln bildeten ein prachtvolles Panorama. Im Vordergrunde war es mit ungeheurer Waldung, Pisang, Areka, Bambus, Muskat, Teakbäumen, riesenhaften Mimosen, baumartigen Farrenkräutern bedeckt, und den Hintergrund bildeten zierliche Gebirgssilhouetten. Die Küsten wimmelten von Tausenden köstlicher Salanganen, deren essbare Nester im himmlischen Reich ein beliebtes Gericht bilden. Aber dieses bunte Schauspiel, welches die Andamanengruppe den Blicken darbot, flog schnell vorüber, und der Rangun fuhr rasch der Straße von Malakka zu, um durch dieselbe ins Chinesische Meer zu gelangen.

Was trieb während dieser Fahrt der Agent Fix, den sein Unstern in diese Rundfahrt fortgerissen hatte?

Nachdem er zu Kalkutta Auftrag gegeben, dass ihm der Haftbefehl, wenn er endlich ankomme, nach Hongkong nachgeschickt würde, war es ihm gelungen, sich, ohne von Passepartout bemerkt zu werden, an Bord des Rangun einzuschiffen, und er hoffte wohl seine Anwesenheit auf demselben bis zur Ankunft des Paketbootes geheim zu halten. Es wäre ihm in der Tat auch schwer gewesen, über den Grund seiner Anwesenheit an Bord sich auszusprechen, ohne bei Passepartout, der glauben musste, er sei zu Bombay geblieben, Verdacht zu erregen. Aber die Logik der Umstände brachte ihn doch dazu, die Bekanntschaft mit dem braven Jungen wieder anzuknüpfen. Wie das kam, wird sich gleich zeigen.

Alle Hoffnungen, alle Wünsche des Polizei-Agenten waren jetzt auf einen einzigen Punkt konzentriert, Hongkong; denn das Paketboot hielt zu kurze Zeit bei Singapur an, um in dieser Stadt etwas vornehmen zu können. Es musste also zu Hongkong die Verhaftung erfolgen, oder der Dieb entwischte ihm ohne Möglichkeit seiner habhaft zu werden.

Hongkong war in der Tat noch der einzige Fleck englischen Landes auf der ganzen Reise. Weiter hinaus boten China, Japan, Amerika dem Herrn Fogg eine sichere Zuflucht. Zu Hongkong aber, wenn er endlich den ihm nachgesendeten Haftbefehl bekäme, wollte Fix die Verhaftung Foggs vornehmen, und ihn der Lokalpolizei überliefern. Damit hatte es keine Schwierigkeit. Aber über Hongkong hinaus reichte ein bloßer Haftbefehl nicht hin. Es musste eine förmliche Auslieferung stattfinden, welche

Zögerungen und Hindernisse aller Art mit sich führte, die der Schurke benutzen konnte, ihm definitiv zu entrinnen. Konnte die Verhaftung zu Hongkong nicht stattfinden, so würde es, wo nicht unmöglich, doch höchst schwierig sein, sie mit irgendeiner Aussicht auf Erfolg noch vorzunehmen.

»Also, sagte sich Fix wiederholt, während ihm in seiner Kabine die Zeit lang ward, also, entweder der Haftbefehl wird zu Hongkong sein, und ich fasse meinen Mann ab, oder er ist noch nicht da, und dann muss ich um jeden Preis seine Abreise verhindern! Ich bin mit meinem Plane zu Bombay durchgefallen und zu Kalkutta! Wenn ich zu Hongkong meinen Zweck verfehle, so ist mein Ruf dahin! Koste es, was es wolle, jetzt muss ich zum Ziel. Aber was kann ich machen, um nötigenfalls die Weiterreise dieses verfluchten Fogg zu hindern?«

Wenn alles sonst fehlschlüge, war Fix entschlossen, dem Passepartout alles zu offenbaren, ihn seinen Herrn, dessen Schuld er sicherlich nicht teilte, kennen zu lehren. Wäre Passepartout über den Sachverhalt aufgeklärt, so müsse er, aus Besorgnis für mitschuldig angesehen zu werden, ohne Zweifel mit ihm, Fix, gemeine Sache machen. Doch war dies immer ein gewagtes Mittel, das nur in Ermangelung jedes andern angewendet werden dürfe. Passepartout könnte ja durch ein einziges Wort bei seinem Herrn den Handel gänzlich verderben.

Der Polizei-Agent war demnach in äußerster Verlegenheit, als die Anwesenheit der Mrs. Aouda an Bord des Rangun in Gesellschaft Phileas Foggs ihm eine neue Perspektive eröffnete. Wer war diese Frau? Welches Zusammenwirken von Umständen hatte sie zur Begleiterin Foggs gemacht? Offenbar waren sie zwischen Bombay und Kalkutta mit einander in Verbindung gekommen. Aber auf welchem Punkte der Halbinsel? Sollte der Zufall das jugendliche Weib an Phileas Foggs Seite geführt haben? Im Gegenteil, war es nicht Zweck dieser Reise durch Indien, mit dieser reizenden Person zusammen zu kommen? denn reizend war sie doch gewiss! Fix hatte sie im Verhörsaal zu Kalkutta wohl bemerkt.

Man begreift, wie sehr der Agent von Neugierde gestachelt sein musste. Er fragte sich, ob nicht eine verbrecherische Entführung dabei im Spiele gewesen. Ja! Das musste wohl der Fall sein! Dieser Gedanke setzte sich im Gehirn unseres Fix fest, und er sah wohl ein, welchen Vorteil er aus diesem Umstande ziehen konnte. Mochte diese junge Frau verheiratet sein, oder nicht, eine Entführung fand statt, und es war möglich, dem Entführer zu Hongkong Verlegenheiten der Art zu bereiten, dass er sich nicht durch sein Geld aus denselben herausziehen konnte.

Aber man durfte nicht die Ankunft des Rangun zu Hongkong abwarten. Dieser Fogg hatte die abscheuliche Gewohnheit, aus einem Dampfboot in das andere gleichsam hinüber zu springen, und bevor noch die Sache angefasst worden, konnte er schon in weiter Ferne sein.

Es war also von Wichtigkeit, die englischen Behörden zum Voraus in Kenntnis zu setzen, und die Ankunft des Rangun zu signalisieren, bevor er aussteigen konnte. Nun war dies ganz leicht, weil das Paketboot zu Singapur Erfrischungen einnahm, und Singapur durch einen Telegraphen mit der chinesischen Küste in Verbindung stand.

Doch beschloss Fix, bevor er handelte, um sicherer zu gehen, Passepartout zu befragen. Er wusste, dass es nicht sehr schwer war, diesen Jungen zum Plaudern zu bringen, und entschloss sich, sein bisheriges Inkognito aufzugeben. Aber es war keine Zeit zu verlieren. Es war der 31. Oktober, und am folgenden Tage sollte der Rangun bei Singapur anlegen.

Also begab sich Fix an diesem Tage aus seiner Kabine aufs Verdeck, in der Absicht, Passepartout zuerst anzureden, und zwar mit Äußerung der größten Überraschung. Passepartout spazierte eben auf dem Vorderteile, als der Agent auf ihn zustürzte und rief:

»Sie auf dem Rangun!

– Herr Fix an Bord! erwiderte Passepartout, höchlich erstaunt, als er seinen Reisegefährten auf dem Mongolia erkannte. Wie? ich verlasse Sie zu Bombay, und finde Sie wieder auf dem Wege nach Hongkong! Aber, Sie reisen ja ebenfalls um die Erde?

– Nein, nein, erwiderte Fix und ich denke mich zu Hongkong aufzuhalten, einige Tage wenigstens.

– So! sagte Passepartout, dem Anschein nach etwas erstaunt. Aber wie kommt's, dass ich Sie nicht seit unserer Abfahrt aus Kalkutta an Bord gesehen habe?

– Wahrhaftig, ein Unwohlsein ... ein wenig Seekrankheit ... Ich blieb zu Bette in meiner Kabine ... Ich vertrage den Golf von Bengalen nicht ebenso gut, wie das Indische Meer. Und Ihr Herr Phileas Fogg?

– Vollkommen wohl, und so pünktlich, wie sein Reisebüchlein! Um keinen Tag zu spät! Ei! Herr Fix, Sie wissen es wohl nicht, dass wir auch eine junge Dame in unserer Gesellschaft haben.

– Eine junge Dame?« fragte der Agent, der sich stellte, als verstehe er nicht, was sein Begleiter sagen wollte.

Doch setzte ihn Passepartout bald in Kenntnis davon, was vorgegangen war. Er erzählte den Vorfall in der Pagode zu Bombay, den Ankauf des Elefanten für zweitausend Pfund, wie's bei der Verbrennung herging, wie sie Aouda befreiten, wie das Tribunal zu Kalkutta sie verurteilte und gegen Kaution wieder frei gab. Fix, dem die letzteren Vorfälle bekannt waren, stellte sich, als wisse er's nicht, und Passepartout konnte nicht dem Reiz widerstehen, einem Zuhörer, der soviel Interesse dafür zeigte, seine Abenteuer herzuerzählen.

»Aber schließlich, fragte Fix, hat denn Ihr Herr die Absicht, die junge Frau nach Europa mitzunehmen?

– Nein, Herr Fix! Wir wollen sie nur der Obhut eines Verwandten übergeben, der ein reicher Kaufmann zu Hongkong ist.

– Nichts zu machen! sagte sich der Detektiv, indem er seinen Ärger verbiss. Ein Gläschen Gin, Herr Passepartout?

– Recht gern, Herr Fix. Zum Mindesten wollen wir eins auf unsere Begegnung an Bord des Rangun trinken!«

SIEBZEHNTES KAPITEL.

Von Singapur nach Hongkong.

Seit diesem Tage begegneten sich Passepartout und der Polizei-Agent häufig, aber derselbe beobachtete seinem Gefährten gegenüber die äußerste Rückhaltung, und machte keinen Versuch, ihn zum Plaudern zu bringen.

Nur ein- oder zweimal bekam er Herrn Fogg flüchtig zu sehen, der gern im großen Salon des Rangun blieb, sei's um Mrs. Aouda Gesellschaft zu leisten oder nach seiner unabänderlichen Gewohnheit Whist zu spielen.

Passepartout war darauf gekommen, sich über den sonderbaren Zufall, dass Fix sich abermals auf dem gleichen Wege mit seinem Herrn finden ließ, ernstliche Gedanken zu machen. Und in der Tat war es mindestens zum Erstaunen. Tiefer sehr liebenswürdige, gewiss recht gefällige Gentleman, mit welchem man zuerst zu Suez zusammentrifft, geht auf dem Mongolia mit zu Schiffe, steigt zu Bombay, wo er bleiben zu müssen vorgibt, aus, und lässt sich zur Reise nach Hongkong wieder auf dem Rangun finden, kurz, Schritt für Schritt nach des Herrn Fogg Reisevorschrift: das musste nachdenklich machen. Es war wenigstens ein sonderbares Zusammentreffen. Worauf hatte Fix es abgesehen? Passepartout war bereit, seine Pantoffeln – die er als etwas Kostbares aufhob – zu verwetten, dass Fix zugleich mit ihnen Hongkong verlassen würde, vermutlich auf dem nämlichen Paketboot.

Er wäre nie auf den Gedanken gekommen, dass man dem Herrn Phileas Fogg, als wie einem Dieb, um den ganzen Erdball herum auf der Ferse folge. Aber da es in der menschlichen Natur liegt, sich über alles eine Erklärung zu geben so deutete sich Passepartout, dem plötzlich ein Licht aufging, die fortdauernde Anwesenheit des Fix auf folgende, wirklich glaubhafte Weise. In Wirklichkeit, dachte er sich, war Fix – anders war's nicht möglich – nur ein Agent, welchen des Herrn Fogg Kollegen im Reformclub ihm nachgesendet hatten, um zu konstatieren, dass die Reise regelmäßig um die Erde herum, der Reisevorschrift gemäß, ausgeführt würde.

»Ganz offenbar! wiederholte sich der brave Junge, der auf seinen Scharfsinn ganz stolz war. Es ist ein von jenen Gentlemen uns nachgeschickter Spion. Das ist doch unwürdig! Der rechtschaffene, so ehrenhafte Herr Fogg! Durch einen Agenten ausspüren zu lassen! Ah! Meine Herren vom Reformclub, das soll Ihnen teuer zu stehen kommen!« Passepartout, der sich höchlich seiner Entdeckung freute, entschloss sich jedoch, seinem Herrn nichts davon zu sagen, aus Besorgnis, solches Misstrauen von Seiten seiner Gegner möge ihn beleidigen. Aber er nahm sich vor, den Fix dafür bei Gelegenheit, mit verdeckten Worten und ohne sich Blößen zu geben, etwas zum Besten zu haben.

Am Mittwoch den 30. Oktober nachmittags lief der Rangun in die Straße von Malakka ein, welche die Halbinsel dieses Namens von Sumatra scheidet. Die große Insel war den Passagieren durch kleine, sehr steile, sehr malerische Inselchen verdeckt.

Am folgenden Tage, um vier Uhr früh, hielt der Rangun, nachdem er einen halben Tag von der regelmäßigen Fahrt gewonnen, zu Singapur an, um sich mit Kohlen zu versehen.

Phileas Fogg trug diesen Vorsprung auf die Gewinnspalte ein, und begab sich diesmal ans Land, um Mrs. Aouda zu begleiten, welche gewünscht hatte, einige Stunden eine Spazierfahrt zu machen.

Fix, dem jeder Schritt Foggs verdächtig schien, folgte ihm nach, ohne sich bemerkbar zu machen Passepartout, der im Stillen über dies Benehmen des Fix lachte, machte wie gewöhnlich Einkäufe.

Die Insel Singapur ist weder groß, noch von imponierendem Aussehen. Es fehlt ihr an Gebirge, d.h. an Bergprofilen. Doch ist sie trotz dieses Mangels reizend; sie ist ein von schönen Wegen durchschnittener Park. Mrs. Aouda und Phileas Fogg fuhren in einer hübschen Equipage mit einem Gespann eleganter, aus Neu-Holland eingeführter Pferde unter dichten Palmbäumen mit glänzenden Blättern, und Gewürznägelbäume, Gebüsche von Pfeffergesträuch standen da wie Dornhecken auf europäischen Feldern; Sagobäume und hohe Farrenkräuter mit prächtigem Gezweig machten den Anblick dieser Tropengegend bunt; Muskatbäume mit lackiertem Laub tränkten die Luft mit Wohlgerüchen. Muntere, possenhafte Affen belebten das Gehölz, und vielleicht hausten auch Tiger im Schilf. Wer sich darüber wundern möchte, dass auf dieser verhältnismäßig so kleinen Insel diese reißenden Tiere nicht gänzlich ausgerottet sind, dem diene zur Antwort, dass sie die Meerenge durchschwimmend von der Halbinsel herüberkommen.

Nachdem Mrs. Aouda und ihr Gefährte, der zwar schaute, aber nichts sah, zwei Stunden lang auf der Ebene herumgefahren, kehrten sie zur Stadt zurück, die aus einem ungeheuren Haufen plumper und platter Häuser besteht, umgeben von reizenden Gärten mit Mangusten, Ananas und allen besten Früchten der Welt.

Um zehn Uhr kamen sie wieder zum Paketboot, stets unvermerkt von dem Agenten begleitet, der ebenfalls sich hatte mit einer Equipage in Kosten stecken müssen.

Passepartout erwartete sie auf dem Verdeck des Rangun. Der wackere Bursche hatte einige Dutzend Manguste gekauft, von der Größe mittlerer Äpfel, außen dunkelbraun, innen grell rot mit einer weißen Frucht, die zwischen den Lippen schmelzend die echtesten Feinschmecker erquickt. Passepartout schätzte sich glücklich, sie der Mrs. Aouda anbieten zu können, und sie dankte ihm mit vieler Grazie.

Um elf Uhr hatte der Rangun seine Kohlenladung eingenommen, lichtete die Anker, und nach einigen Stunden schwanden den Passagieren die hohen Berge von Malakka aus dem Gesicht, in deren Wäldern die schönsten Tiger der Welt hausen.

Singapur ist noch ungefähr dreizehnhundert Meilen von der Insel Hongkong entfernt, einem kleinen Fleck englischen Landes, der von der chinesischen Küste getrennt ist. Phileas Fogg hatte nötig, diese Strecke in höchstens sechs Tagen zurückzulegen, um zu Hongkong das Dampfboot benutzen zu können, welches am 6. November nach Yokohama, einem der bedeutendsten Häfen Japans, abging.

Der Rangun war stark beladen. Es waren zu Singapur zahlreiche Passagiere eingestiegen, Hindu, Ceylonesen, Chinesen, Malaien, Portugiesen, welche zum größten Teil auf dem zweiten Platz fuhren.

Die bisher ziemlich gute Witterung änderte sich mit dem letzten Mondviertel. Die See ging hoch und der Wind wehte manchmal stark, aber glücklicher Weise aus Südosten, wodurch die Fahrt gefördert wurde. Wenn es tunlich war, ließ der Kapitän die Segel aufspannen. Der Rangun, als Brigg getakelt, fuhr oft mit seinen beiden Mastsegeln und dem Focksegel, und seine Schnelligkeit wurde durch die doppelte Wirkung des Dampfes und des Windes, verstärkt. Auf diese Weise fuhr man, auf gebrochenen Wellen, bisweilen mit Anstrengung längs den Küsten von Annam und Cochinchina.

Aber der Fehler lag weit mehr am Rangun, als am Meer, und dem Paketboot hatten die Passagiere, welche meist krank wurden, die Schuld dieser Beschwerden zuzuschreiben.

In der Tat leiden die Schiffe der Peninsular-Compagnie, welche die Meere Chinas befahren, an einem ernstlichen Fehler im Bau. Das Verhältnis ihrer Wassertracht bei Beladung zu ihrem Hohl war nicht richtig berechnet, und daher bieten sie dem Meere nur schwachen Widerstand. Ihr geschlossener, dem Wasser nicht zugänglicher Raum ist unzureichend. Sie gehen zu tief im Wasser, und in Folge dieser Beschaffenheit reichen schon einige Wurf Meerwasser hin, um ihren Lauf zu ändern.

Daher musste man, der üblen Witterung wegen, große Vorsicht anwenden. Manchmal musste man beilegen, bei geringem Dampf; ein Zeitverlust, welcher auf Phileas Fogg gar keinen Eindruck zu machen schien, während Passepartout dadurch äußerst aufgeregt wurde. Dann machte er dem Kapitän, dem Maschinisten, der Compagnie Vorwürfe.

»Aber Sie haben doch gar zu sehr Eile, nach Hongkong zu kommen? fragte ihn einst der Detektiv Fix.

– Ja wohl! erwiderte Passepartout.

– Meinen Sie, dass Herr Fogg zu eilen hat, um auf das Paketboot nach Yokohama zu kommen?

– Erschrecklich zu eilen.

– Sie glauben also jetzt an die seltsame Reise um die Erde?

– Durchaus. Und Sie, Herr Fix?

– Ich? Ich glaube nicht daran.

– Possenreißer!« versetzte Passepartout und blinzelte mit den Augen.

Dieses Wort machte dem Agenten Gedanken. Diese Bezeichnung beunruhigte ihn, ohne dass er recht wusste, weshalb. Hatte der Franzose ihn durchschaut? Er wusste nicht, was er davon zu halten hatte. Aber wie hätte Passepartout seine Eigenschaft als Detektiv, wovon Niemand sonst etwas wusste, entdecken können? Und doch musste Passepartout, indem er sich so ausdrückte, sicherlich einen Hintergedanken haben.

Es traf sich sogar, dass der wackere Junge ein andermal noch weiter ging; aber es überwältigte ihn, er konnte seine Zunge nicht bemeistern.

»Sehen Sie, Herr Fix, fragte er ihn mit schelmischem Tone, werden wir, wenn wir zu Hongkong sind, so unglücklich sein, Ihre Begleitung zu verlieren?

– Nun, erwiderte Fix in Verlegenheit, ich weiß nicht! ... Vielleicht, dass ...

– Ah! sagte Passepartout, wenn Sie in unserer Gesellschaft blieben, das wäre für mich ein Glück! Sehen Sie, ein Agent der Peninsular-Compagnie könnte sich unterwegs nicht aufhalten! Sie wollten nur nach Bombay, und nun sind wir bald in China! Von da nach Amerika ist nicht weit, und aus Amerika nach Europa ist jetzt nur ein Schritt!«

Fix sah seinen Genossen scharf an, und dieser zeigte ihm das liebenswürdigste Gesicht von der Welt, und er lachte mit ihm. Dieser aber, in guter Laune, fragte ihn, »ob ihm dieses Geschäft viel eintrage?«

»Ja und nein, erwiderte Fix, ohne eine Miene zu verziehen. Es gibt gute und schlechte Geschäfte. Aber Sie begreifen wohl, ich reise nicht auf eigene Kosten!

– O! in der Hinsicht, das glaub' ich wohl!« rief Passepartout, und lachte noch heller.

Als diese Unterhaltung zu Ende war, begab sich Fix in seine Kabine und sann über die Sache nach. Offenbar war er durchschaut. Auf irgendeine Weise hatte der Franzose seine Eigenschaft als Detektiv erkannt. Aber hatte er dies seinem Herrn mitgeteilt? Welche Rolle spielte er bei alledem? War er mitschuldig oder nicht? War die Sache ausgewittert, und folglich verfehlt. Der Agent verbrachte so einige peinliche Stunden, indem er bald alles für verloren hielt, bald hoffte, Fogg wisse nichts davon, schließlich ohne zu wissen, was er tun solle.

Inzwischen wurde sein Gehirn wieder ruhig, und er entschloss sich, offen mit Passepartout zu reden. Fände er sich in der gewünschten Lage, um Herrn Fogg zu Hongkong verhaften zu können, und schickte sich Herr Fogg an, nun gänzlich das englische Gebiet zu verlassen, so wollte er, Fix, Alles dem Passepartout heraus sagen. Entweder der Diener war Mitschuldiger seines Herrn, – und dieser wusste alles, und dann war alles gänzlich verdorben – oder der Diener war bei dem Diebstahl nicht beteiligt, dann läge es in seinem Interesse, sich von dem Diebe loszusagen.

So standen also diese beiden Männer zu einander, und über ihnen schwebte Phileas Fogg in majestätischem Gleichmuth. Er vollendete regelrecht seine Kreisbahn um die Erde, ohne sich um die Asteroiden, die um ihn gravitierten, zu kümmern.

Und doch befand sich in der Nähe – um einen astronomischen Ausdruck zu gebrauchen, – ein störendes Gestirn, welches auf das Herz dieses Gentleman einigermaßen hätte beunruhigend wirken müssen. Aber nein! Zu großem Befremden Passepartout's wirkten Mrs. Aouda's Reize gar nicht, und wenn Störungen stattfanden, so wären sie schwerer zu berechnen gewesen, als die des Uranus, welche die Entdeckung des Neptun veranlassten.

Ja! Passepartout staunte täglich von Neuem, wenn er in den Augen der jungen Frau soviel dankbare Hingebung gegen seinen Herrn las! Ganz gewiss hatte Phileas Fogg nur so viel Herz, als erforderlich war, um sich heroisch zu benehmen; aber für Liebesgefühle nicht! Von Besorgnissen, welche die Wechselfälle dieser Reise in ihm hervorrufen konnten, keine Spur. Aber Passepartout selbst lebte in steten Ängsten. Einmal sah er bei einer heftigen Stampfbewegung Dampf aus den Klappen herausdringen, da rief er zornig: »Die Klappen sind nicht gehörig beschwert! Man kommt nicht vorwärts! Seht da die Engländer! Auf einem amerikanischen Schiffe flöge man vielleicht in die Luft, aber man führe auch rascher!«

ACHTZEHNTES KAPITEL.

Phileas Fogg, Passepartout und Fix bekommen alle zu tun.

Während der letzten Tage der Fahrt war das Wetter schlimm. Sehr starker Wind, der standhaft aus Nordwest wehte, hemmte den Lauf des Paketbootes. Allzu unstet schwankte der Rangun beständig, und die Passagiere durften wohl diesen langen, Übelbefinden erregenden Wellen grollen, welche der Wind von der hohen See aus herbei trieb.

Während des 3. und 4. November war's eine Art Sturm. Windstöße peitschten heftig das Meer. Der Rangun musste einen halben Tag lang beilegen, bei nur zehn Schraubenschlägen mit den Wellen lavieren. Alle Segel waren eingezogen, und es war noch allzu viel Takelwerk, das mitten in den Windstößen pfiff.

Natürlich wurde die Schnelligkeit des Paketbootes dadurch bedeutend vermindert, und man konnte annehmen, dass es zu Hongkong um zwanzig Stunden nach der vorschriftsmäßigen Zeit anlangen würde, und noch später, wenn sich der Sturm nicht legte.

Phileas Fogg verhielt sich bei diesem Anblick eines wütenden Meeres, welches direkt gegen ihn zu kämpfen schien, mit seiner gewöhnlichen Gemütsruhe. Seine Stirne ward nicht einen Augenblick finster, und doch konnte eine Verspätung um zwanzig Stunden seinen Reisezweck verderben, indem er die Abfahrt des Paketbootes nach Yokohama verfehlte. Aber dieser nervenlose Mann empfand weder Ungeduld, noch Unlust. Es schien wahrhaftig, als sei dieser Sturm in seinem Programm vorgesehen. Mrs. Aouda, die sich mit ihrem Gefährten über dies Unwetter unterhielt, fand ihn ebenso gleichmütig wie zuvor.

Fix sah diese Dinge nicht mit demselben Auge an. Im Gegenteil hatte er Gefallen an dem Sturme. Es hätte ihm eine unendliche Befriedigung gewährt, wäre der Rangun genötigt gewesen, vor dem Sturme zu fliehen. Alle diese Verspätungen waren ihm Wasser auf seiner Mühle, denn sie konnten den Herrn Fogg nötigen, einige Tage zu Hongkong zu verweilen. Endlich, der Himmel mit seinen Stürmen und Windstößen war ihm günstig. Zwar war er ein wenig unwohl, aber daran lag nichts! Wenn auch sein Körper an der Seekrankheit litt, sein Geist jubelte mit unendlicher Befriedigung.

Es lässt sich denken, wie Passepartout diese Zeit in unverhohlenem Zorn hinbrachte. Bisher war alles so gut gegangen! Land und Meer schienen seinem Herrn ergeben zu sein, Dampfer und Eisenbahnen folgten seinen Willen. Die Winde wirkten vereint mit der Dampfkraft zu Gunsten seiner Reise. War nun endlich die Zeit des Verrechnens gekommen? Passepartout, als wenn die zwanzigtausend Pfund der Wette aus seiner Börse gezahlt werden müssten, war wie vernichtet. Der arme Junge! Fix verhehlte ihm sorgfältig seine persönliche Befriedigung, und tat wohl daran; denn hätte Passepartout seine stille Befriedigung wahrgenommen, so hätte er's ihn arg empfinden lassen.

Passepartout blieb während der ganzen Dauer des Sturmes auf dem
Verdeck des Rangun. Unten hätte er nicht bleiben können; er kletterte in
das Mastenwerk, und setzte die Bootsleute in Erstaunen, als er so gewandt
wie ein Affe zur Hilfe war. Hundertmal fragte er den Kapitän, die Offiziere,
die Matrosen, die sich des Lachens nicht erwehren konnten, als sie den
Burschen so außer Fassung sahen. Passepartout wollte durchaus wissen, wie
lange das Unwetter dauern würde. Man verwies ihn an den Barometer, der
sich nicht entschließen konnte zu steigen. Passepartout schüttelte den
Barometer, aber es half nichts.

Endlich legte sich der Sturm. Der Zustand des Meeres änderte sich im Laufe des 4. November. Der Wind sprang um und ward wieder günstig.

Mit der Witterung ward auch Passepartout wieder heiter. Es wurden wieder alle Segel aufgehisst, und der Rangun setzte seinen Weg mit erstaunlicher Schnelligkeit fort.

Aber es ließ sich nicht alle verlorene Zeit wieder einbringen. Man musste wohl sich darein ergeben, und erst am 6., um fünf Uhr Morgens, wurde das Land signalisiert. Phileas Foggs Reisebüchlein hatte die Ankunft des Paketbootes auf den 5. angesetzt, und es kam erst am 6. an. Das war also eine Verspätung um vierundzwanzig Stunden, und die Weiterreise nach Yokohama musste notwendig verfehlt sein.

Um sechs Uhr kam der Lotse an Bord des Rangun und nahm seinen Platz auf dem Steg, um das Fahrzeug durch die Fahrwasser bis zum Hafen von Hongkong zu leiten.

Passepartout war äußerst verlangend, diesen Mann zu befragen, ob das Paketboot für Yokohama von Hongkong bereits abgefahren sei. Aber er getraute sich nicht, und wollte lieber ein wenig Hoffnung bis zum letzten Augenblicke festhalten. Er hatte Fix seine Besorgnisse mitgeteilt, und der listige Fuchs versuchte ihn zu trösten durch die Mitteilung, dass Herr Fogg nur das nächste Boot zu nehmen brauche. Das versetzte Passepartout in äußersten Zorn.

Aber getraute auch Passepartout nicht den Lotsen zu befragen, so fragte ihn Herr Fogg, nachdem er in seinem Bradshaw nachgesehen, mit ruhiger Miene, ob er wisse, wann ein Boot von Hongkong nach Yokohama abgehe.

»Morgen früh mit der Flut, erwiderte der Lotse.

– Ah!« sagte Herr Fogg, ohne seine Überraschung kund zu geben.

Passepartout, der zugegen war, hätte Luft gehabt, den Lotsen zu umarmen, und Fix hätte ihm gern den Hals umgedreht.

»Wie heißt dieser Dampfer? fragte Herr Fogg.

– Carnatic, versetzte der Lotse.

– Sollte er nicht schon gestern abfahren?

– Ja, mein Herr, aber es musste einer seiner Kessel repariert werden, und seine Abfahrt wurde auf morgen verschoben.

– Ich danke Ihnen«, erwiderte Herr Fogg, und begab sich mit automatischem Schritt in den Salon des Ranguns.

Passepartout drückte dem Loten kräftig die Hand, und sagte:

»Sie sind ein wackerer Mann!«

Der Auszuschließen begriff wohl nicht, weshalb seine Antworten ihm diese Freundschaftsbezeugungen eintrugen. Er pfiff, und stieg auf den Steg, um das Paketboot mitten durch die Flottille von Jonken, Tanken, Fischerbarken und Fahrzeugen aller Art, wovon die Engen von Hongkong wimmelten, zu geleiten.

Um ein Uhr befand sich der Rangun am Quai, und die Passagiere stiegen aus.

Bei diesem Umstande kam Herrn Fogg offenbar der Zufall trefflich zu Statten. Ohne diese notwendige Reparatur der Kessel wäre der Carnatic am 5. November abgefahren, und die Passagiere nach Japan hätten acht Tage auf die Abfahrt des nächsten Bootes warten müssen. Herr Fogg war nun zwar um vierundzwanzig Stunden zurück, aber diese Verspätung blieb ohne Einfluss auf den übrigen Teil der Reise. Der Dampfer, welcher die Fahrt von Yokohama nach San Francisco durchs Stille Meer machte, stand mit dem Paketboote von Hongkong in direkter Verbindung, so dass er vor dessen Ankunft nicht abfahren durfte. Offenbar hätte nun zu Yokohama bereits eine Verspätung um vierundzwanzig Stunden stattgefunden; die ließ sich jedoch während der zweiundzwanzig Tage der Fahrt durchs Stille Meer leicht wieder einbringen. Diese vierundzwanzig Stunden abgerechnet, befand sich also Herr Fogg, fünfunddreißig Tage nach seiner Abfahrt aus London, in Übereinstimmung mit seinem Programm.

Da der Carnatic erst um fünf Uhr des folgenden Tages abfuhr, so hatte Herr Fogg sechzehn Stunden Zeit für seine Geschäfte, d.h. in Betreff der Mrs. Aouda. Beim Aussteigen bot er der jungen Frau seinen Arm und führte sie zu einem Palankin. Die Träger bezeichneten ihm das Hotel des Club zum Einkehren. Passepartout ging hinter dem Palankin drein, und nach zwanzig Minuten kamen sie im Gasthofe an.

Es wurde für die junge Frau eine Wohnung genommen, und Phileas Fogg sorgte dafür, dass ihr nichts mangelte. Hierauf sagte er ihr, er wolle unverzüglich ihre Verwandten aufsuchen, deren Obhut er sie zu Hongkong überlassen sollte. Während dessen musste Passepartout im Hotel seine Rückkehr abwarten, um die junge Frau nicht allein zu lassen.

Der Gentleman ließ sich auf die Börse führen, wo ein Mann, wie der honorable Jejech, der zu den reichsten Kaufleuten der Stadt gehörte, unfehlbar gekannt sein musste.

Der Sensal, an welchen Herr Fogg sich wendete, kannte auch wirklich den parsischen Kaufmann. Aber seit zwei Jahren wohnte derselbe nicht mehr in China. Nachdem er sich ein Vermögen gemacht, hatte er sich in Europa etabliert, – in Holland, glaubte man, weil er während seiner kaufmännischen Tätigkeit in zahlreichen Verbindungen mit diesem Lande gestanden hatte.

Als Phileas Fogg ins Hotel zurückkam, ließ er sich sogleich bei Mrs. Aouda zum Besuch anmelden, und teilte ihr dann mit, dass der honorable Jejech nicht mehr zu Hongkong, vermutlich in Holland wohne.

Mrs. Aouda antwortete darauf nicht sogleich. Sie strich mit der Hand über ihre Stirne, und besann sich eine kleine Weile. Nachher sprach sie mit sanfter Stimme:

»Was soll ich nun anfangen? Herr Fogg.

– Das liegt auf der Hand, sagte der Gentleman. Mit nach Europa gehen.

– Aber das wäre Missbrauch ...

– Kein Missbrauch, und Ihre Anwesenheit stört mein Programm durchaus nicht. – Passepartout?

– Zu dienen, mein Herr.

– Gehen Sie auf den Carnatic und nehmen Sie drei Kabinen.«

Passepartout war höchlich erfreut, dass die Reise in Gesellschaft der jungen Frau, die gegen ihn sehr freundlich war, fortgesetzt wurde, und ging sogleich seinen Auftrag auszurichten.

NEUNZEHNTES KAPITEL.

Passepartout nimmt zu lebhaften Anteil an seinem Herrn.

Hongkong ist nur ein Inselchen, das im Vertrag von Nanking nach dem Kriege von 1842 den Engländern als Eigenthum eingeräumt wurde. In einigen Jahren schuf dort das Kolonisationsgenie Großbritanniens eine bedeutende Stadt mit dem Hafen Victoria. Die Insel liegt an der Mündung des Cantonflusses, nur sechzig Meilen von der portugiesischen Stadt Macao, die auf dem andern Ufer sich befindet. Es konnte nicht fehlen, dass Hongkong in einem Handelswettkampf über Macao den Sieg davon trug, und bereits ist der chinesische Transithandel zum größten Teil über die englische Stadt geleitet. Docks, Spitäler, Werften, Lagerhäuser, eine gotische Kathedrale, ein Regierungsgebäude, makadamisierte Straßen, alles gibt der Kolonie das Aussehen, als sei eine der Handelsstädte der Grafschaft Kent oder Surrey, über den Erdball wandernd nach China, hierhin, fast zu den Antipoden, verpflanzt.

Passepartout schlenderte, die Hände in den Taschen, nach dem Hafen Victoria zu und besah sich die Palankin, Schubkarren mit Segeln, die im himmlischen Reiche noch beliebt sind, und diese ganze Masse von Chinesen, Japanesen und Europäer, welche sich in den Straßen drängte.

Fast fand er auf seinem Gange noch einmal Bombay, Kalkutta oder Singapur. So gibts eine Kette von englischen Städten rings um die Erde herum.

Passepartout kam im Hafen Victoria an, bei der Mündung des Cantonflusses. Da war ein Gewühl von Schiffen aller Nationen, Engländern, Franzosen, Amerikanern, Holländern, Kriegs- und Handels-Fahrzeugen, Japanischen oder chinesischen Barken, Jonken, Sempas, Tankas und sogar schwimmende Blumenbeete.

Beim Weitergehen bemerkte Passepartout eine Anzahl Eingeborener in gelber Kleidung, alle schon hochbetagt. Als er in eine chinesische Barbierstube trat, um sich nach chinesischer Mode rasieren zu lassen, hörte er von dem Figaro, der ziemlich gut englisch sprach, dass diese Greise sämtlich mindestens achtzig Jahre alt waren, und dass sie in diesem Alter das Recht bekamen, sich in Gelb, welches die kaiserliche Farbe ist, zu kleiden.

Als sein Bart fertig war, begab er sich an den Quai, wo der Carnatic zum Einschiffen lag. Hier gewahrte er Fix, der da behaglich spazierte, was ihm nicht gerade zum Verwundern war. Aber dem Polizei-Agenten konnte man's an seinem Gesichte ansehen, welchen Ärger er empfand.

»Gut! sagte sich Passepartout, es steht schlecht für die Gentlemen des Reformclubs!«

Und er trat mit heiterem Lächeln zu Fix heran, ohne dass er dessen ärgerliche Miene bewerken wollte.

Nun hatte der Agent guten Grund, dem höllischen Unstern, der ihn verfolgte, zu fluchen. Noch kein Haftbefehl! Offenbar lief der hinter ihm drein, und konnte nur dann ihn einholen, wenn er einige Tage in dieser Stadt verweilte. Und da Hongkong die letzte englische Station auf der ganzen Rundreise war, so musste der Herr Fogg ihm unerreichbar entwischen, wenn es ihm nicht gelang, ihn hier zurückzuhalten.

»Nun, Herr Fix, sind Sie entschlossen, uns bis nach Amerika Gesellschaft zu leisten? fragte Passepartout.

– Ja, brummte Fix in den Bart.

– Nun, so kommen Sie! rief Passepartout mit hellem Lachen. Ich dachte mir's ja, dass es Ihnen nicht möglich sein würde, sich von uns zu trennen. Kommen Sie mit, Ihren Platz zu nehmen!«

Und Sie gingen mit einander ins Büro der Seefahrten und nahmen Kabinen für vier Personen. Aber der Beamte bemerkte ihnen, dass, da die Reparatur des Carnatic schon fertig sei, das Paketboot noch den nämlichen Abend um acht Uhr abfahren würde, und nicht erst am folgenden Morgen, wie angekündigt worden war.

»Recht schön! erwiderte Passepartout, das wird mein Herr schon einrichten. Ich will's ihm melden.«

Jetzt entschloss sich Fix zu einem äußersten Schritt, nämlich dem Passepartout alles heraus zu sagen. Er meinte darin nur noch das einzige Mittel zu finden, um Phileas Fogg einige Tage zu Hongkong aufzuhalten.

Wie sie aus dem Büro heraus kamen, bot Fix seinem Gefährten an, in einer Schenkbude ein Glas mit ihm zu trinken. Passepartout hatte noch Zeit; er nahm also die Einladung an.

Am Quai stand eine solche Schenke, die einladend aussah. Sie gingen mit einander hinein. Es war ein geräumiger, hübsch ausgeschmückter Saal, in dessen Hintergrunde ein Feldbett mit Polstern stand, worauf eine Anzahl Schläfer der Reihe nach lagen.

Etwa dreißig Gäste saßen in dem großen Saale um Tische von geflochtenem Bambus. Einige leerten Flaschen Ale oder Porter, andere Gläser gebrannten Wassers, Gin oder Branntwein. Zudem rauchten die meisten aus langen irdenen roten Pfeifen, voll Opiumkügelchen, die mit Rosenwasser getränkt waren. Darauf, nach einiger Zeit, glitt ein Raucher nach dem andern benebelt unter den Tisch, und die Kellner fassten ihn dann beim Kopf und den Füßen und schleppten ihn auf das Feldbett neben einen Kameraden. So lagen bereits etwa zwanzig solcher Trunkenbolde neben einander in einem viehischen Zustande.

Fix und Passepartout sahen, dass sie in eine Tabaksbude geraten waren, die von solchen elenden, stumpfsinnigen, abgemagerten Dummköpfen besucht wurde, welchen das erwerbsüchtige England jährlich für mehr als zweihundert Millionen Mark von dem verderblichen Opium verkauft! Unglückselige Millionen, die einem der heillosesten Laster der menschlichen Natur abgewonnen wurden.

Die chinesische Regierung hat wohl einem solchen Missbrauch durch die strengsten Gesetze zu steuern versucht, aber vergeblich. Früher waren für den Gebrauch des Opiums die reicheren Classen allein förmlich bevorrechtet; nun ist er bis zu den niedersten Ständen vorgedrungen, und seine Verheerungen waren nicht mehr aufzuhalten. Das Opiumrauchen ist in dem Reich der Mitte überall verbreitet. Männer wie Weiber geben sich diesem beklagenswerten Hang hin, und wenn sie an das Einschlürfen dieses Giftes gewöhnt sind, können sie demselben nicht mehr entsagen oder sie bekommen schreckliche Magenkrämpfe. Ein tüchtiger Raucher schmaucht täglich bis zu acht Pfeifen, aber binnen fünf Jahren ist er auch des Todes.

In solch eine Rauchbude nun, wie sie da in Menge stehen, gerieten Fix und Passepartout in der Absicht eine Erfrischung zu nehmen. Passepartout hatte kein Geld bei sich, aber er nahm gern die »Freundlichkeit« seines Gefährten an, um sich dann seiner Zeit zu revanchieren.

Man verlangte zwei Flaschen Portwein, denen sodann der Franzose tüchtig zusprach, während Fix mit mehr Zurückhaltung seinen Kameraden sehr scharf beobachtete. Man plauderte von diesem und jenem, und besonders davon, dass Fix den vortrefflichen Gedanken bekam, auf dem Carnatic mitzufahren. Als die Flaschen geleert waren, stand Passepartout auf, um seinen Herrn zu benachrichtigen, dass die Abfahrt desselben einige Stunden früher stattfinden sollte.

Fix hielt ihn zurück.

»Einen Augenblick, sagte er.

– Was wollen Sie, Herr Fix?

– Ich habe etwas Ernstes mit Ihnen zu reden.

– Etwas Ernstes! rief Passepartout, und leerte die letzten Tröpfchen aus seinem Glase. Nun, davon reden wir morgen; heute hab' ich keine Zeit dazu.

– Bleiben Sie, erwiderte Fix. Es handelt sich um Ihren Herrn!«

Passepartout sah bei diesem Wort seinen Kameraden scharf an.

Es kam ihm vor, als mache Fix dabei ein sonderbares Gesicht; und er setzte sich wieder hin.

»Was haben Sie mir denn zu sagen?« fragte er.

Fix legte seine Hand auf den Arm seines Genossen und sprach halblaut:

»Sie haben geraten, wer ich bin? fragte er.

– Den Teufel ja! sagte Passepartout mit Lachen.

– Nun, so will ich Ihnen alles heraus sagen ...

– Jetzt, da ich alles weiß, Gevatter! Ah! Das ist so stark nicht! Kurz, nur immer zu. Aber zuvor lassen Sie mich Ihnen sagen, dass diese Gentlemen sich vergebliche Kosten gemacht haben!

– Vergeblich! sagte Fix. Sie sprechen davon auf eine eigene Art! Man sieht wohl, Sie wissen nicht, wie bedeutend die Summe ist, um die sich's handelt!

– Doch ja! versetzte Passepartout. Zwanzigtausend Pfund!

– Fünfundfünfzigtausend! erwiderte Fix, und drückte dem Franzosen die Hand.

– Wie! rief Passepartout, Herr Fogg hätte gewagt! ... Fünfundfünfzigtausend! ... Nun denn! umso mehr Grund, keinen Augenblick zu verlieren, fügte er bei, und stand abermals auf.

– Fünfundfünfzigtausend Pfund! fuhr Fix fort, und nötigte Passepartout zum Sitzen, wofür er eine Flasche Branntwein bestellte, – und wenn ich zum Ziel komme, gewinne ich einen Preis von zweitausend Pfund. Wollen Sie fünfhundert davon dafür, dass Sie mir dazu behilflich sind?

– Ihnen behilflich sein? rief Passepartout, und riss seine Augen übermäßig auf.

– Ja, mir behilflich sein, um den Herrn Fogg einige Tage in Hongkong zurückzuhalten!

– Was meinen Sie? sagte Passepartout. Also, nicht zufrieden, meinem Herrn aus Misstrauen in seine Ehrlichkeit einen Begleiter beizugeben, wollen die Herren ihm auch noch Hindernisse bereiten! Ich schäme mich um ihretwillen!

– Was meinen Sie damit? fragte Fix.

– Ich meine, das ist doch eine grobe Sache, Herrn Fogg so auszuziehen, sein Geld aus der Tasche zu nehmen.

– Ei! ja wohl rechnen wir darauf, das zu erreichen!

– Aber, das ist ja ein Hinterhalt! schrie Passepartout, der durch den Branntwein, welchen Fix ihm einschenkte, immer hitziger ward, – ein Hinterhalt! Von Gentlemen! Von Kollegen!«

Fix begriff das nicht mehr.

»Von Kollegen! rief Passepartout, von Mitgliedern des Reformclubs! Wissen Sie, Herr Fix, mein Herr ist ein rechtschaffener Mann, und wenn er eine Wette gemacht hat, denkt er sie redlich zu verdienen.

– Aber für wen halten Sie mich denn? fragte Fix und sah Passepartout fest ins Auge.

– Zum Henker! für einen Agenten der Mitglieder des Reformclubs, mit dem Auftrage, die Reise meines Herrn zu kontrollieren, was doch recht demütigend ist! Darum hab' ich auch, obwohl ich schon seit einiger Zeit erraten habe, wer Sie sind, dem Herrn Fogg ja nichts davon gesagt!

– Er weiß nichts davon? ... fragte Fix lebhaft.

– Nichts«, erwiderte Passepartout, und leerte sein Glas nochmals.

Der Polizei-Agent fuhr mit der Hand über seine Stirn und zögerte, weiter zu reden. Was sollte er jetzt tun? Passepartout's Irrtum schien aufrichtig; aber er machte die Ausführung seines Vorhabens schwieriger. Offenbar sprach dieser Bursche durchaus ehrlich, und war kein Mitschuldiger seines Herrn, – was Fix hätte befürchten mögen.

»Nun, sagte er zu sich, da er nicht mitschuldig ist, wird er auch mir behilflich sein.«

Der Detektiv hatte abermals seinen Entschluss gefasst. Übrigens hatte er keine Zeit mehr abzuwarten. Herr Fogg musste um jeden Preis zu Hongkong aufgehalten werden.

»Hören Sie mich an, sagte Fix halblaut, hören Sie mich recht an. Ich bin nicht, wofür Sie mich halten, d.h. ein Agent von Mitgliedern des Reformclubs ...

– Bah! sagte Passepartout, und sah ihm spöttisch ins Gesicht.

– Ich bin Polizei-Agent, mit Auftrag von der Regierung zu London ...

– Sie ... Polizei-Agent! ...

– Ja, und ich beweise es, fuhr Fix fort. Hier meine Kommissionsurkunde.«

Und der Agent holte ein Papier aus seiner Brieftasche und zeigte seinem Begleiter eine vom Direktor der Zentralpolizei unterzeichnete Kommission. Passepartout, ganz verdutzt, schaute Fix an, ohne ein Wort vorbringen zu können.

»Die Wette des Herrn Fogg, fuhr Fix fort, ist nur ein Vorwand, womit Sie an der Nase geführt werden, Sie, samt den Kollegen des Reformclubs, denn es war ihm darum zu tun, sich Ihrer unbewussten Teilnahme zu versichern.

– Aber weshalb? ... rief Passepartout.

– Hören Sie. Am 28. September wurde auf der Bank von England von einem Individuum, dessen Signalement aufgenommen werden konnte, ein Diebstahl von fünfundfünfzigtausend Pfund verübt. Nun, sehen Sie, dies Signalement passt Zug für Zug auf Herrn Fogg.

– Gehen Sie mir weg! rief Passepartout, und schlug mit kräftiger Faust auf den Tisch. Mein Herr ist der ehrlichste Mann auf der Welt!

– Woher wissen Sie das? erwiderte Fix. Sie kennen ihn gar nicht! Sie sind erst am Tage seiner Abreise bei ihm eingetreten, und er ist über Hals und Kopf unter einem verrückten Vorwande abgereist, ohne Koffer, mit einer ungeheuren Summe Banknoten! Und Sie getrauen sich, ihn einen ehrlichen Menschen zu heißen!

– Ja! ja! sagte mechanisch der arme Junge wiederholt.

– Wollen Sie als sein Mitschuldiger arretiert werden?«

Passepartout fasste seinen Kopf in beide Hände. Er war nicht mehr zu kennen; wagte dem Polizei-Agenten nicht ins Angesicht zu sehen. Phileas Fogg ein Dieb, der Retter Aouda's, der edle, wackere Mann! Und doch, welche Verdachtsgründe gegen ihn! Passepartout versuchte die in seinen Geist schleichenden Verdachtsgründe abzuweisen, wollte nicht an die Schuld seines Herrn glauben.

»Schließlich, was wollen Sie von mir? sagte er zu dem Polizei-Agenten, indem er sich zusammen nahm.

– Das will ich Ihnen sagen. Ich bin dem Herrn Fogg bis hierher nachgeschlichen, aber noch nicht im Besitz des Haftbefehls, den ich aus

London begehrt habe. Sie müssen daher mir behilflich sein, ihn zu Hongkong aufzuhalten ...

– Ich! soll ...

– Und ich teile mit Ihnen den von der Englischen Bank ausgesetzten Preis von zweitausend Pfund!

– Niemals!« erwiderte Passepartout, der aufstehen wollte und wieder zurücksank, da ihm sein Verstand und seine Kräfte mit einander schwanden.

»Herr Fix, sprach er stammelnd, sollte auch alles, was Sie mir gesagt gesagt haben, wahr sein ... Wäre mein Herr auch der Dieb, welchen Sie suchen ... was ich nicht zugebe ... Ich bin in seinem Dienst, bisher wie jetzt, ... habe ihn als gut und edelmütig kennen gelernt ... Ihn verraten ... niemals ... nein, für alles Gold in der Welt nicht ... Ich bin aus einem Dorfe, wo man solches Brod nicht isst! ...

– Sie weigern sich?

– Ja.

– Tun wir, als hätte ich nichts gesagt, erwiderte Fix, und trinken noch eins.

– Ja, trinken wollen wir!«

Passepartout fühlte mehr und mehr sich von Trunkenheit bemeistert. Fix, der ihn um jeden Preis von seinem Herrn trennen wollte, suchte mit ihm fertig zu werden. Auf dem Tische lagen einige mit Opium gestopfte Pfeifen. Fix gab dem Passepartout unvermerkt eine in die Hand; er nahm sie, hielt sie an seine Lippen, zündete sie an, tat einige Züge und sank betäubt mit schwerem Kopfe zurück.

»Schließlich, sagte Fix, als er den Passepartout bewusstlos sah, der Herr Fogg wird nicht mehr zeitig von der Abfahrt des Carnatic in Kenntnis gesetzt, und wenn er abreist, geschieht es wenigstens ohne diesen verfluchten Franzosen!«

Darauf bezahlte er die Zeche und ging weg.

ZWANZIGSTES KAPITEL.

Fix tritt zu Phileas Fogg in unmittelbare Beziehung.

Während dieser Szene, die vielleicht so große Gefahr in nahem Gefolge hatte, ging Herr Fogg in Begleitung von Mrs. Aouda in den Straßen der englischen Stadt spazieren. Seit dieselbe sein Erbieten, sie bis nach Europa zu bringen, angenommen hatte, musste er an verschiedene weitere Reisebedürfnisse denken. Dass ein Engländer seiner Art mit einem Reisesacke in der Hand eine Rundreise um die Erde herum mache, geht wohl an; aber eine Frau konnte es nicht ebenso. Herr Fogg entledigte sich dieser Aufgabe mit der ihm eigenen Seelenruhe, und hatte auf alle Entschuldigungen oder Einwände der jungen Witwe, die durch so viele Gefälligkeiten sich beschämt fühlte, nur die einzige Erwiderung:

»Es ist zum Vorteil meiner Reise, es liegt in meinem Programm.«

Als die Einkäufe gemacht waren, kehrten Herr Fogg und die junge Frau in das Hotel zurück, und speisten an der *table d'hôte* die köstlichen Gerichte. Darauf begab sich Mrs. Aouda, die etwas müde war, in ihr Gemach, nachdem sie ihrem gemütsruhigen Retter »auf englisch« die Hand gedrückt.

Den ganzen übrigen Teil des Abends war der ehrenwerte Gentleman in die Lektüre der »Times« und der »Illustrated London-News« vertieft.

Wäre er im Stande gewesen, über irgendetwas in Staunen zu geraten, so musste es der Umstand sein, dass er zur Zeit des Schlafengehens seinen Diener nicht erscheinen sah. Aber da er wusste, dass das Paketboot nach Yokohama nicht vor dem folgenden Morgen von Hongkong abging, machte es ihm weiter keine Gedanken. Als er am folgenden Morgen anläutete, ließ Passepartout sich nicht sehen.

Was der ehrenwerte Gentleman dachte, als er erfuhr, dass sein Diener nicht ins Hotel zurückgekehrt war, hätte Niemand sagen können. Herr Fogg nahm seinen Reisesack, ließ Mrs. Aouda benachrichtigen und schickte nach einem Palankin.

Es war damals acht Uhr, und die Höhe der Flut, welche der Carnatic benutzen sollte, um aus dem Seegatt herauszukommen, war auf halb zehn angesagt.

Als der Palankin an dem Thore des Hotels ankam, stiegen Herr Fogg und Mrs. Aouda in dies bequeme Beförderungsmittel ein, und das Gepäck fuhr auf einem Schubkarren hinterdrein.

Nach einer halben Stunde stiegen die Reisenden an dem Einschiffungsquai aus, und erfuhren hier, dass der Carnatic bereits am Abend zuvor abgefahren sei.

Herr Fogg, welcher darauf gerechnet hatte, das Paketboot und seinen Diener miteinander zu finden, musste nun auf beide verzichten. Aber man sah kein Zeichen von Ärgerlichkeit auf seinem Angesicht, und da Mrs. Aouda ihn mit Besorgnis ansah, sagte er nur:

»Es ist ein Zwischenfall, Madame, nichts weiter.«

In diesem Augenblicke trat ein Mann, der ihm mit Aufmerksamkeit zugesehen hatte, zu ihm heran. Es war der Polizei-Agent Fix. Derselbe grüßte ihn und sprach:

»Sind Sie nicht, mein Herr, einer der gestern hier angekommenen Passagiere des Rangun.

– Ja, mein Herr, erwiderte Herr Fogg frostig, aber ich habe nicht die Ehre ...

– Verzeihen Sie, ich glaubte Ihren Diener hier zu treffen.

– Wissen Sie, wo er ist, mein Herr, fragte hastig die junge Frau.

– Wie? versetzte Fix, der sich überrascht stellte, ist er nicht bei Ihnen?

– Nein, erwiderte Mrs. Aouda. Seit gestern ist er nicht wieder nach Hause gekommen. Sollte er ohne uns an Bord des Carnatic abgefahren sein?

– Ohne Sie, Madame? sagte der Agent. Aber, entschuldigen Sie meine Frage, Sie rechneten also darauf, mit diesem Boote zu reisen?

– Ja, mein Herr.

– Ich auch, Madame, und bin nun in großer Verlegenheit. Der Carnatic ist, als seine Reparaturen fertig waren, zwölf Stunden früher von Hongkong abgefahren, ohne Jemand davon Kenntnis zu geben, und jetzt muss man acht volle Tage warten, bis wieder ein Boot abfährt!«

Bei diesen Worten: »acht Tage«, jubelte Fix in seinem Herzen. Herr Fogg acht Tage in Hongkong aufgehalten!

Nun wäre Zeit genug für Eintreffen des Haftbefehles. Kurz, es waren gute Aussichten für den Repräsentanten des Gesetzes.

Wie fühlte er sich da zu Boden geschmettert, als er Phileas Fogg mit gelassener Stimme sagen hörte:

»Es gibt ja, dünkt mir, noch andere Schiffe, außer dem Carnatic, im Hafen von Hongkong.«

Und Herr Fogg bot Mrs. Aouda seinen Arm, und begab sich mit ihr zu den Docks, um ein zum Abfahren gerüstetes Schiff zu suchen.

Fix folgte voll Bestürzung. Er war, schien's, wie mit einem Faden an ihn gebunden.

Doch schien das Glück seinem Günstling, dem es bisher so dienstbar gewesen, wirklich im Stiche lassen zu wollen.

Drei Stunden lang lief Phileas Fogg in allen Richtungen den Hafen auf und ab, um nötigenfalls ein Fahrzeug bis nach Yokohama auf eigene Kosten in Miete zu nehmen; aber er sah nur im Auf- oder Abladen begriffene Schiffe, die folglich nicht reisefertig sein konnten. Da bekam Fix wieder Hoffnung.

Doch verlor Herr Fogg seine Fassung nicht, und war im Begriff, bis nach Macao hin weiter zu forschen, als ein Bootsmann zu ihm trat.

»Ew. Gnaden suchen ein Fahrzeug? fragte der Mann und zog den Hut ab.

– Haben Sie ein Boot reisefertig? fragte Herr Fogg.

– Ja, Ew. Gnaden, ein Lotsenboot Nr. 43, das beste von allen im Hafen.

– Fährt es rasch?

– Acht bis neun Meilen, beiläufig. Wollen Sie's sehen?

– Ja.

– Ew. Gnaden werden zufrieden sein. Ist's für eine Spazierfahrt im Meer?

– Nein, für eine Reise.

– Eine Reise?

– Können Sie's übernehmen, mich nach Yokohama zu bringen?«

Bei diesen Worten ließ der Bootsmann die Arme sinken, riss die Augen weit auf.

»Ew. Gnaden belieben zu scherzen? sagte er.

– Nein! Ich habe die Abfahrt des Carnatic verfehlt, und ich muss am 14. spätestens zu Yokohama sein, um auf das Paketboot nach San-Francisco zu kommen.

– Es tut mir leid, erwiderte der Lotse, aber dies geht nicht an.

– Ich biete Ihnen hundert Pfund täglich, und eine Prämie von zweihundert Pfund, wenn ich zeitig anlange.

– Ist das ernst gemeint? fragte der Lotse.

– Ganz ernstlich«, erwiderte Herr Fogg.

Der Pilot ging bei Seite, schaute auf das Meer hin, offenbar im Kampf zwischen der Begierde, eine so enorme Summe zu verdienen, und der Besorgnis, sich zu weit zu wagen. Fix schwebte in Todesängsten.

Unterdessen wendete sich Herr Fogg wieder zu Mrs. Aouda.

»Werden Sie keine Angst haben? Madame, fragte er sie.

– In Ihrer Gesellschaft nicht, Herr Fogg«, versetzte die junge Frau.

Der Lotse kam wieder zu dem Gentleman, drehte seinen Hut in den Händen.

»Nun, Pilot? fragte Herr Fogg.

– Ei nun, Ew. Gnaden, erwiderte der Pilot, ich kann weder meine Leute, noch mich, noch Sie selbst durch eine so weite Fahrt auf einem Boot von kaum zwanzig Tonnen, und zu dieser Jahreszeit, der Gefahr aussetzen. Übrigens würden wir nicht mehr zu rechter Zeit ankommen, denn von Hongkong bis Yokohama sind sechzehnhundertundfünfzig Meilen.

– Nur sechzehnhundert, sagte Herr Fogg.

– Das macht nichts aus.«

Fix atmete wieder auf.

»Aber, fuhr der Pilot fort, es gäbe vielleicht ein Mittel, es anders einzurichten.«

Dem Fix ging der Atem wieder aus.

– »Wie denn? fragte Phileas Fogg.

– Wenn es nach Nagasaki ginge, an der Südspitze Japans, elfhundert Meilen, oder nach Schanghai, achthundert Meilen von Hongkong. Dann würde man sich in der Nähe der chinesischen Küste halten, ein großer Vorteil, zumal da die Windströmung nordwärts treibt.

– Pilot, versetzte Phileas Fogg, zu Yokohama muss ich auf das amerikanische Postschiff, und nicht zu Schanghai oder Nagasaki.

– Warum nicht? versetzte der Lotse. Das Paketboot nach San Francisco fährt nicht von Yokohama, sondern von Schanghai aus, und Yokohama, wie Nagasaki, sind nur Anhalteplätze.

– Sind Sie dessen gewiss?

– Ganz sicher.

– Und wann fährt das Paketboot von Schanghai ab?

– Am 11. um sieben Uhr Abends.. Also haben wir noch vier Tage Zeit dafür. Vier Tage machen sechsundneunzig Stunden, und haben wir tüchtige Mannschaft, Südostwind und ruhiges Meer, so können wir bei durchschnittlich acht Meilen die Stunde die achthundert Meilen bis Schanghai schon fertig bringen.

– Und wann können Sie abfahren? ...

– In einer Stunde. Soviel bedarf es noch, um Lebensmittel zu kaufen und segelfertig zu machen.

– Abgemacht! Sind Sie der Schiffsherr?

– Ja, John Bunsby, Patron der Tankadere.

– Wollen Sie Draufgeld?

– Wenn's Ew. Gnaden beliebt.

– Hier zweihundert Pfund abschläglich ... Mein Herr, sprach sodann Phileas Fogg zu Fix, wenn Sie die Gelegenheit benutzen wollen ...

– Mein Herr, versetzte Fix entschlossen, eben wollte ich mir diese Gunst ausbitten.

– Gut. In einer halben Stunde sind wir an Bord.

– Aber der arme Bursche ... sagte Mrs. Aouda, welche über das Verschwinden Passepartout's sehr besorgt war.

– Ich werde das Mögliche für ihn tun«, erwiderte Phileas Fogg.

Und während Fix in fieberhafter Nervenaufregung und wütendem Zorn das Lotsenboot bestieg, begaben sich Beide auf das Polizeibüro zu Hongkong. Hier gab Phileas Fogg Passepartout's Signalement auf, und legte eine hinreichende Summe nieder, um ihn wieder heim zu bringen. Dasselbe geschah bei dem französischen Konsular-Agenten; der Palankin nahm sodann im Hotel das Gepäck auf und brachte die Reisenden an den Hafenrand, wo das Lotsenboot Nr. 43, Mannschaft und Lebensmittel an Bord, Schlag drei Uhr segelfertig lag.

Die Tankadere war eine reizende kleine Goelette von zwanzig Tonnen Gehalt, vorn wohl zugespitzt, sehr schlank geformt, und langgestreckt in ihrer Wasserlinie. Man konnte sie für eine Yacht zur Wettfahrt halten. Sie war mit glänzendem Kupfer gedeckt, ihr Eisenwerk galvanisiert, ihr Verdeck weiß wie Elfenbein; und man sah wohl, dass ihr Patron John Bunsby sich darauf verstand, sie in gutem Zustande zu erhalten. Ihre beiden Maste neigten sich ein wenig nach hinten. Sie war mit Brigantin-, Fock- und Vorstagsegel versehen, und man konnte für den Wind von hinten ein Hilfssegel anbringen.

Sie musste erstaunlich schnell fahren, und hatte in der Tat schon einigemal Preise bei den Wettfahrten der Lotsenfahrzeuge gewonnen.

Die Bemannung der Tankadere bestand aus dem Patron John Bunsby und vier Mann. Es waren kühne Bootsleute, wie sie sich jederzeit beim Aufsuchen von Schiffen Gefahren aussetzen, und zum Verwundern in diesen Meeren bekannt.

John Bunsby, etwa fünfundvierzig Jahre alt, kräftig, dunkel gebräunt, mit lebhaftem Blick, energischen Gesichtszügen, sicher und rüstig, hätte auch dem Verzagtesten Vertrauen eingeflößt.

Phileas Fogg und Mrs. Aouda stiegen an Bord. Fix befand sich schon da. Durch die hintere Lucke kam man in ein viereckiges Zimmer, dessen Wände über einem runden Divan sich zu Lagerstätten erweiterten. In der Mitte ein Tisch mit einer Hängelampe. Alles war eng, aber reinlich.

»Ich bedauere, dass ich Ihnen nichts Besseres anbieten kann«, sagte Herr Fogg zu Fix, der sich still verneigte.

Der Polizei-Agent fühlte sich ein wenig gedemütigt, dass er so die Gefälligkeit des Herrn Fogg benutzte.

»Sicherlich, dachte er, ist's ein sehr höflicher Schurke, aber ein Schurke ist's immer!«

Zehn Minuten nach drei Uhr wurden die Segel aufgehisst, die englische Flagge aufgepflanzt. Die Passagiere saßen auf dem Verdeck; Herr Fogg und Mrs. Aouda warfen einen letzten Blick auf den Quai, um zu schauen, ob nicht Passepartout sich sehen ließe.

Fix war einigermaßen in Angst, denn der Zufall hätte den unglückseligen Burschen, welchen er so unwürdig behandelt hatte, dahin führen können, und dann wäre eine Enthüllung erfolgt, welche dem Detektiv nicht zu Gunsten gewesen wäre. Aber der Franzose war nicht zu sehen; ohne Zweifel lag er noch im Rausche des narkotischen Giftes.

Endlich gewann der Patron Bunsby die hohe See, und die Tankadere flog mit vollen Segeln über die Fluten.

EINUNDZWANZIGSTES KAPITEL.

Der Patron der Tankadère in Gefahr, eine Prämie von zweihundert Pfund zu verlieren.

Diese Fahrt von achthundert Meilen auf einem Fahrzeuge von zwanzig Tonnen, zumal zu dieser Jahreszeit, war ein gewagtes Unternehmen. Die Meere Chinas sind meistens schlimm, fürchterlichen Windstößen ausgesetzt, besonders zur Äquinoktialzeit, und es war noch Anfang Novembers.

Offenbar wäre es für den Pilot vorteilhafter gewesen, seine Passagiere bis Yokohama zu fahren, weil er tageweise bezahlt wurde. Aber es wäre auch sehr unvorsichtig gewesen, unter den gegebenen Verhältnissen eine solche Fahrt zu versuchen, und es war schon kühn, ja verwegen genug, bis Schanghai zu fahren. Aber John Bunsby konnte sich auf seine Tankadere verlassen, die leicht wie eine Möwe über die Wellen glitt.

Während der letzten Stunden dieses Tages fuhr die Tankadere in den bedenklichen Fahrwassern von Hongkong, und hielt sich bei allen Windungen, in nächster Nähe oder mit vollem Winde, vortrefflich.

»Ich brauche, Pilot, Ihnen nicht die möglichste Sorgfalt anzuempfehlen, sprach Phileas Fogg, als sie aufs hohe Meer fuhr.

– Ew. Gnaden können sich auf mich verlassen, versetzte John Bunsby. Segel wenden wir soviel an, als der Wind gestattet. Unsere leichten Segel würden nichts weiter fördern und könnten nur dem Lauf des Schiffes hinderlich sein.

– Sie verstehen das besser, Pilot, und ich verlasse mich auf Sie.«

Phileas Fogg stand da, aufrecht mit gespreizten Beinen, sicher wie ein Seemann, und schaute unverrückt auf die hohle See. Hinten saß die junge Frau, nicht ohne Besorgnis im Hinblick auf den in der Dämmerung bereits düstern Ozean, welchem sie auf einem so leichten Fahrzeuge Trotz bot. Über ihrem Kopf flatterten die weißen Segel, welche es wie große Flügel in den weiten Raum hinaustrieben. Vom Winde gehoben schien die Goelette in der Luft zu fliegen.

Es ward Nacht, der Mond trat in sein erstes Viertel, und sein schwaches Licht sollte bald im Nebel des Horizonts verlöschen. Von Osten her zog Gewölk herauf und bedeckte schon einen Teil des Himmels.

Der Pilot hatte sein Leuchtfeuer aufgestellt, eine unerlässliche Vorsichtsmaßregel in diesen sehr befahrenen Meeren, nächst den Landungsplätzen, Zusammenstöße traten nicht selten ein, und bei der Schnelligkeit, womit die Goelette fuhr, konnte der geringste Stoß sie zertrümmern.

Fix stand in Gedanken verloren auf dem Vorderteil.

Da er Foggs schweigsame Natur kannte, so hielt er sich bei Seite. Zudem war es ihm zuwider, mit dem Manne zu reden, dessen Gefälligkeit er annahm. Er dachte auch an die Zukunft. Es schien ihm ausgemacht, dass Fogg sich nicht zu Yokohama aufhalten, vielmehr unverzüglich das Paketboot nach San Francisco besteigen würde, um nach Amerika zu kommen, auf dessen ungeheuren Räumen er Straflosigkeit und Sicherheit finden würde.

Das schien der einfachste Plan Phileas Foggs zu sein. Anstatt kurzer Hand in England wie ein gewöhnlicher Schurke nach den Vereinigten Staaten überzuschiffen, hatte dieser Fogg den weiten Umweg gewählt mit der Fahrt über drei Vierteil des Erdumkreises, um so mit mehr Sicherheit aufs amerikanische Festland zu gelangen, und daselbst, nachdem er die Polizei an der Nase geführt, ruhig seine Banknoten zu genießen. Aber was sollte Fix auf amerikanischem Gebiet anfangen? Diesen Menschen loslassen? Nein, hundertmal nein! Bis er eine Auslieferungsakte erwirkt, wollte er ihm nicht von der Ferse weichen. Diese seine Schuldigkeit wollte er vollständig erfüllen. Jedenfalls hatte er einen glücklichen Umstand erzielt: Passepartout befand sich nicht mehr bei seinem Herrn, und zumal nachdem Fix gegen ihn vertraulich gewesen, war es von Wichtigkeit, dass Herr und Diener nie wieder zusammen kamen.

Phileas Fogg machte sich ebenfalls Gedanken um seinen so auffallend verschwundenen Diener. Alles in Betracht gezogen, schien es ihm nicht unmöglich, dass der arme Junge in Folge eines Missverständnisses sich erst im Moment der Abfahrt auf dem Carnatic eingefunden hatte. Das meinte auch Mrs. Aouda, welche diesen braven Diener, dem sie so viel verdankte, herzlich bedauerte. Es war also nicht unmöglich, ihn in Yokohama wieder zu finden, und wenn er mit dem Carnatic dahin abgefahren war, konnte man's leicht erfahren.

Gegen zehn Uhr erhob sich ein frischer Wind. Vielleicht wäre es klug gewesen, ein Reff aufzunehmen, aber der Pilot ließ, nachdem er den Himmel sorgfältig beobachtet hatte, das Segelwerk in seinem bisherigen Zustande. Übrigens hielt die Tankadere bei tiefem Wasser ihre Segel stattlich, und alles war fertig, im Fall eines Windstoßes sie einzuziehen.

Um Mitternacht begaben sich Phileas Fogg und Mrs. Aouda in die Kabine hinab. Fix war schon dahin vorausgegangen und hatte sich auf einen Divan gelagert. Der Pilot blieb mit seinen Bootsleuten die ganze Nacht auf dem Verdeck.

Am folgenden Morgen, den 8. November, bei Sonnenaufgang, hatte die Goelette bereits über hundert Meilen zurückgelegt. Das Log gab eine durchschnittliche Geschwindigkeit von acht bis neun Meilen an. Die Tankadere hatte halben Wind in ihren Segeln, die alle trieben, und so erlangte sie ihre größte Geschwindigkeit. Hielt sich der Wind dermaßen, so waren das gute Aussichten.

Die Tankadere entfernte sich während dieses ganzen Tages nicht merklich von der Küste, deren Windströmung ihr günstig war. Diese zog sich höchstens fünf Meilen entfernt linker Hand, und wurde, da sie unregelmäßig zugeschnitten war, mitunter durch lichte Stellen hindurch sichtbar. Da der Wind vom Lande herkam, so ging ebendeshalb das Meer weniger stark; ein günstiger Umstand für die Goelette, denn den Fahrzeugen von geringem Tonnengehalt gereicht besonders die hohle See zum Nachteil, da sie ihre Schnelligkeit bricht.

Gegen Mittag wurde der Wind etwas milder und strich südöstlich. Der Pilot ließ die kleinen Segel aufziehen; aber nach Verlauf von zwei Stunden musste man sie wieder einziehen, denn der Wind wehte wieder stärker.

Herr Fogg und die junge Frau, welche der Seekrankheit glücklich widerstanden, aßen mit Appetit Zwieback und Konserven, welche an Bord befindlich waren. Fix wurde eingeladen, teilzunehmen, und hätte es annehmen sollen, denn er wusste wohl, dass man den Magen eben sowohl wie die Schiffe mit Ballast versehen muss; aber es war ihm zuwider. Auf Kosten dieses Mannes die Reise zu machen, von seinem Brod zu essen, fand er doch etwas unehrenhaft. Er aß jedoch, – zwar nur ganz wenig, – doch aß er.

Als das Mahl beendigt war, glaubte er den Herrn Fogg bei Seite nehmen zu müssen, und sagte zu ihm:

»Mein Herr ...«

Dies Wort kam ihm schwer über die Lippen, und es kostete ihn Überwindung, diesen Herrn nicht am Kragen zu fassen!

»Mein Herr, Sie haben die Gefälligkeit gehabt, mir einen Platz auf Ihrem Boot anzubieten. Aber, obwohl meine Mittel mir nicht so reichlich fließen, wie Ihnen, so will ich meinen Anteil bezahlen ...

– Reden wir nicht davon, mein Herr, versetzte Herr Fogg.

– Aber doch, es ist mir ...

– Nein, mein Herr, wiederholte Herr Fogg in einem Tone, der eine Erwiderung ausschloss. Es gehört das zu den Gesamtkosten!«

Fix verneigte sich, er hätte bersten mögen; er begab sich aufs Vorderteil des Schiffes und sprach den ganzen Tag kein Wort weiter.

Indessen kam man rasch vorwärts, und John Bunsby machte sich gute Hoffnung. Er sagte einigemal zu Herrn Fogg, man werde noch zu rechter Zeit nach Schanghai kommen, worauf Herr Fogg nur erwiderte, er rechne darauf.

Übrigens ließ es die ganze Mannschaft an Eifer nicht fehlen; die Prämie spornte sie. Man hätte bei einem Wettschiffen des Royal-Yacht-Clubs nicht strenger manövriert.

Am Abend zeigte das Log, dass man von Hongkong aus zweihundertundzwanzig Meilen zurückgelegt hatte, und Phileas Fogg konnte sich Hoffnung machen, dass er bei seiner Ankunft in Yokohama keine Verspätung in sein Programm werde einzutragen haben. So sollte denn auch das erste ernstliche Hindernis, worauf er seit seiner Abfahrt aus London gestoßen, ihm wahrscheinlich keinen Schaden bringen.

Während der Nacht, gegen Morgen, fuhr die Tankadere frisch in die Straße Fo-Kien hinein, welche die große Insel Formosa von der chinesischen Küste scheidet, und durchschnitt den Wendekreis des Krebses. In dieser Straße war das Meer sehr aufgeregt, voll Wirbel, welche die Gegenströmung veranlasste. Die Goelette hatte viel mit den gebrochenen Wellen zu schaffen, welche ihren Lauf hemmten. Es hielt sehr schwer, sich auf dem Verdeck aufrecht zu halten.

Mit Tagesanbruch wurde der Wind noch stärker, und am Himmel ergaben sich Vorzeichen eines Windstoßes. Übrigens kündigte der Barometer eine bevorstehende Luftveränderung an; er bewegte sich unregelmäßig, und das Quecksilber geriet in launische Schwankungen. Man sah auch südöstlich das Meer in hochgehenden Wellen aufgeregt, was auf Sturm hindeutete. Am Abend zuvor war die Sonne in rotem Nebel untergegangen unter phosphoreszierendem Funkeln des Ozeans.

Der Pilot nahm lange dieses schlimme Aussehen des Himmels in Erwägung und brummte unverständliche Worte zwischen den Zähnen. Einmal, da er neben seinem Passagier stand, sprach er leise zu ihm:

»Man kann mit Ew. Gnaden offen reden?

– Ja wohl, erwiderte Phileas Fogg.

– Nun, wir werden einen Windstoß bekommen.

– Von Norden oder Süden her? fragte Herr Fogg.

– Von Süden. Sehen Sie, eine Trombe wird's geben.

– Von Süden her mag der Windstoß immer kommen, er wird uns richtig vorwärts befördern, erwiderte Herr Fogg.

– Nehmen Sie's so, versetzte der Pilot, so hab' ich nichts weiter zu sagen.«

Die Ahnungen John Bunsbys täuschten nicht. Zu einer weniger vorgerückten Jahreszeit würde die Trombe, nach dem Ausspruch eines berühmten Meteorologen, wie eine mit elektrischen Flammen erleuchtete Kaskade zerfließen, aber im Winter-Äquinoktium war zu befürchten, dass sie heftiger losbrach.

Der Pilot traf seine Vorkehrungen. Er ließ alle Segel der Goelette einziehen, und die Stangen auf dem Verdeck herab nehmen. Die Lucken wurden sorgfältig verwahrt, so dass kein Tropfen Wasser ins Innere dringen konnte. Ein einziges dreieckiges Segel, ein Focksegel von starkem Zeug, wurde aufgehisst, um die Goelette beim Treiben des Windes zu halten. So wartete man ab.

John Bunsby hatte die Passagiere aufgefordert, sich in die Kabine hinab zu begeben; aber in dem engen Raum, fast ohne Luft und bei den Wellenstößen, hatte diese Einsperrung nichts Angenehmes. Weder Herr Fogg, noch Mrs. Aouda, selbst Fix mochten sich nicht dazu verstehen.

Gegen acht Uhr brach ein Unwetter mit Regen und Windstößen aus; so dass die Tankadere, hätte sie mehr Segel aufgespannt gehabt, wie eine Feder in die Lüfte gewirbelt worden wäre. Wollte man die Schnelligkeit eines solchen Windes mit der vierfachen einer Lokomotive bei vollem Dampf vergleichen, so bliebe man noch hinter der Wahrheit zurück.

Während des ganzen Tages flog so das Boot nordwärts, von riesenhaften Wellen getragen, indem es glücklicherweise eine der ihrigen gleiche Schnelligkeit behielt. Zwanzigmal war es nahe daran, von so einem Wasserberg, der sich hinter ihm auftürmte, überschüttet zu werden, wenn nicht mit geschicktem Griff der Steuerer die Katastrophe abgewendet hätte. Die Passagiere wurden mitunter ganz von dem Staubregen der zusammenstoßenden Wellen bespritzt, was sie sich philosophisch gefallen ließen. Fix fluchte allerdings, aber die unverzagte Aouda, den Blick auf ihren Begleiter mit seinem bewundernswerten Gleichmuth gerichtet, zeigte sich seiner würdig und trotzte ebenfalls dem Sturm. Phileas Fogg hatte wohl, schien es, diese Trombe auf seinem Programm.

Bisher war die Tankadere stets nordwärts getrieben; aber gegen Abend, wie zu befürchten war, schlug der Wind um und trieb nordwestlich. Da nun die Tankadere dem Wellenschlag die Seite darbot, so wurde sie fürchterlich geschüttelt, und man konnte wohl bei solcher Gewalt der Stöße in Angst geraten, es möchten nicht alle Teile des Schiffes fest genug zusammengefügt sein.

Mit Einbruch der Nacht ward der Sturm noch ärger. Als John Bunsby die Dunkelheit, und mit dem Dunkel die Sturmesgewalt sich steigern sah, ward er doch lebhaft unruhig, und beriet mit den Bootsleuten, ob es nicht geraten sei, beizulegen.

Darauf trat er zu Herrn Fogg und sprach:

»Ich glaube, Ew. Gnaden, es wäre wohl getan, einen Hafen an der Küste zu suchen.

— Ich glaub's auch, erwiderte Phileas Fogg.

— Ah! sagte der Pilot, aber welchen?

— Ich weiß nur einen, versetzte gelassen Herr Fogg.

— Der ist? ...

— Schanghai.«

Der Pilot wusste nicht gleich den Sinn der Antwort, die zähe Ausdauer, zu fassen. Darauf rief er:

»Nun ja! Ew. Gnaden hat Recht. Nach Schanghai!«

Und die Richtung der Tankadere ward unveränderlich nordwärts festgehalten.

Es war eine wahrhaft erschreckliche Nacht, und ein Wunder, dass die kleine Goelette nicht umschlug. Zweimal war sie nahe daran, und es wäre alles von Bord weggefegt worden, hätten die Seile zur Befestigung nicht gehalten. Mrs. Aouda war ganz erschöpft, aber ließ keinen Klagelaut hören. Mehrmals musste Herr Fogg sie gegen die Gewalt der Wellen schützen.

Es ward wieder Tag, und das Gewitter dauerte ununterbrochen mit entfesselter Wut. Doch änderte sich der Wind in Südost; ein günstiger Umstand, und die Tankadere setzte ihren Weg auf dem tobenden Meere fort, dessen Wellen mit den von der neuen Windrichtung getriebenen zusammenstießen, ein Widerprallen, wobei ein minder fest gebautes Boot zertrümmert worden wäre.

Von Zeit zu Zeit konnte man durch den nun gebrochenen Nebel die Küste wahrnehmen, aber nirgends ein Schiff. Die Tankadere war das einzige, welches die See hielt.

Um Mittag ergaben sich einige Zeichen, dass der Sturm sich legte; und als sich die Sonne zum Horizont hinab senkte, sprach sich dies noch entschiedener aus. Die kurze Dauer desselben hing mit seinem heftigen Auftreten zusammen. Nun konnten die erschöpften Passagiere etwas Speise zu sich nehmen und ein wenig ausruhen.

Die Nacht war verhältnismäßig ruhig. Der Pilot ließ seine niederen Segel wieder aufziehen und das Schiff fuhr erstaunlich schnell. Am folgenden Morgen, den 11., bei Tagesanbruch, konnte John Bunsby versichern, dass keine hundert Meilen mehr zu machen seien.

Aber es war nur noch dieser einzige Tag Zeit; noch an demselben Abend musste Herr Fogg zu Schanghai anlangen, wenn er nicht für das Paketboot nach Yokohama zu spät eintreffen wollte. Wäre nicht der Sturm dazwischen gekommen, so hätte er jetzt nur noch dreißig Meilen zurückzulegen.

Der Wind legte sich merklich, aber zum Glück ward auch das Meer wieder ruhig, nun wurden alle Segel aufgehisst, die sämtlich trugen, und das Meer schäumte unterm Vordersteven.

Um zwölf Uhr war die Tankadere nur noch fünfundvierzig Meilen von Schanghai, und sie hatte noch sechs Stunden, um rechtzeitig dort anzulangen.

Die Besorgnisse an Bord waren lebhaft, denn man wollte um jeden Preis die Zeit nicht verfehlen. Die kleine Goelette musste durchschnittlich mindestens neun Meilen die Stunde machen, – und der Wind wurde stets schwächer.

Doch war das Fahrzeug so leicht, und seine hohen, dicht gewebten Segel packten die regellosen Winde so gut, dass mit Hilfe der Strömung John Bunsby um sechs Uhr nur noch zehn Meilen bis zum Flusse Schanghai zählte, denn die Stadt selbst liegt mindestens zwölf Meilen über dessen Mündung hinaus.

Um sieben Uhr befand man sich noch drei Meilen von Schanghai. Ein fürchterlicher Fluch entfuhr den Lippen des Piloten; denn er sah wie die Prämie von zweihundert Pfund ihm offenbar vor der Nase entging. Er sah Herrn Fogg ins Angesicht. Der zeigte sich rührungslos, und doch handelte sich's eben um sein ganzes Vermögen ...

In diesem Augenblick zeigte sich eine lange, schwarze Rauchsäule auf der flachen See. Es war das zur regelmäßigen Zeit abfahrende Paketboot nach Amerika.

»Verdammt! schrie John Bunsby, und stieß verzweifelnd das Steuer zurück.

– Signale!« sagte lediglich Herr Fogg.

Auf dem Vorderteil der Tankadere befand sich eine kleine Kanone, die zur Zeit des Nebels zu Signalen gebraucht wurde.

Dieselbe wurde bis zur Mündung geladen, aber als eben der Pilot zünden wollte, sprach Herr Fogg:

»Die Notflagge.«

Die Flagge wurde am halben Mast aufgepflanzt; dies war ein Zeichen der Not, und es ließ sich hoffen, dass das amerikanische Boot, wenn es sie gewahrte, eine Weile seinen Lauf ändern werde, um mit dem Boot zusammen zu kommen.

»Feuer!« sagte Herr Fogg.

– Und das kleine Geschütz donnerte in die Lüfte.

ZWEIUNDZWANZIGSTES KAPITEL.

Passepartout überzeugt sich, dass es selbst bei den Antipoden geraten ist, etwas Geld in der Tasche zu haben.

Als der Carnatic am 7. November um halb sieben Uhr Abends Hongkong verließ, fuhr er mit vollem Dampf in der Richtung von Japan, mit voller Ladung an Waren und Passagieren. Zwei Kabinen des hintern Teiles blieben unbesetzt; es waren die auf Phileas Foggs Rechnung genommenen.

Am folgenden Morgen konnten die Leute auf dem Vorderteil mit einigem Staunen sehen, wie ein Passagier mit etwas stumpfem Blick, wankenden Schrittes, zerzausten Haaren aus der Lucke des zweiten Platzes herauskam und sich schwankend auf einen Balken niedersetzte.

Dieser Passagier war Passepartout in Person. Hören wir, was vorgegangen war.

Alsbald nachdem Fix die Rauchbude verlassen hatte, nahmen zwei Kellner den in tiefen Schlaf versunkenen Passepartout und legten ihn auf das für die Raucher bestimmte Lager. Aber schon nach drei Stunden erwachte Passepartout, den auch im tiefsten Rausch ein festhaftender Gedanke verfolgte, und er kämpfte gegen die betäubende Wirkung der narkotischen Kraft. Der Gedanke an die Pflichtverletzung schüttelte die Betäubung ab. Er stand vom Lager der Trunkenbolde auf, und ging strauchelnd, an den Wänden sich haltend, aus der Bude hinaus, fiel und stand wieder auf, stets unwiderstehlich wie vom Instinkt getrieben, und schrie in seinem Traumzustand: Der Carnatic! Der Carnatic!

Das Paketboot lag da, rauchend, zur Abfahrt bereit, ihm vor der Nase Er wankte über den Brückensteg und sank wie tot auf dem Vorderteil hin, als eben der Carnatic die Anker lichtete.

Einige Matrosen, denen so etwas nichts Neues war, trugen den armen Jungen in eine Kabine zweiten Ranges, und Passepartout wachte erst am andern Morgen auf, hundertundfünfzig Meilen von der Küste Chinas entfernt.

So war es gekommen, dass sich Passepartout an diesem Morgen auf dem Verdeck des Carnatic befand und mit vollen Zügen die frische Seeluft einatmete. Diese Luft machte ihn nüchtern, und er fing an, seine Gedanken wieder zu sammeln, was ihm nur mit Mühe gelang. Endlich erinnerte er sich dessen, was am Abend zuvor sich begeben hatte, wie Fix vertraulich geworden, ihn in die Rauchbude geführt, usw.

»Offenbar, sagte er sich, bin ich abscheulich betrunken gewesen! Was wird Herr Fogg dazu sagen? Jedenfalls hab' ich mich nicht für das Boot verspätet, und das ist die Hauptsache!«

Hierauf, an Fix denkend, sprach er bei sich:

»Was den betrifft, so hoff' ich, dass wir nun ihn los sind, und dass er, nachdem er mir den Vorschlag gemacht, sich nicht getraute, uns auf dem Carnatic zu begleiten. Ein Polizei-Agent, ein Detektiv meinem Herrn auf der Ferse wegen Diebstahl auf der Bank von England! Ei doch! Herr Fogg ist so wenig ein Dieb, wie ich ein Mörder!«

Sollte Passepartout diese Dinge seinem Herrn erzählen? Wäre es passend, ihn wissen zu lassen, was Fix dabei für eine Rolle spielte? Wäre es nicht besser damit zu warten bis zu seiner Ankunft in London, und dann ihm zu sagen, dass ein Agent der Polizei aus der Hauptstadt ihm auf der ganzen Rundreise nachgeschlichen sei, und dann mit ihm darüber zu lachen? Ja, gewiss. Jedenfalls wäre es noch zu bedenken. Das dringendste war nun, Herrn Fogg aufzusuchen und seine Entschuldigung für sein unverantwortliches Benehmen zu gewinnen.

Passepartout stand also auf, und da das Paketboot bei hohler See stark schwankte, so kostete es dem guten Jungen, der noch nicht recht fest auf den Beinen stand, einige Mühe, aufs Hinterverdeck zu gelangen.

Hier auf dem Verdeck gewahrte er Niemand, der wie sein Herr oder Mrs. Aouda aussah.

»Gut, dachte er, Mrs. Aouda liegt jetzt noch im Schlaf, und Herr Fogg wird einen Spielgenossen für Whist gefunden haben, und seiner Gewohnheit
nach ...«

 Mit solchen Gedanken begab sich Passepartout in den Salon, aber Herr Fogg war nicht da zu finden. Passepartout brauchte indessen nur den Proviantmeister nach seiner Kabine zu fragen. Derselbe erwiderte, es sei ihm kein Passagier dieses Namens bekannt.

»Entschuldigen Sie, sagte Passepartout dringend; es handelt sich um einen großen, kalten, wenig gesprächigen Gentleman in Begleitung einer jungen Dame ...

– Es befindet sich gar keine junge Dame an Bord, versetzte der Proviantmeister. Zum Überfluss unterrichten Sie sich selbst auf der Passagierliste. Hier ist sie.«

Passepartout besah die Liste ... Seines Herrn Name stand nicht darauf.

Er war ganz verblüfft. Da fuhr ihm ein Gedanke durch den Kopf.

»Ah! Bin ich denn auf dem Carnatic? rief er aus.

– Ja, erwiderte der Proviantmeister.

– Auf dem Wege nach Yokohama?

– Ganz richtig.«

Passepartout hatte eine Weile die Besorgnis, er sei auf das unrechte Schiff gekommen! Aber befand er sich auf dem Carnatic, so war es nun klar, dass sein Herr sich nicht darauf befand.

Das war für Passepartout ein Donnerschlag; er sank auf einen Fauteuil hin. Nun ging ihm plötzlich ein Licht auf. Er erinnerte sich, dass die Abfahrt des Carnatic auf etwas frühere Zeit verlegt worden war, dass er dies seinem Herrn hatte melden sollen, was er aber zu tun unterließ. Demnach war es seine Schuld, wenn Herr Fogg und Mrs. Aouda sich für die Abfahrtszeit verspäteten.

Seine Schuld, ja; aber noch weit mehr des Verräters, der ihn, um ihn von seinem Herrn zu trennen und diesen zu Hongkong zurückzuhalten, betrunken gemacht hatte. Denn nun begriff er den Kniff des Polizei-Agenten. Und jetzt sei Herr Fogg sicherlich durch Verlust seiner Wette ruiniert, verhaftet, vielleicht im Kerker! ... Passepartout raufte sich bei diesem Gedanken die Haare. Ah! Fiele Fix ihm jemals in die Hände, wie würde er mit ihm abrechnen!

Endlich, nachdem die erste Bestürzung vorüber war, bekam Passepartout seinen Gleichmuth wieder, und er studierte seine Lage, die wenig beneidenswert war. Der Franzose befand sich auf der Reise nach Japan. Dahin kam er wohl gewiss, wie aber von da wieder weg mit leerer Tasche? Keinen Shilling, keinen Penny darin! Doch waren seine Fahrt und Kost an Bord vorausbezahlt. Also konnte er sich noch fünf bis sechs Tage besinnen, um einen Entschluss zu fassen. Wie er sich bei dieser Fahrt noch Essen und Trinken schmecken ließ, kann man sich denken: er aß für sich, seinen Herrn und Mrs. Aouda zusammen.

Am 13. früh morgens fuhr der Carnatic in den Hafen von Yokohama ein.

Dieser Punkt ist ein bedeutender Platz am Stillen Meere, wo alle Boote im Dienst der Post und der Reisenden zwischen Nordamerika, China, Japan und den malaiischen Inseln anhalten. Yokohama liegt in der Bai von Yeddo, unweit von dieser ungeheuren Stadt, der zweiten Hauptstadt des Reiches Japan, vormals Residenz des Taikun, zur Zeit als dieser bürgerliche Kaiser noch existierte, und Rivalin von Miako, der großen, vom Mikado bewohnten Stadt, dem kirchlichen Kaiser, der von den Göttern stammte.

Der Carnatic nahm seinen Platz am Quai zu Yokohama, in der Nähe der Hafendämme und der Zollmagazine, mitten unter zahlreichen Schiffen aller Nationen.

Passepartout war nichts weniger als begeistert, wie er dieses so merkwürdige Land der Sonnensöhne betrat. Es blieb ihm nichts übrig als den Zufall zum Führer zu nehmen und aufs Geradewohl die Straßen der Stadt zu durch wandeln.

Er befand sich gleich in einer völlig europäischen Stadt von niedrig gebauten Häusern, mit Verandas auf zierlichen Säulenreihen, einem Quartier, das mit seinen Straßen, Plätzen, Docks, Lagerhäusern den ganzen Raum vom Vorgebirge bis zum Fluss bedeckte. Hier, wie zu Hongkong und zu Kalkutta, wimmelte ein Gemisch aus Menschen aller Rassen, Amerikanern, Engländern, Chinesen, Holländern, Kaufleuten, denen alles feil ist und die alles kaufen, in deren Mitte sich der Franzose ebenso fremd fand, als wenn er ins Hottentottenland wäre verschlagen worden.

Passepartout war doch nicht ohne Zuflucht: er konnte sich den zu Yokohama aufgestellten französischen oder englischen Konsular-Agenten empfehlen; aber es war ihm zuwider, seine Geschichte, die so enge mit der seines Herrn verflochten war, zu erzählen; und ehe er sich dazu entschloss, wollte er zuerst alle andern Aussichten erschöpfen.

Also, nachdem er den europäischen Stadtteil durchlaufen hatte, ohne dass ihm der Zufall etwas darbot, ging er weiter in den japanischen, entschlossen, im Notfall bis nach Yeddo zu dringen.

Dieser von Eingeborenen bewohnte Stadtteil heißt Benten, nach einer Meergöttin, die auf den nahen Inseln verehrt wird. Da sah man wunderhübsche Alleen von Tannen und Zedern, heilige Pforten einer seltsamen Architektur, Brücken inmitten von Bambus und Schilfrohr, Tempel unter dem ungeheuren melancholischen Obdach hundertjähriger Zedern, Bonzenhäuser, worin buddhistische Priester und Anhänger des Confucius ein dumpfes Leben führten, Straßen ohne Ende, worin man haufenweise Kinder mit rosenfarbener Haut und roten Wangen sammeln konnte; kleine Püppchen, als seien sie in einer inländischen Bude geschnitzt worden, die in der Umgebung von kurzbeinigen Pudeln oder schwanzlosen, sehr trägen und schmeichlerischen Katzen spielten.

Auf den Straßen nur Gewimmel, unablässiges Hin-und Herlaufen: Bonzen mit Prozessionen unter Begleitung monotoner Tamburinen; Yakuninen, Zoll-oder Polizeibeamte mit spitzen, lackierten Hüten und zwei Säbeln am Gürtel; Soldaten in blauer, weißgestreifter Kattunkleidung, mit Perkussionsgewehren; Gendarmen des Mikado in Panzerröcken, und zahlreiches anderes Militär aller Arten, – denn in Japan ist der Soldatenberuf ebenso sehr geachtet, wie in China missachtet. Sodann Bettelbrüder, Pilger in langen Gewändern, einfache Bürgersleute, mit dünnem, rabenschwarzem Haar auf dickem Kopf, langem Oberkörper, schmächtigen Beinen, kurzer Taille, farbiger Haut von den dunkeln Nuancen des kupferbraun bis zu mattem Weiß, aber niemals gelb, wie bei den Chinesen, von welchen die Japanesen sich wesentlich unterscheiden.

Endlich, zwischen den Wagen, Palankins, Pferden, Sänftenträgern, Karren mit Segeln, den »Norimons« mit lackierten Wänden, den weichen »Cangos«, echten Bambussänften, sah man kleinfüßige Frauen mit Schuhen von Leinwand, Sandalen von Stroh oder Socken von Holzarbeit einher trippeln. Sie waren nicht hübsch, hatten enge Augen, flache Brust, Zähne nach dem Tagesgeschmack geschwärzt, trugen aber zierlich das Nationalgewand, »Kirimon«, eine Art Schlafrock mit seidener Schärpe, deren breiter Gürtel hinten zu einem übermäßigen Knoten geschürzt war, – wie die Pariserinnen, welche ihre neueste Mode aus Japan entliehen zu haben scheinen.

Passepartout spazierte einige Stunden lang inmitten dieser bunten Masse, besah auch die merkwürdigen reichen Läden, die Bazars, wo der ganze Flitter japanischen Goldschmucks gehäuft ist, die mit Wimpeln und Fähnlein geschmückten »Restaurationen«, in welche er nicht hineingehen durfte, und jene Teehäuser, wo man tassenweise warmes, wohlriechendes

Wasser mit »Saki« bekommt, einem Likör aus gärendem Reis, und jene bequemen Tabaksstuben, wo man einen sehr seinen Tabak raucht, kein Opium, dessen Verwendung in Japan fast unbekannt ist.

Hierauf kam Passepartout aufs freie Feld mitten unter unermessliche Reisfluren. Hier schimmerten im letzten Farbenschmuck und Blütenduft glänzende Kamelien, nicht auf Sträuchern, sondern Bäumen, und in Bambusgehegen Kirsch-, Pflaumen- und Apfelbäume, deren Früchte sie durch Fratzenmännchen, Scheuchklappern gegen den gefräßigen Schnabel der Sperlinge, Tauben, Raben und anderer Vögel schützen. Da hausen auf den majestätischen Zedern gewaltige Adler; Reiher bergen sich unter den Zweigen der Trauerweiden; überall flattern Krähen, Enten, Sperber, wilde Gänse und Kraniche, die bei den Japanesen sehr in Ehren stehen.

Nachdem Passepartout so den Tag über spazieren gelaufen, so fühlte er, trotz des reichlichen Frühstücks, welches er vorsorglich auf dem Carnatic noch zu sich genommen hatte, doch am Abend den Magen sehr hohl. Er hatte wohl schon bemerkt, dass Fleisch von Hammeln, Ziegen oder Schweinen nirgends in den einheimischen Metzgerläden zu sehen war, und da er auch wusste, dass man die Ochsen, weil man sie lediglich für den Ackerbau braucht, nicht töten darf, so hatte er sich schon gemerkt, dass Fleischgerichte in Japan selten sind. Darin irrte er nicht, aber sein Magen hätte sich auch mit Wildbret, Geflügel oder Fischen begnügt, womit die Japanesen fast ausschließlich sich nähren, außer den Gerichten von Reis. Aber er musste für heute sich gutwillig in sein Geschick fügen und die Nahrungssorge auf den nächsten Morgen verschieben.

Die Nacht kam heran. Passepartout begab sich wieder in den Stadtteil der Eingeborenen und schweifte in den Straßen herum zwischen bunten Laternen, sah den Possenreißern zu, die in Gruppen ihre Zauberkünste sehen ließen, und den Astrologen, welche in freier Luft die schaulustige Menge um ihr Fernrohr sammelten. Nachher besuchte er wieder die Reede, welche im Glanz der Fischerfeuer prangte, die mit dem Schein ihrer Harzfackeln die Fische herbeilocken.

Endlich wurden die Straßen leer, und an Stelle der Massen sah man Yakunine die Runde machen. Diese Beamten in ihrer prachtvollen Uniform und von ihrem Gefolge umgeben, nahmen sich wie Gesandtschaften aus, und Passepartout rief scherzend, so oft er so einer glänzenden Patrouille begegnete:

»Seht da! Wieder eine japanische Gesandtschaft, die nach Europa reisen will!«

DREIUNDZWANZIGSTES KAPITEL.

Passepartout bekommt eine über die Maßen lange Nase.

Am folgenden Morgen fühlte sich Passepartout lendenlahm und ausgehungert; er musste Speise zu sich nehmen, und zwar so bald wie möglich. Zwar hatte er seine Uhr zu verkaufen, aber lieber wäre er Hungers gestorben. Es war hohe Zeit, dass der wackere Junge die starke, wenn auch nicht melodische Stimme, womit die Natur ihn ausgestattet hatte, zu verwerten suchte.

Er wusste noch einige französische und englische Lieder auswendig, und versuchte sich sie zu singen. Die Japanesen mussten wohl Musikliebhaber sein, weil sie alles beim Klang von Zymbeln, in Begleitung von Tam-Tam und Trommeln vornehmen; und gewiss würden sie nicht ermangeln, die Talente eines europäischen Virtuosen zu schätzen.

Aber vielleicht war's noch etwas zu früh für Veranstaltung eines Konzerts, und die unvermutet aus dem Schlaf gebrachten Liebhaber hätten den Sänger vielleicht nicht mit einer Münze bezahlt, die das Bild des Mikado trug.

Passepartout entschloss sich also, noch einige Stunden zu warten; aber, indem er seines Weges ging, kam ihm der Gedanke, er müsse zu wohl gekleidet aussehen für einen Wanderkünstler, und wenn er seine Kleider gegen einen Trödel tauschte, der besser zu seiner Lage passte, so müsse dabei noch etwas herausspringen, womit er gleich seinen Hunger befriedigen könnte.

Diesen Entschluss auszuführen, kostete es Passepartout geraume Zeit, bis er einen Trödler fand, dem er sein Begehren vortrug. Die europäische Kleidung gefiel demselben, und bald kam Passepartout aus seiner Bude heraus in einen alten japanischen Rock vermummt, und einen gerippten Turban auf dem Kopf, dessen Farben bereits verblichen waren. Aber dazu klirrten ihm einige Stücke Münze in seiner Tasche.

»Gut, dachte er, ich stelle mir vor, wir seien beim Karneval!«

Als Passepartout dergestalt japanisiert war, suchte er vor allen Dingen eine Teestube von bescheidenem Äußeren auf und hielt da mit einem Stück Geflügel und einigen Handvoll Reis ein Frühstück, während sein Mittagsmahl eine noch zu lösende Aufgabe war.

Als er sich reichlich gesättigt hatte, sprach er also zu sich selber:

»Jetzt gilt's, nicht den Kopf zu verlieren. Ich habe nun nicht mehr das Hilfsmittel, diesen Trödelanzug gegen einen noch mehr japanischen zu verkaufen. Ich muss also auf Mittel sinnen, so bald wie möglich aus diesem Sonnenland hinauszukommen, das für mich nur ein Land trauriger Gedenkens sein wird!«

Passepartout dachte nun die nach Amerika fahrenden Paketboote zu besuchen, und meinte da sich zum Koch oder Diener anzubieten gegen freie Fahrt und Kost. Wäre er einmal zu San Francisco, so werde er sich leichter aus der Verlegenheit ziehen können. Die Hauptsache war nur, über die viertausendsiebenhundert Meilen des Stillen Meeres zwischen Japan und der Neuen Welt hinauszukommen.

Diesen Gedanken sofort auszuführen, ging Passepartout nach dem Hafen von Yokohama zu. Je näher er den Docks kam, um so mehr schien ihm die Idee, welche ihm anfangs so einfach vorgekommen war, unausführbar. Wie sollte man an Bord eines amerikanischen Paketbootes einen Koch oder Bedienten nötig haben? und was könne er in seinem damaligen Anzug für Vertrauen einflößen? Was habe er für Empfehlungen geltend zu machen? Was für Referenzen aufzuweisen?

Wie er in solche Gedanken ging, fielen seine Blicke auf ein ungeheures Affiche-Blatt, welches von einem Clown in den Straßen Yokohamas herumgetragen wurde. Dasselbe lautete wörtlich:

Japanische Akrobaten-Truppe
von William Batulcar.

Letzte Vorstellungen
vor ihrer Abreise nach den Vereinigten Staaten Nordamerikas der
Langnasischen Lang-Nasen.
Direkte Anrufung des Gottes Tingu.

Höchst anziehend!

»Nach den Vereinigten Staaten Amerikas! rief Passepartout, das wäre gerade was für mich!« ...

Er folgte dem Zettelträger nach und kam hinter ihm her bald in das Japanische Stadtviertel. Nach einer Viertelstunde befand er sich vor einer großen Schaubude, welche mit einigen Bündeln Fähnlein geschmückt, und außen an den Wänden mit einer ganzen Gaukler-Bande in grellen Farben bemalt war.

Es war die Anstalt des honorablen Batulcar, eines amerikanischen Barnum, Direktors einer Truppe Seiltänzer, Zauberkünstler, Clowns, Akrobaten, Equilibristen, Gymnasten, welche, wie die Affiche besagte, ihre letzten Vorstellungen gab, bevor sie das Sonnenreich verließ, um in die Vereinigten Staaten sich zu begeben.

Passepartout trat unter eine Vorhalle, die sich am Eingang der Bude befand, und fragte nach Herrn Batulcar. Derselbe erschien persönlich.

»Was wollen Sie? sprach er zu Passepartout, den er anfangs für einen Eingeborenen hielt.

    – Können Sie einen Diener brauchen? fragte Passepartout.

    – Einen Diener, rief der Barnum, indem er sich seinen dichten grauen Bart unterm Kinn strich, ich hab' deren schon zwei, die mir treu und gehorsam sind, mich noch nie im Stich gelassen, und unentgeltlich bedienen, sofern ich sie nur ernähre ... Sehen Sie da! und zeigte dabei seine beiden kräftigen Arme, die mit dicken Adern bezogen waren, wie eine Bassgeige mit Saiten.

    – Also, können Sie mich zu nichts brauchen?

– Zu nichts.

– Teufel! Es hätte mir doch gerade gepasst mit Ihnen zu reisen.

– Ah, sagte der honorable Batulcar, Sie sind gerade soviel Japaner, als ich Affe! Warum haben Sie sich denn in solche Kleidung gesteckt?

– Man kleidet sich, wie man kann!

– Sie haben Recht. Franzose sind Sie?

– Ja, ein Pariser aus Paris.

– Nun, dann müssen Sie auch Gesichter schneiden können?

– Ganz gewiss, erwiderte Passepartout, den es doch ärgerte, dass man seiner Nationalität zu nahe trat, wir Franzosen verstehen uns allerdings darauf, Gesichter zu schneiden, aber doch nicht so gut, wie die Amerikaner!

– Richtig. Nun denn, kann ich Sie auch nicht als Diener brauchen, so können Sie mir doch als Hanswurst dienen. Verstehen Sie, mein Wackerer, in Frankreich braucht man Ausländer als Possenreißer, und im Ausland Franzosen!

– Ah!

– Sie sind übrigens kräftig?

– Besonders, wenn ich vom Essen komme.

– Und Sie können singen?

– Ja, versetzte Passepartout, der früher schon in Straßenkonzerten aufgetreten war.

– Aber verstehen Sie sich auch eine Vorstellung zu geben kopfunten, mit einem sich drehenden Kreisel auf der linken Fußsohle, und dabei mit der rechten einen Säbel im Gleichgewicht halten?

– Wahrhaftig! erwiderte Passepartout, dem seine ersten Jugenderinnerungen in den Kopf kamen.

– Das ist alles, sehen Sie!« versetzte der honorable Batulcar.

Und er nahm ihn sogleich in Dienst.

Kurz und gut, Passepartout hatte eine Stelle gefunden. Er hatte sich verbindlich gemacht, in der berühmten japanischen Truppe alles mitzumachen. Das war zwar wenig schmeichelhaft, aber vor Ablauf von acht Tagen sollte er nach San Francisco unterwegs sein.

Die Vorstellung, welche vom honorablen Batulcar mit großem Geräusch angekündigt war, sollte um drei Uhr beginnen, und bald ließen sich die fürchterlichen Instrumente eines japanischen Orchesters, Trommeln und Tam-Tams, am Eingang vernehmen. Natürlich hatte Passepartout nicht mehr eine Rolle einstudieren können, aber er sollte bei dem Hauptstück, der »Menschentraube«, welches die Langnasen des Gottes Tingu aufführten, mit seinen starken Schultern eine Stütze bieten. Dieses »höchst anziehende« Stück bildete den Schluss der Vorstellungen.

Bereits vor drei Uhr war der Zuschauerraum der großen Bude gefüllt. Europäer und Eingeborene, Chinesen und Japanesen, Männer, Weiber und Kinder stürzten sich auf die schmalen Bänke und in die der Szene gegenüber befindlichen Logen.

Die Musik hatte sich hineinbegeben, und das volle Orchester, Gong-Gongs, Tam-Tams, Klappern, Flöten, Tamburinen und Pauken, arbeiteten wütend.

Diese Vorstellung war wie alle diese Akrobatenproduktionen; aber zugestehen muss man, dass die Japanesen die ersten Equilibristen der Welt sind. Einer führte mit einem Fächer und Fetzchen Papier das so reizende Stück der Schmetterlinge und Blumen aus. Ein anderer zog mit wohlriechendem Pfeifendampf in aller Eile eine Reihe blauer Worte, welche eine Höflichkeit gegen das Publikum ausdrückten. Dieser warf angezündete Kerzen, die er, wenn sie an seinem Munde vorbeiflogen, nacheinander ausblies und dann wieder anzündete, ohne sein Zauberstück im Geringsten zu unterbrechen. Dieser führte mit Kreiseln, während sie sich drehten, kaum glaubliche Züge aus; unter seiner Hand schienen die schnurrenden Maschinen, bei ununterbrochener Kreisbewegung, ein eigentümliches Leben zu bekommen; sie liefen über Pfeifenröhren, Säbelschneiden, Drähte, um große Kristallvasen herum; kletterten Bambusleitern hinauf, zerstreuten sich nach allen Seiten und führten durch Verbindung ihrer verschiedenen Töne harmonische Stückchen seltsamer Art auf. Die Zauberkünstler warfen sie in die Luft, wo sie sich zu drehen fortfuhren; schleuderten sie wie Bälle mit hölzernen Raketen, wobei sie immerfort sich drehten; sie steckten dieselben in die Tasche und wenn sie sie wieder herauszogen, drehten sie sich immer noch – bis sie durch eine Sprungfeder veranlasst wurden sich in künstliche Garben aufzulösen.

Ich brauche die wundervollen Übungsstücke der Akrobaten und Gymnasten nicht aufzuzählen; aber die Hauptdarstellung, welche am meisten Reiz ausübte, war die jener »Langnasen«, staunenswerter Equilibristen, welche man in Europa noch nicht kennt.

Diese Langnasen bilden eine besondere Corporation unter direktem Schutze des Gottes Tingu. Sie tragen eine Kleidung wie die Herolde des Mittelalters, nebst einem glänzenden Flügelpaar an den Schultern; besonders aber unterschieden sie sich durch die langen Nasen, womit sie geziert waren, und den Gebrauch, welchen sie davon machten. Diese Nasen waren fünf, sechs bis zehn Fuß lange Bambus, teils gerade, teils krumm, diese glatt, jene warzig. Auf diesen Ansätzen nun, welche solid befestigt waren, nahmen sie alle ihre äquilibristischen Übungen vor. Ein Dutzend dieser Anhänger des Gottes Tingu legten sich auf den Rücken, und ihre Kameraden tanzten ihnen auf den Nasen, die wie Blitzableiter angebracht waren, sprangen von einer auf die andere, und führten ihre Kunststücke aus.

Zum Schluss hatte man dem Publikum die Menschenpyramide angekündigt, wobei etwa fünfzig Langnasen den Wagen von Dschaggernaut darzustellen hatten. Aber anstatt zur Bildung dieser Pyramide ihre Schultern zum Stützpunkt zu nehmen, durften die Künstler des honorablen Batulcar nur mit ihren Nasen wirken.

Nun geschah es, dass einer von denen, welche die Basis des Wagens bildeten, aus der Truppe ausgetreten war, und da man dafür nur kräftig und gewandt zu sein brauchte, so war Passepartout gewählt worden, seinen Platz einzunehmen.

Gewiss schämte sich der brave Junge, als er – in trauriger Erinnerung an seine jungen Jahre – das mittelalterliche Kostüm anzog, sich mit den bunten Flügeln schmückte, und eine sechs Fuß lange Nase ihm angefügt wurde!

Aber kurzum, diese Nase verdiente ihm sein Brod, und er schickte sich darein.

Passepartout kam auf die Bühne und ward denen zugesellt, welche die Basis des Wagens zu bilden hatten. Alle legten sich auf dem Boden hin, und streckten ihre Nase zum Himmel empor. Eine zweite Abteilung der Equilibristen nahm auf diesen langen Spitzen Platz, eine dritte über diesen, dann eine vierte, und so erhob sich auf diesen Nasen, die sich nur mit ihren Spitzen berührten, ein Menschenmonument, das bis zur Decke des Theaters reichte.

Nun gab es wiederholtes Beifallklatschen, und die Instrumente des Theaters stimmten rauschend ein, – als die Pyramide wackelte, und das Gleichgewicht verloren ging, da eine der Nasen der Basis ausriss, und das Monument wie ein Kartenhaus zusammenfiel ...

Daran war Passepartout schuld, der seinen Posten verließ, ohne Flügelgebrauch über das Geländer setzte, die Galerie rechts hinaufkletterte und zu den Füßen eines Zuschauers sank mit dem Ausrufe:

»Ah! Mein Herr! Mein Herr!

– Sie?

– Ich!

– Nun gut! Dann rasch auf das Paketboot! ...«

Herr Fogg in Begleitung von Mrs. Aouda und Passepartout stürzten über die Gänge aus der Bude hinaus. Da aber stießen sie auf Batulcar, der wütend eine Entschädigung für seine Kasse verlangte. Phileas Fogg warf ihm zur Beschwichtigung eine Handvoll Banknoten zu; und noch recht im Moment der Abfahrt, um halb sieben, bestiegen Herr Fogg und Mrs. Aouda das amerikanische Paketboot, und hinter ihnen drein Passepartout mit seinen Flügeln an den Schultern und der sechsfüßigen Nase im Gesicht, welcher er noch nicht sich hatte entledigen können!

VIERUNDZWANZIGSTES KAPITEL.

Fahrt über den Stillen Ozean.

Wir erinnern uns, was sich im Angesicht Schanghais begab. Auf dem Paketboot nach Yokohama hatte man die Signale der Tankadere gehört, und da der Kapitän die Notflagge sah, fuhr er auf die kleine Goelette zu. Nicht lange, so zahlte Phileas Fogg dem Patron John Bunsby den bedungenen Preis von fünfhundertundfünfzig Pfund. Darauf stieg der ehrenwerte Gentleman nebst Mrs. Aouda und Fix an Bord des Dampfbootes, das unverzüglich nach Nagasaki und Yokohama weiter fuhr.

Als man an demselben Vormittag, dem 14. November, zu regelmäßiger Zeit ankam, begab sich Phileas Fogg, indem er Fix seinen Geschäften nachgehen ließ, an Bord des Carnatic, und hörte da zu großer Freude der Mrs. Aouda, – und auch vielleicht zu eigener Freude, obwohl er es nicht merken ließ – dass der Franzose Passepartout Tags zuvor wirklich zu Yokohama angekommen war.

Da Phileas Fogg noch denselben Abend nach San Francisco weiterfahren musste, so begann er unverzüglich seinen Diener aufzusuchen. Er wandte sich, doch vergeblich, an den französischen und englischen Konsular-Agenten, und nachdem er fruchtlos durch die Straßen Yokohamas gelaufen, gab er die Hoffnung, Passepartout wiederzufinden, auf, als er zufällig, oder vielleicht von einer Ahnung getrieben, in die Bude des honorablen Batulcar trat. Sicherlich hätte er seinen Diener unter dieser exzentrischen Vermummung nicht wieder erkannt, aber dieser gewahrte, trotz seiner Rückenlage, seinen Herrn auf der Galerie. Er konnte nicht vermeiden seine Nase zu bewegen, worauf dann das Gleichgewicht brach, und das Weitere erfolgte.

Aus dem Munde der Mrs. Aouda vernahm sodann Passepartout, wie es bei der Fahrt von Hongkong nach Yokohama auf der Goelette Tankadere hergegangen, in Gesellschaft eines Herrn Fix. Beim Namen Fix verzog Passepartout seine Miene nicht. Er glaubte, es sei noch nicht der rechte Zeitpunkt, seinem Herrn mitzuteilen, was zwischen ihm und dem Agenten vorgegangen war. Auch machte er bei Erzählung seiner Abenteuer sich selbst einen Vorwurf, und sagte nur, er sei in einer Tabaksbude zu Hongkong von einem Opiumrausch befallen worden.

Herr Fogg hörte die Erzählung kalt an, ohne ein Wort zu erwidern; darauf eröffnete er seinem Diener einen hinreichenden Kredit, um sich erst anständigere Kleider anzuschaffen. Und wirklich, ehe eine Stunde verflossen, hatte der wackere Bursche keine Spur mehr von einem Anhänger des Gottes Tingu an sich.

Das Paketboot, welches die Fahrt von Yokohama nach San Francisco machte, gehörte der Gesellschaft »*Pacific Mail steam*« und hieß »General

Grant.« Es war ein ungeheurer Raddampfer von zweitausendfünfhundert Tonnen Gehalt, wohlgebaut und schnell fahrend. Über dem Verdeck ging ein ungeheurer Schwengel auf und ab, an dessen einem Ende der Stängel eines Stempels angehängt war, am andern der eines Triebwerks, welches die gradlinige Bewegung in eine kreisförmige verwandelnd sich direkt an die Achse des Rades anlehnte. Der »General Grant« war als dreimastige Goelette betakelt, und besaß ein großes Segelwerk, welches die Wirkung des Dampfes bedeutend unterstützte. Wenn das Boot seine zwölf Meilen die Stunde fuhr, brauchte es nur einundzwanzig Tage zur Fahrt über den Stillen Ozean; Phileas Fogg konnte also glauben, dass er, wenn er am 2. Dezember zu San Francisco sich befände, am 11. zu New-York, und am 20. zu London sein werde, – so dass er an dem verhängnisvollen 21. Dezember einige Stunden gewonnen hatte.

Die Passagiere an Bord des Dampfers waren ziemlich zahlreich, Engländer, viel Amerikaner, eine wahre Auswanderung von Kulis nach Amerika, und eine Anzahl Offiziere der indischen Armee, welche ihre Ferien zu einer Reise um die Erde benutzten.

Während dieser Fahrt begab sich kein störender Zwischenfall. Das Boot mit seinen breiten Rädern und dem starken Segelwerk schwankte wenig. Der Stille Ozean rechtfertigte seinen Namen. Herr Fogg war so ruhig, so wenig mitteilsam wie sonst. Seine junge Gefährtin fühlte sich mehr und mehr durch andere Bande, als die der Dankbarkeit an diesen Mann gefesselt. Diese schweigsame, so edelmütige Natur machte auf sie einen tieferen Eindruck, als sie glaubte, und sie ließ sich fast wider Willen von Gefühlen beschleichen, welche auf den rätselhaften Fogg ohne Einfluss zu sein schienen.

Auch nahm Mrs. Aouda an den Projekten des Gentlemans merkwürdigen Anteil. Sie ward unruhig über die Widerwärtigkeiten, welche den Erfolg der Reise hindern konnten. Sie plauderte oft mit Passepartout, der sich ganz gut darauf verstand, im Herzen der Mrs. Aouda zwischen den Zeilen zu lesen. Dieser wackere Junge hatte jetzt zu seinem Herrn einen wahren Köhlerglauben; er ward nicht müde, die Ehrenhaftigkeit, den Edelmut, die Hingebung Phileas Foggs zu rühmen; beruhigte sodann Mrs. Aouda über den Erfolg der Reise, indem er wiederholt versicherte, das Schwierigste sei bereits geschehen, da man nunmehr aus den phantastischen Ländern heraus wieder in zivilisierte Gegenden komme, und nun zum Schluss nur noch die Bahnfahrt von San Francisco nach New-York und die Überfahrt von New-York nach London zu machen brauche, um diese unmögliche Reise um die Erde ohne Zweifel innerhalb der vorgeschriebenen Zeit zu vollenden.

Neun Tage, nachdem man Yokohama verlassen, hatte Phileas Fogg gerade die Hälfte der Rundfahrt um die Erde zurückgelegt. Der »General Grant« fuhr am 23. November über den hundertundachtzigsten Meridian, wo sich in der südlichen Hemisphäre die Antipoden Londons befinden.

Von den achtzig Tagen, welche Herrn Fogg zur Verwendung gegeben waren, hatte er bereits allerdings zweiundfünfzig verwendet, und es blieben ihm nur noch achtundzwanzig.

Aber es ist doch zu bemerken, dass, wenn sich der Gentleman auch, wegen der Verschiedenheit der Meridiane, erst auf der Hälfte des Weges befand, er doch in Wirklichkeit mehr als zwei Drittel desselben zurückgelegt hatte. Welche notgedrungene Umwege, in der Tat, von London nach Aden, von Aden nach Bombay, von Kalkutta nach Singapur, von Singapur nach Yokohama! Hätte man sich an den fünfzigsten Parallelkreis, welcher über London zieht, gehalten, so hätte die Entfernung nur zwölftausend Meilen ungefähr betragen, während Phileas Fogg in Folge der Launen der Beförderungsmittel deren etwa sechsundzwanzigtausend zu durchlaufen hatte, wovon er an diesem 23. November ungefähr siebenzehntausendfünfhundert zurückgelegt hatte. Jetzt aber war es nur noch der gerade Weg, und Fix war nicht mehr anwesend, um Schwierigkeiten entgegenzuhäufen!

An diesem 23. November erlebte auch Passepartout eine große Freude. Wir erinnern uns, dass derselbe eigensinnig darauf beharrt hatte, seine famose Familienuhr unverändert bei der Londoner Zeit zu lassen, indem er alle Uhren der Länder, durch welche er kam, für irrig erklärte. Nun fand er an diesem Tage, obschon er sie niemals weder vor- noch nachgestellt hatte, seine Uhr völlig in Übereinstimmung mit den Chronometern an Bord. Er triumphierte: »Ich wusste wohl, dass eines Tages die Sonne sich entschließen würde, sich nach meiner Uhr zu richten!« ...

Passepartout wusste etwas nicht: Wäre sein Zifferblatt, wie das in Italien der Fall ist, in vierundzwanzig Stunden eingeteilt gewesen, so hätte er keinen Anlass zu triumphieren gehabt, denn die Zeiger seines Instruments hätten, als es an Bord neun Uhr Vormittags war, auf neun Uhr Abends gewiesen, d.h. die einundzwanzigste Stunde seit Mitternacht, – und das ist genau der Abstand Londons vom hundertundachtzigsten Meridian.

Passepartout spottete darüber, was ihm einmal Fix von den Meridianen und der Sonne vorgeschwatzt hatte. Hätte er ihn aber damals gerade an Bord getroffen, so hätte er ohne Zweifel über etwas anderes mit ihm abgerechnet.

Wo befand sich nun damals Fix? ...

Er war gerade an Bord des »General Grant.«

Der Agent hatte sich bei seiner Ankunft zu Yokohama unverzüglich zum englischen Konsul begeben, wo er auch endlich den Haftbefehl vorfand, welcher bereits vierzig Tage zuvor ausgestellt von Bombay aus ihm nachgeeilt, und von Hongkong aus auf demselben Carnatic, an dessen Bord man ihn vermutete, abgeschickt worden war. Welch ein Strich durch seine Rechnung! Jetzt nutzte er nichts mehr, denn der Herr Fogg war nicht mehr auf englischem Gebiet! Nun war eine Auslieferungsakte nötig, um ihn verhaften zu können!

»Meinetwegen, tröstete sich Fix nach der ersten Aufwallung; taugt mein Mandat nicht mehr für hier, so hat es doch in England Kraft. Der Schuft sieht gerade so aus, als wolle er wieder heimkehren; meint die Polizei angeführt zu haben. Schön. Ich bleibe ihm auf der Ferse bis dorthin. Bliebe nur vom Geld noch etwas übrig! Aber mein Mann hat für Reisegeld, Prämien, Prozess, Bußen, den Elefanten und allerlei andere Kosten bereits über fünftausend Pfund unterwegs verbraucht. Übrigens, die Bank hat ja Geld genug!«

Rasch entschlossen ging er sogleich auf dem »General Grant« unter Segel. Er befand sich an Bord, als Herr Fogg und Mrs. Aouda denselben bestiegen, und erkannte höchlich erstaunt Passepartout unter seiner

Vermummung als Herold. Nun versteckte er sich augenblicklich in seiner Kabine, um einer Erklärung auszuweichen, die alles verderben konnte; – diesen Tag aber meinte er unter der großen Menge der Zuschauer von seinem Feinde nicht erkannt zu werden, – als er auf einmal auf dem Vorderteil des Schiffes ihn Aug' im Auge vor sich sah.

Passepartout packte ihn ohne weiteres bei der Kehle und brachte, zu großer Erlustigung einiger Amerikaner, die sogleich für ihn wetteten, dem unglückseligen Agenten eine tüchtige Tracht Prügel bei, welche den Beweis von der Überlegenheit der französischen Boxkunst über die englische abgaben.

Als Passepartout fertig war, fühlte er sich wie erleichtert und ruhiger. Fix stand, übel zugerichtet, auf, sah seinen Gegner an und sprach kalt:

»Sind Sie fertig?

– Ja, für den Augenblick.

– So kommen Sie auf ein Wort.

– Ich soll ...

– Im Interesse Ihres Herrn.«

Passepartout, auf den diese Kaltblütigkeit Eindruck machte, begleitete den Agenten, und sie setzten sich auf dem Vorderverdeck zusammen.

»Sie haben mich geprügelt, sagte Fix. Gut! Ich hatte mich dessen versehen. Jetzt hören Sie mich an. Bisher bin ich Herrn Fogg entgegen gewesen, aber von nun an spiele ich sein Spiel.

– Endlich! rief Passepartout, halten Sie ihn für einen Ehrenmann?

– Nein, erwiderte Fix kalt, ich halte ihn für einen Schuft. – St! Bleiben Sie, und lassen mich reden. So lange sich Herr Fogg auf englischem Gebiet befand, lag es in meinem Interesse, ihn aufzuhalten, bis der Haftbefehl käme. Zu diesem Zweck habe ich alles getan, deshalb auch Sie betrunken gemacht, Sie von ihm getrennt, und seine Verspätung für das Dampfboot bewirkt ...«

Passepartout hörte mit geballter Faust zu.

»Jetzt, fuhr Fix fort, hat es den Anschein, als wolle Herr Fogg nach England zurückkehren. Meinetwegen, ich werde ihn fortwährend begleiten. Aber nun ist mir es darum zu tun, die Hindernisse seiner Reise ebenso sorgfältig und eifrig aus dem Wege zu räumen, wie bisher, sie zu häufen. Sie sehen, mein Spiel ist jetzt ein anderes, weil mein Vorteil es so verlangt. Ich füge hinzu, dass Ihr Interesse das gleiche ist, denn erst in England können Sie erfahren, ob Sie im Dienst eines Verbrechers sind, oder eines ehrlichen Mannes!«

Passepartout hörte Fix mit gespannter Aufmerksamkeit zu und war überzeugt, dass Fix völlig aufrichtig sprach.

»Sind wir Freunde? fragte Fix.

– Freunde, nein, versetzte Passepartout. Verbündete, ja, und unter Vorbehalt des Inventars, denn beim ersten Anzeichen von Verrat drehe ich Ihnen den Hals um.

– Abgemacht«, sagte der Polizei-Agent gelassen.

Elf Tage nachher, am 3. Dezember, lief der »General Grant« in die Bai von San Francisco ein.

Herr Fogg hatte keinen Tag weder gewonnen noch verloren.

FÜNFUNDZWANZIGSTES KAPITEL.

Überblick von San Francisco. Ein Meeting.

Es war sieben Uhr Vormittags, als Phileas Fogg, Mrs. Aouda und Passepartout den amerikanischen Kontinent betraten – sofern man den schwimmenden Quai, wo sie ausstiegen, so nennen darf. Diese Quais, welche mit der Flut steigen und fallen, erleichtern das Laden und Abladen der Schiffe. Da legen sich die Klipper aller Größen vor, die Dampfer aller Nationalitäten, die mehrstöckigen Dampfboote, welche den Sacramento und seine Zuflüsse befahren. Da sind auch die Produkte eines Handels gehäuft, der sich nach Mexiko, Peru, Chili, Brasilien, Europa, Asien und allen Inseln des Stillen Meeres erstreckt.

Passepartout, in dem freudigen Gefühl, endlich den amerikanischen Boden zu betreten, glaubte seine Landung mit einem gewagten Sprung besten Stils ausführen zu müssen. Als er aber auf den wurmstichigen Bretterboden des Quais herabkam, wäre er beinahe durch und durch gedrungen. Ganz bestürzt über die Art, wie er auf dem neuen Kontinent »Fuß gefasst«, stieß der brave Junge einen entsetzlichen Schrei aus, der eine ganze Schar Kormorane und Pelikane aufscheuchte, welche auf diesen beweglichen Quais hausen.

Sowie Herr Fogg ausgestiegen war, erkundigte er sich nach der Abfahrt des nächsten Bahnzuges nach New-York. Da dieses erst um sechs Uhr Abends war, so hatte er einen vollen Tag auf die Hauptstadt Kaliforniens zu verwenden. Er ließ für sich und Mrs. Aouda einen Wagen kommen, auf dessen Bock Passepartout Platz nahm; und das Fuhrwerk rollte, um drei Dollars den Cours, zum International-Hotel.

Von seinem erhabenen Sitze herab betrachtete Passepartout neugierig die große amerikanische Stadt: breite Straßen, niedrige, der Linie nach gereihte Häuser, Kirchen und Tempel von angelsächsischer Gotik, ungeheure Docks, Lagerhäuser wie Paläste, teils aus Holz, teils aus Ziegelsteinen; in den Straßen zahlreiche Fuhrwerke, Omnibus, Rinnenschienenwagen, – und auf den Trottoirs scharenweise nicht allein Amerikaner und Europäer, sondern auch Chinesen und Inder, – kurz, die Bestandteile einer Bevölkerung von mehr als zweimalhunderttausend Bewohnern.

Passepartout war von diesem Anblick ganz überrascht. Er dachte noch an die märchenhafte Stadt von 1849, die Stadt der Banditen, Brandstifter und Mörder, die herbeiströmten, um Goldbarren zu gewinnen, nur der ungeheure Sammelplatz aller Herabgewürdigten und Ausgestoßenen, wo man um Goldstaub spielte, den Revolver in der einen Hand, in der anderen einen Dolch.

Aber diese goldene Zeit war vorüber; San Francisco hatte jetzt das Aussehen einer großen Handelsstadt. Der hohe Turm des Stadthauses mit seinen Wächtern beherrschte alle diese in rechten Winkeln sich durchschneidenden Straßen und Baumgänge, zwischen welchen grüne Plätze einen heitern Anblick gewährten; sodann eine chinesische Stadt, welche aus dem Himmlischen Reich in eine Schachtel mit Spielzeug verpflanzt schien. Keine Sombreros mehr, keine Rothemden nach Art der Goldjäger, keine Inder mit Federn, sondern Seidenhüte und schwarze Kleider, wie viele Gentlemen von verzehrender Tätigkeit. Einige Straßen, unter anderen Montgomery, waren mit glänzenden Magazinen umgeben, worin man die Produkte der ganzen Welt ausgelegt fand.

Als Passepartout beim International-Hotel anlangte, kam es ihm vor, als sei er nicht aus England herausgekommen.

Im Erdgeschoss befand sich ein ungeheurer Schenkplatz, worin Jedermann unentgeltlich bedient wurde. Getrocknetes Fleisch, Austernsuppe, Zwieback und Chester wurden ausgeteilt, ohne dass der Gast die Börse zu ziehen hatte; er brauchte nur den Trunk zu bezahlen, Ale, Porter oder Xeres, wenn er Lust dazu hatte. Das kam dem Passepartout sehr amerikanisch vor.

Die Restauration im Hotel war angenehm. Herr Fogg und Mrs. Aouda nahmen an einer Tafel Platz, und wurden von Negern in schönstem Schwarz auf Tellern und Schüsseln aus Liliput reichlich bedient.

Nach dem Frühstück verließ Phileas Fogg in Begleitung von Mrs. Aouda das Hotel, um sich auf dem Büro des englischen Konsuls seinen Pass visieren zu lassen. Auf dem Trottoir stieß er auf seinen Diener, der ihn fragte, ob es nicht klug sei, bevor man den Zug der Pacific-Bahn besteige, sich mit einigen Dutzend Karabiner Enfield oder Revolver Colt zu versehen. Passepartout hatte von Sioux und Pawnies reden hören, welche die Bahnzüge überfallen und einholten. Herr Fogg hielt es zwar für eine unnötige Vorsicht, doch ließ er ihm frei zu tun, wie es ihm beliebte. Darauf ging er auf das Büro des Konsular-Agenten zu.

Noch hatte er keine zweihundert Schritte gemacht, als er »zufällig« auf Fix stieß. Dieser stellte sich äußerst überrascht. Wie? die Herren Fogg und Fix hatten die Fahrt über das Stille Meer mit einander gemacht, ohne sich an Bord zu begegnen? Jedenfalls fühlte sich Fix nun sehr geehrt, dem Gentleman, welchem er soviel verdankte, zu begegnen, und da ihn seine Geschäfte nach Europa zurückriefen, so würde es ihn unendlich freuen, seine Reise in so angenehmer Gesellschaft fortzusetzen.

Herr Fogg erwiderte, die Ehre wäre nur auf seiner Seite, und Fix – dem es sehr darum zu tun war, ihn nicht aus den Augen zu verlieren, – bat ihn um die Erlaubnis, sich bei Besichtigung der so merkwürdigen Stadt San Francisco ihm anzuschließen. Es ward ihm gewährt.

So schlenderten denn Mrs. Aouda, Phileas Fogg und Fix durch die Straßen, und befanden sich bald auf der Montgomerystraße, wo das größte Zusammenströmen des Volks stattfand: auf den Trottoirs, mitten auf der Chaussee, auf den Rinnenschienenwegen, am Eingang der Läden, an den Fenstern aller Häuser, und selbst auf den Dächern eine unzählbare Menge. Zettelträger drangen durch alle Gruppen, Flaggen und Wimpeln flatterten, lautes Geschrei vernahm man allerwärts.

»Hurra für Kamerfield!

– Hurra für Mandiboy!«

Es war ein Meeting. So meinte wenigstens Fix, der seinen Gedanken Herrn Fogg mit dem Beifügen mitteilte:

»Es wird vielleicht geraten sein, dass wir uns nicht in dies Gedränge hinein wagen; da setzt es nur schlimme Püffe.

– Gewiss, erwiderte Phileas Fogg, und die Faustpüffe um der Politik willen sind darum nicht minder Püffe!«

Fix glaubte, als er diese Bemerkung hörte, lächeln zu müssen, und um zuzuschauen, ohne ins Gedränge zu kommen, stellten sich Mrs. Aouda, Phileas Fogg mit ihm auf den oberen Absatz einer Treppe, welche von einer Terrasse der Montgomerystraße herab führte. Vor ihren Augen, auf der andern Seite der Straße, zwischen den Werften eines Kohlengeschäftes und dem Magazin eines Petroleumhändlers, befand sich in freier Luft ein geräumiges Büro, welchem die Menge von verschiedenen Seiten her zuzuströmen schien.

Und jetzt, zu welchem Zweck dieses Meeting? Aus welchem Anlass wurde es gehalten? Phileas Fogg wusste es durchaus nicht. Handelte sich's um die Ernennung eines hohen Militär- oder Zivilbeamten, eines Staatengouverneurs oder Abgeordneten zum Kongress? Man hätte darauf schwören mögen, wenn man das außerordentliche Leben und Treiben sah, welches die Stadt in leidenschaftliche Bewegung setzte.

In diesem Augenblicke vollzog sich eine ungeheure Bewegung in der Menge. Alle Hände ragten in die Luft empor; manche, fest zusammengeballt, schienen sich mitten unter Geschrei auf- und abzubewegen, – allerdings eine energische Art, sein Votum zu formulieren. Die wogende Masse war wie von Wirbeln bewegt. Die Fahnen wankten, verschwanden einen Augenblick, kamen zersetzt wieder zum Vorschein. Die Wellenbewegung pflanzte sich bis zur Treppe fort, während an der Oberfläche alle Köpfe wogten, wie ein durch einen Windstoß plötzlich aufgerührtes Meer. Die Anzahl der schwarzen Hüte verminderte sich augenfällig, und die meisten schienen an ihrer natürlichen Größe eingebüßt zu haben.

»Offenbar ist's ein Meeting, sagte Fix, und in einer Frage von durchgreifendem Interesse. Es sollte mich nicht wundern, wenn es sich noch um die Alabamafrage handelte, obwohl sie bereits gelöst ist.

– Vielleicht, erwiderte Fogg.

– Jedenfalls, fuhr Fix fort, stehen sich zwei Bewerber im Kampf gegenüber, Kamerfield und Mandiboy.«

Mrs. Aouda, an Phileas Foggs Arm, sah mit Verwunderung der
lärmenden Szene zu, und Fix fragte einen seiner Nachbarn um den Grund
dieses Volksbegehrens, als die Bewegung sich noch deutlicher aussprach.
Die Hurras, mit Beschimpfungen gewürzt, verdoppelten sich.
Fahnenschafte wurden zur Angriffswaffe; überall Fäuste statt Hände. Von
den Wagen herab, die man anhielt, von den Omnibus, deren Fahrt man
sperrte, regnete es Püffe. Man griff nach Allem zum Werfen; Stiefel und
Schuhe flogen durch die Luft, und es schien gar, als mischten Revolver ihr
nationales Knallen mit den Rufen der Menge.

Das lärmende Gedränge kam näher zur Treppe und überflutete die ersten Stufen. Die eine Partei war ohne Zweifel zurückgedrängt, ohne dass die Zuschauer zu erkennen vermochten, ob Mandiboy oder Kamerfield im Vorteil war.

»Ich halte für geraten, dass wir uns zurückziehen, sagte Fix, dem es nicht darum zu tun war, dass ›sein Mann‹ einen tüchtigen Schlag erhielt, oder eine schlimme Sache auf den Hals bekäme. Wenn bei alle diesem von England die Rede ist, und man erkennt uns im Getümmel, so wird es uns übel ergehen!

– Ein englischer Bürger ...« versetzte Phileas Fogg.

Aber der Gentleman konnte nicht einmal ausreden; es erhob sich fürchterliches Geschrei von der Terrasse vor der Treppe: »Hurra! Hipp! Hipp! für Mandiboy!« rief's aus einer Truppe Wähler, die zum Beistand anrückte und die Anhänger Kamerfield's in die Seite packte.

Herr Fogg. Mrs. Aouda, Fix befanden sich zwischen zwei Feuern, konnten nicht mehr entrinnen. Dieser mit Bleistöcken und Totschlägern bewaffnete Menschenstrom war unwiderstehlich. Phileas Fogg und Fix, welche der jungen Frau Schutz boten, wurden fürchterlich herumgestoßen. Fogg, so phlegmatisch wie immer, wollte sich mit der Naturwaffe seiner Fäuste wehren, aber es half nichts. Ein großer, breitschulteriger Bursche mit rotem Bart und farbiger Haut, dem Anscheine nach der Führer einer Rotte, schwang über Fogg seine furchtbare Faust und würde ihn arg getroffen haben, hätte nicht Fix, aus Hingebung, den Schlag aufgefangen. Unter seinem plattgedrückten Seidenhut schwoll dem Detektiv gleich eine ungeheure Beule.

»Yankee! rief Herr Fogg, und warf seinem Gegner einen Blick voll Verachtung zu.

– Ein Engländer! erwiderte der Andere.

– Wir werden uns wiederfinden!

– Wann's Ihnen beliebt.

– Ihr Name?

– Phileas Fogg. Der Ihrige?

– Oberst Stamp Proctor.«

Darauf flutete die Menge vorüber. Fix wurde zu Boden geworfen, stand mit zerrissenen Kleidern wieder auf, doch ohne bedeutende Quetschung. Sein Reisepaletot und seine Hosen waren arg zerrissen. Doch war Mrs. Aouda verschont geblieben, und nur Fix hatte seinen Schlag bekommen.

»Danke, sagte Herr Fogg zu dem Agenten, sobald sie aus dem Gedränge waren.

– Kein Grund dazu, erwiderte Fix, aber kommen Sie mit.

– Wohin?

– In eine Kleiderhandlung.«

Wirklich war ein solcher Besuch dringend. Die Kleidung beider war zersetzt, als hätten sich dieselben auf Rechnung der ehrenwerten Kamerfield und Mandiboy selbst herumgeschlagen.

Nach Verlauf einer Stunde waren sie wieder in anständigem Zustand und begaben sich zurück ins International-Hotel.

Hier wartete bereits Passepartout auf seinen Herrn mit einem halben Dutzend sechsläufigen Revolver-Dolchen mit Zündlöchern in der Mitte. Als er Fix in Begleitung des Herrn Fogg sah, ward seine Stirne düster. Aber als Mrs. Aouda in Kürze erzählte, was vorgefallen war, ward Passepartout wieder freundlich. Fix war offenbar kein Feind mehr, sondern ein Verbündeter. Und er hielt Wort.

Nach Beendigung des Diners fuhr eine Kutsche vor, um die Reisenden mit ihrem Gepäck auf den Bahnhof zu bringen. Im Augenblick des Einsteigens sprach Herr Fogg zu Fix:

»Haben Sie diesen Oberst Proctor nicht wiedergesehen?

– Nein, erwiderte Fix.

– Ich werde wieder nach Amerika kommen, und ihn dann finden, sagte Fogg kaltblütig. Ein englischer Bürger darf sich so eine Behandlung nicht gefallen lassen.«

Der Agent lächelte, ohne etwas zu erwidern. Aber man sieht, Herr Fogg gehörte zu der Sorte von Engländern, die, wenn sie auch in ihrer Heimat das Duell nicht leiden mögen, im Ausland sich schlagen, wenn's sich darum handelt, ihre Ehre zu behaupten.

Um drei Viertel auf sechs Uhr kamen die Reisenden auf den Bahnhof, und fanden den Zug zur Abfahrt bereit.

Als Herr Fogg im Begriff war einzusteigen, bemerkte er einen Beamten, trat zu ihm und fragte:

»Mein Freund, hat es nicht heute zu San Francisco unruhige Auftritte gegeben?

– Es war ein Meeting, mein Herr, war die Antwort.

– Doch hab' ich in den Straßen starke Aufregung bemerkt.

– Es handelte sich nur um ein Meeting für eine Wahl.

– Eines Obergenerals wohl? fragte Herr Fogg.

– Nein, mein Herr, eines Friedensrichters.«

Hierauf stieg Fogg in den Waggon, und der Zug brauste von dannen.

SECHSUNDZWANZIGSTES KAPITEL.

Expresszug auf der Pacific-Bahn.

»Vom Ozean zum Ozean«, – sagen die Amerikaner, – und diese drei Worte sollten auch die allgemeine Benennung des großen Bahnwegs werden, welcher die Vereinigten Staaten Amerikas in ihrer größten Breite quer durchzieht. Aber in Wirklichkeit ist die Pacific-Bahn in zwei gesonderte Partien eingeteilt: »Central-Pacific«, zwischen San Francisco und Ogden, und »Union-Pacific«, zwischen Ogden und Omaha. Hier treffen fünf besondere Linien zusammen, welche Omaha in starken Verkehr mit New-York bringen.

New-York und San Francisco sind also gegenwärtig durch ein ununterbrochenes Metallband verbunden, welches dreitausendsiebenhundertsechsundachtzig Meilen misst. Zwischen Omaha und dem Stillen Meer zieht die Eisenbahn durch eine noch von Indianern und Rothäuten durchzogene Gegend, – ein weit ausgedehntes Gebiet, welches die Mormonen gegen 1845, als sie aus Illinois vertrieben wurden, zu kolonisieren anfingen.

Früher brauchte man im günstigsten Fall sechs Monat für eine Reise von New-York nach San Francisco; jetzt nur sieben Tage.

Im Jahre 1862 wurde, trotz der Opposition der Abgeordneten des Südens, welche eine mehr südliche Linie verlangten, beschlossen, die Eisenbahn zwischen dem einundvierzigsten und zweiundvierzigsten Breitegrad zu ziehen. Der Präsident Lincoln bestimmte selbst zu Omaha im Staat Nebraska den Anfangspunkt des neuen Bahnnetzes. Die Arbeiten wurden sofort in Angriff genommen, und mit der amerikanischen Tätigkeit betrieben, die nichts von Papier oder Bürokratie an sich hat.

Die reißende Schnelligkeit der Ausführung sollte der guten Herstellung der Bahn durchaus nicht schaden. Im Wiesenland kam man täglich anderthalb Meilen vorwärts. Eine Lokomotive rollte auf den Schienen des gestrigen Tags und brachte die für den morgigen, verrichtete Schritt für Schritt ihr Werk nach Maßgabe des Fortschritts der Bahn.

Die Pacific-Bahn entsendet einige Zweigbahnen in die Staaten Iowa, Kansas, Colorado, Oregon. Von Omaha ab läuft sie auf dem linken Ufer des Platteflusses bis zur Einmündung der nördlichen Abzweigung, während die südliche durch die Laramie-Landschaft und die Wahsatch-Berge, rings um den Salzsee bis zur Hauptstadt der Mormonen, Lake-Salt-City, zieht, dann ins Tal der Tuilla dringt, längs der amerikanischen Wüste, dem Cedar- und Humboldtgebirge, dem Humboldtfluß, der Sierra Nevada läuft, und wieder hinab über Sacramento bis zum Stillen Meer, ohne dass diese Strecke, selbst innerhalb des Felsengebirges, einen stärkeren Fall hätte, als hundertundzwölf Fuß per Meile.

Diese lange Pulsader durchlaufen die Züge in sieben Tagen, so dass es dem ehrenwerten Phileas Fogg – er hoffte es wenigstens – möglich war, am 11. zu New-York das Paketboot nach Liverpool zu besteigen. Der Waggon, in welchem Phileas Fogg fuhr, war so ein langer Omnibus auf zwei vierräderigen Untergestellen, welche dergestalt beweglich sind, dass man damit starke Krümmungen befahren kann. Im Innern sind keine Abteilungen, nur zwei Sitzreihen, auf jeder Seite eine, senkrecht auf der Achse, und zwischen denselben führt ein Gang zu den Kabinetten für Toilette u.a., womit jeder Waggon versehen ist. Alle Wagen sind der Länge nach durch Stege mit einander in Verbindung, so dass die Passagiere von einem Ende eines Wagenzugs bis zum andern sich begeben konnten, der aus Salonwagen, Terrassenwagen, Restaurations- und Caféwagen bestand. Nur Theaterwaggons fehlen noch; aber die wird's künftig auch geben.

Auf den Stegen gingen beständig Bücher- und Journal-Verkäufer auf und ab, die ihre Ware ausboten; und auch den Verkäufern von Likören, Esswaren und Zigarren mangelte es nicht an Abnehmern.

Um sechs Uhr Abends fuhr man von der Station Oakland ab. Es war schon Nacht, – kalte, dunkle Nacht bei bedecktem Himmel mit drohendem Schneegewölk. Die Schnelligkeit der Fahrt war nicht sehr bedeutend; die Anhalte eingerechnet betrug sie nicht über zwanzig Meilen die Stunde, wobei man jedoch die vorschriftsmäßige Zeit einhalten konnte.

Man sprach im Waggon wenig, und die Reisenden wurden bald vom Schlaf befallen. Passepartout saß neben dem Polizei-Agenten, sprach aber nicht mit ihm. Seit den letzten Vorfällen war ihr Verhältnis merklich kühler geworden: keine Sympathie, keine Vertraulichkeit mehr. Fix hatte sich in seinem Benehmen nicht geändert, aber Passepartout dagegen hielt sich äußerst verschlossen, bereit, seinen vormaligen Freund beim ersten Argwohn zu erwürgen.

Eine Stunde nach der Abfahrt fing's an zu schneien, – ein dünner Schnee, der zum Glück die Fahrt des Zuges zu hemmen nicht geeignet war. Durch die Fenster sah man nur noch eine ungeheure weiße Fläche, auf welcher die wirbelnden Dampfwolken der Lokomotive graulich schienen.

Um acht Uhr trat ein Stewart in den Waggon und kündigte an, es sei nun Schlafenszeit. Es war nämlich ein Schlafwaggon, der in wenigen Minuten zu einem Schlafgemach umgewandelt wurde. Die Rücklehnen der Bänke senkten sich, sorgfältig eingepackte Lagerstätten entrollten sich in sinnreicher Weise, in einigen Augenblicken waren Kabinen improvisiert, und jeder Passagier sah sich flugs im Besitz eines behaglichen Bettes, das durch dichte Vorhänge gegen neugierige Blicke geschützt war. Weißes Leinenzeug, weiche Kissen luden zum Hinlegen und Schlafen ein, – wozu Jeder geneigt war, wie in der bequemen Kabine eines Paketbootes, – indes der Zug mit voller Schnelligkeit durch Kalifornien dampfte.

In der Gegend zwischen San Francisco und Sacramento ist der Boden wenig uneben. Dieser Teil der Eisenbahn, »Central-Pacific-Bahn« genannt, hatte Anfangs Sacramento zum Ausgangspunkt und zog sich dann östlich der von Omaha kommenden entgegen. Von San Francisco nach der Hauptstadt Kaliforniens lief eine Linie gerade nordöstlich längs dem American River, der in die Bai San Pablo mündet. Die hundertundzwanzig Meilen zwischen diesen beiden Hauptstädten wurden in sechs Stunden zurückgelegt, und die Reisenden langten gegen Mitternacht, während sie im ersten Schlaf lagen, zu Sacramento an, so dass sie von dieser ansehnlichen Stadt, dem Sitz der Gesetzgebung des Staates Kalifornien, von seinen hübschen Quais, breiten Straßen, seinen öffentlichen Plätzen und Kirchen, nichts zu sehen bekamen.

Von Sacramento ab, hinter den Stationen Junction, Roclin, Auburn und Colfax, zieht die Bahn durch den Hauptstock des Sierra Nevada-Gebirges. Um sieben Uhr früh fuhr man durch Cisco; eine Stunde nachher ward das Schlafgemach wieder zum gewöhnlichen Waggon, und die Reisenden konnten durch die Fenster die malerischen Ansichten dieses Gebirgslandes schauen. Die Bahn folgte in ihrer Richtung den Launen der Sierra, indem sie hier an die Gebirgswände sich anlehnte, dort sich über Abgründe hinaus schwang, die spitzen Winkel durch kühne Kurven vermied, in enge Schluchten drang, die man für ausgangslos hielt. Die funkelnde Lokomotive mit ihrer großen Leuchte, silbertönigen Glocke, mischte ihr Pfeifen und Brüllen mit dem Getöse der Waldbäche und Kaskaden, und ihre Dampfwolken wirbelten ins dunkle Tannengezweig.

Wenig oder keine Tunnels, noch Überbrückungen. Der Schienenweg bog um die Gebirgsseiten, ohne in gerader Linie den kürzesten Weg von einem Punkt zum andern zu suchen, ohne der Natur Gewalt anzutun.

Gegen neun Uhr drang der Zug durch das Carson-Tal stets nordostwärts in den Staat Nevada; um zwölf Uhr hatte er Reno hinter sich. Von hier aus nahm die Bahn längs dem Humboldtfluß einige Meilen weit nördliche Richtung. Nachher bog sie ostwärts, und folgte dem Lauf dieses Flusses bis zu seiner Quelle, der Humboldtkette, fast am östlichen Ende des Nevadastaates.

Nach dem Frühstück, wofür zu Reno zwanzig Minuten Zeit gegönnt wurde, nahmen Herr Fogg nebst Mrs. Aouda und seinen Gefährten ihre Plätze im Waggon wieder ein. Phileas Fogg, die junge Frau, Fix und Passepartout schauten in aller Behaglichkeit auf die wechselnde Landschaft vor ihren Augen, – ungeheure Wiesenflächen, Gebirgsprofile am Horizont, rauschende Waldbäche mit schäumendem Gewässer. Mitunter zeigte sich eine große Schar Bison, die sich in der Ferne wie ein beweglicher Damm zusammendrängte. Diese unzählbaren Heere Wiederkäuer bilden oft ein unübersteigliches Hindernis einer Eisenbahnfahrt. Man hat gesehen, wie Tausende dieser Tiere mehrere Stunden lang in dicht gedrängten Reihen über die Schienen zogen. Dann ist die Lokomotive genötigt Halt zu machen und zu warten, bis die Bahn wieder frei geworden.

So geschah's nun auch in diesem Falle. Gegen drei Uhr Nachmittags wurde die Bahn durch einen Trupp von zehn- bis zwölftausend Stück versperrt. Die Maschine versuchte zuerst mit geminderter Geschwindigkeit in die Seite der unermesslichen Reihe einzudringen, aber es blieb ihr nichts übrig, als vor der undurchdringlichen Masse Halt zu machen.

Man sah diese Tiere – von den Amerikanern nicht richtig Büffel genannt – mit langsamem Schritt, mitunter fürchterlichem Gebrüll, über die Bahn wandeln. Sie sind von höherem Wuchs als die europäischen Stiere, haben kurze Beine und Schwanz, einen stark vortretenden Muskelbuckel; ihre Hörner sind an der Wurzel weit abstehend, Kopf, Hals und Schultern mit langhaariger Mähne bedeckt.

Man konnte nicht daran denken, ihren Wanderzug aufzuhalten. Wann die Bisons eine Richtung genommen haben, ist nichts im Stande, ihren Zug einzuhalten oder zu ändern; er gleicht einem Strome lebendigen Fleisches, der sich durch keinen Damm einengen lässt.

Die Reisenden schauten von den Stegen aus diesem merkwürdigen Schauspiel zu. Aber der am meisten dadurch bedrängte Phileas Fogg blieb an seinem Platz und wartete mit philosophischer Ruhe, bis es den Ochsen gefallen würde, die Bahn frei zu machen. Passepartout geriet in Wut über die dadurch veranlasste Verspätung. Gerne hätte er alle seine Revolver gegen sie abgefeuert.

»Was für ein Land! rief er aus, wo man nur Ochsen braucht, um Bahnzüge aufzuhalten! Da wandeln sie in Prozessionen, in aller Gemächlichkeit, als ob sie gar nicht genierten! Zum Henker! Ich möchte doch wissen, ob Herr Fogg auch diesen Unfall in seinem Programm vorgesehen hat! Und dass der Maschinist sich nicht getraut, mit seiner Maschine durchzudringen!«

Der Maschinist hatte gar keinen Versuch gemacht, das Hindernis wegzuschaffen, und tat wohl daran. Ohne Zweifel hätte er einige der Tiere mit seiner Lokomotive zerfleischt; aber trotz ihrer Kraft wäre die Maschine doch bald aufgehalten worden, unausbleiblich wäre eine Entgleisung erfolgt, und der Zug wäre dadurch erst recht in Not geraten.

Das Beste war also, in aller Geduld abzuwarten, und sich dabei zufrieden zu geben, dass man nachher durch beschleunigte Geschwindigkeit die verlorene Zeit wieder einbringen konnte. Drei volle Stunden dauerte dieses Vorüberwandeln der Bisons, und erst als die Nacht einbrach, ward die Bahn wieder frei. Als die letzten Reihen da über die Schienen schritten, verschwanden die vordersten schon am südlichen Horizont aus dem Gesicht.

So gelangte der Zug erst um acht Uhr in die Engen der Humboldtketten, und um halb zehn aufs Gebiet von Utah, der Gegend des großen Salzsees, in das merkwürdige Mormonenland.

SIEBENUNDZWANZIGSTES KAPITEL.

Ein Stück Mormonengeschichte.

Während der Nacht vom 5. auf den 6. November legte der Zug erst südöstlich eine Strecke von etwa fünfzig Meilen zurück; dann lief er ebenso weit nordöstlich und kam in die Nähe des großen Salzsees.

Gegen neun Uhr Morgens schöpfte Passepartout auf dem Steg etwas freie Luft. Es war kaltes Wetter, grauer Himmel, aber es schneite nicht mehr. Die Sonnenscheibe, im Nebel vergrößert, glich einem ungeheuren Goldstück, und Passepartout befasste sich eben damit, den Werth desselben in Pfund Sterling auszurechnen, als ihn die Erscheinung eines seltsamen Menschen bei der nützlichen Arbeit störte.

Auf der Station Elko war ein Mann eingestiegen, von hohem Wuchs, sehr braun mit schwarzem Schnurrbart; er trug schwarze Strümpfe und schwarzen Seidenhut, schwarze Weste und Hosen, weiße Halsbinde und Handschuhe von Hundsleder. Man konnte ihn für einen Geistlichen halten. Er ging von einem Ende des Zugs bis zum andern, und klebte an jede Waggontüre mit Oblaten eine handschriftliche Notiz.

Passepartout trat näher und las, dass der ehrenwerte Älteste William Hitch, Mormonen-Missionar, seine Anwesenheit beim Zug 48 benützen wolle, um elf Uhr Mittags im Wagen Nr. 117 eine Konferenz über den Mormonismus zu halten, und lade dazu alle Gentlemen ein, die Lust hätten, sich über die Geheimnisse der Religion der »Heiligen der letzten Tage« näher zu unterrichten.

»Ei, da geh' ich hin«, sagte Passepartout, dem vom Mormonismus nichts weiter bekannt war, als die Vielweiberei, als Grundlage der Mormonengesellschaft.

Die Neuigkeit verbreitete sich rasch unter den etwa hundert Reisenden des Zuges, von welchen höchstens dreißig sich anlocken ließen, um elf Uhr auf den Bänken des Wagens Nr. 117 sich einzufinden. In vorderster Reihe dieser Gläubigen sah man Passepartout; weder sein Herr, noch Fix hatten sich wollen stören lassen.

Zu der festgesetzten Stunde erhob sich der Älteste und rief mit aufgeregter Stimme, als hätte man ihm schon zum Voraus widersprochen:

»Ich sage Euch, dass Joe Smyth ein Märtyrer ist, dass sein Bruder Hyram ein Märtyrer ist, und dass die Verfolgungen von Seiten der Union gegen die Propheten gleichermaßen Brigham Young zum Märtyrer machen werden! Wer wagt's, das Gegenteil zu behaupten?«

Niemand unterstand sich dem Missionar zu widersprechen, dessen Aufregung mit seiner von Natur ruhigen Physiognomie in Widerspruch stand. Allerdings war sein Zorn durch den Umstand erklärlich, dass der Mormonismus eben harte Prüfungen zu bestehen hatte. Und wirklich hatte die Regierung der Vereinigten Staaten soeben, nicht ohne Schwierigkeiten, diese unabhängigen Fanatiker unterworfen. Sie hatte Utah eingenommen und den Gesetzen der Union unterworfen, nachdem sie Brigham Young wegen Rebellion und Polygamie verhaftet und vor Gericht gestellt hatte. Seit diesem Zeitpunkt verdoppelten die Jünger des Propheten ihre Anstrengungen, und leisteten, in Erwartung der Tat, durch Worte den Forderungen des Kongresses Widerstand.

Man sieht, der Älteste William Hitch suchte bis auf die Eisenbahn Proselyten zu machen.

Und darauf erzählte er mit leidenschaftlich gesteigertem Ton und gewaltsamen Gebärden die Geschichte des Mormonismus seit den biblischen Zeiten: »Wie in Israel ein mormonischer Prophet aus dem Stamme Josephs die Annalen der neuen Religion veröffentlichte und an seinen Sohn Morom vermachte; wie, viele Jahrhunderte später, eine Übersetzung dieses kostbaren, in ägyptischen Schriftzeichen geschriebenen Buches von dem jüngeren Joseph Smyth gemacht wurde, einem Farmer des Staates Vermont, der sich im Jahre 1825 als mystischen Propheten kund gab; wie ihm endlich ein himmlischer Bote in einem erleuchteten Walde erschien und die Annalen des Herrn zustellte.«

In diesem Augenblick verließen einige Zuhörer, welche für die zurückblickende Erzählung des Missionars wenig Interesse hatten, den Wagen; aber William Hitch fuhr fort und erzählte, »wie der jüngere Smyth im Verein mit seinem Vater, seinen zwei Brüdern und einigen Schülern die Religion der Heiligen der letzten Tage gründete, – eine Religion, die nicht allein in Amerika, sondern auch in England, Skandinavien, Deutschland ausgebreitet, unter ihren Gläubigen Handwerker, und auch viele Anhänger aus den höheren Ständen zähle; wie in Ohio eine Kolonie gegründet wurde, wie für zweimalhunderttausend Dollars ein Tempel und zu Kirkland eine Stadt erbaut wurde; wie Smyth ein kühner Bankier wurde und von einem Manne, der Mumien zeigte, eine Papyrusrolle erhielt, worauf eine von Abraham und berühmten Ägyptern eigenhändig geschriebene Erzählung stand.«

Da diese Erzählung etwas langweilig wurde, so lichteten sich die Reihen der Zuhörer noch mehr, und sein Publikum bestand nur noch aus zwanzig Personen.

Aber der Älteste ließ sich durch dies Ausreißen nicht stören und fuhr fort mit Details zu erzählen, »wie Joe Smyth im Jahre 1837 bankrott wurde; wie seine ruinierten Aktionäre ihn mit Teer bestrichen und in Federn wälzten; wie er nach einigen Jahren ehrenwerter und geehrter als jemals zu Independence in Missouri wieder als Haupt einer blühenden Gemeinde auftrat, die nicht weniger als dreitausend Anhänger zählte, dass er aber, vom Hass der Ungläubigen verfolgt, ins weite Westland flüchten musste.«

Nun waren nur noch zehn Zuhörer anwesend, worunter der brave Passepartout, der mit gespitzten Ohren hörte. So vernahm er denn, »wie nach langen Verfolgungen Smyth wieder in Illinois auftrat und im Jahre 1839 an den Ufern des Mississippi Nauvoo la Belle gründete, dessen Bevölkerung bis auf fünfundzwanzigtausend Seelen stieg; wie Smyth ihr Bürgervorstand, oberster Richter und Obergeneral ward; wie er im Jahre 1843 als Präsidentschafts-Kandidat der Vereinigten Staaten auftrat, und endlich zu Karthago in einen Hinterhalt gelockt, in den Kerker geworfen und von einer maskierten Rotte ermordet wurde.«

In diesem Augenblick war nur Passepartout allein noch in dem Wagen, und der Älteste blickte ihm unverwandt ins Gesicht und suchte ihn mit seinen Worten zu fesseln. So brachte er ihm weiter bei, »zwei Jahre nach Smyth's Ermordung habe sein Nachfolger, der Prophet Brigham Young, Nauvoo verlassen und an den Ufern des Salzsees sich niedergelassen, und hier, auf dem wundervollen Landstrich, in der so fruchtbaren Gegend, auf dem Wege der Auswanderer, welche durch Utah nach Kalifornien ziehen, habe die neue Kolonie, Dank den Grundsätzen der Polygamie, eine ungeheure Ausdehnung gewonnen.

Und hierin, fuhr William Hitch fort, hierin liegt der Grund der Eifersucht des Kongresses! Deshalb haben die Soldaten der Union den Boden Utahs betreten! Deshalb ist unser Haupt, der Prophet Brigham Young, aller Gerechtigkeit zum Trotz eingekerkert worden! Werden wir der Gewalt uns fügen? Niemals! Vertrieben aus Vermont, aus Illinois, aus Ohio, aus Missouri und Utah, werden wir immer wieder einen unabhängigen Landstrich finden, um unser Zelt aufzustecken ... Und Sie, mein Getreuer, fuhr der Älteste fort, den zornigen Blick auf seinen einzigen Zuhörer geheftet, werden Sie das Ihrige unterm Schutz unsers Banners aufschlagen?

— Nein«, erwiderte Passepartout tapfer, entfloh ebenfalls und ließ den Besessenen in der Wüste predigen.

Aber während dieser Unterhaltung war der Zug reißend schnell weiter gefahren und gelangte um halb ein Uhr an die nordöstliche Spitze des großen Salzsees. Von hier aus konnte man in weitem Umkreis das innere Meer überblicken, welches auch Totes Meer genannt wird, mit einem hineinfließenden Jordan. Ein wundervoller See, eingefasst von schönen, wilden, breitgeschichteten Felsen, die mit weißem Salz überzogen sind, mit prächtigem Wasserspiegel, der vormals einen größeren Umfang hatte; aber mit der Zeit, da er allmählich stieg, sind seine Ufer zurückgetreten, und es wurde seine Oberfläche kleiner, seine Tiefe größer.

Der Salzsee ist etwa siebzig Meilen lang, fünfunddreißig breit, und liegt dreitausendachthundert Fuß über dem Meeresspiegel. Sehr verschieden von dem Asphaltsee, der zwölfhundert Fuß niedriger liegt, ist er von bedeutendem Salzgehalt, und sein Wasser enthält den vierten Teil seines Gewichts an festem Stoff in Auflösung. Das spezifische Gewicht desselben beträgt eintausendeinhundertundsiebzig gegen eintausend des destillierten Wassers. Daher können auch Fische nicht darin leben; die vom Jordan, Weber und andern Flüsschen hineingeführten kommen bald darin um; aber unbegründet ist die Angabe, sein Wasser sei so dicht, dass ein Mensch darin nicht untersinke.

Um den See herum war das Feld zum Staunen wohl bebaut, denn die Mormonen verstehen sich auf den Landbau: Meiereien und Stallungen für Haustiere, Korn-, Mais- und Hirsefelder, üppiges Wiesenland, überall wilde Rosenhecken, Akazien- und Euphorbiengebüsch, solchen Anblick hätte diese Gegend sechs Monate später gewährt; aber in dem Augenblick war sie mit einer leichten Schneedecke verhüllt.

Um zwei Uhr stiegen die Reisenden bei der Station Ogden aus. Da der Zug erst um sechs Uhr weiter ging, so hatten Herr Fogg, Mrs. Aouda und ihre beiden Begleiter Zeit, auf der kleinen Bahnstrecke, welche hier abzweigt, sich in die Stadt der Heiligen zu begeben. Zwei Stunden genügten, um diese durch und durch amerikanische Stadt zu besichtigen, die nach dem Muster aller Städte der Union gebaut ist, ein ungeheures Damenbrett mit kalten Linien in traurigen Rechtwinkeln. Der Gründer der Stadt der Heiligen konnte sich dem Bedürfnis der Symmetrie, welches die Angelsachsen kennzeichnet, nicht entziehen. In diesem sonderbaren Lande, wo die Menschen nicht ebenso vorzüglich sind, wie die Institutionen, macht sich alles »viereckig«, die Städte, die Häuser und die Dummheiten.

Um drei Uhr wandelten also die Reisenden durch die Straßen der Stadt, welche zwischen dem Jordanufer und den ersten Hügeln des Wahsatchgebirges liegt. Sie bemerkten darin wenig oder keine Kirchen, aber als Monumente das Haus des Propheten, das Gerichtshaus und das Arsenal; sodann Häuser von bläulichem Ziegelstein mit Verandas und Galerien, von Gärten und von Reihen Akazien-, Palm- und Johannisbrotbäumen umgeben. Eine im Jahre 1853 erbaute Mauer von Thon und Kieseln lief um die Stadt. In der Hauptstraße, wo auch der Markt gehalten wird, standen einige mit Fahnen gezierte Gasthöfe, unter anderem das Salzseehaus.

Herr Fogg und seine Begleiter fanden die Stadt nicht sehr bevölkert. Die Straßen waren fast menschenleer, – ausgenommen jedoch die Gegend des Tempels, wohin sie erst kamen, nachdem sie mehrere mit Palisaden umgebene Quartiere durchwandert hatten. Die Frauen waren sehr zahlreich, was aus der eigentümlichen Einrichtung des Hausstandes der Mormonen erklärlich wird. Doch muss man nicht meinen, alle Mormonen hätten mehrere Frauen. Man ist frei, aber zu merken ist, dass besonders die Bürgerinnen von Utah darauf versessen sind, verheiratet zu sein, weil den Religionsbegriffen des Landes nach die unverheirateten Frauen nicht ins Himmelreich kommen. Diese armen Geschöpfe schienen weder glücklich noch im Wohlstand zu leben. Einige, ohne Zweifel die reicheren, trugen eine schwarzseidene Jacke, die oben offen war, unter einer Kapuze oder sehr bescheidenem Shawl. Die anderen hatten nur Indianertracht.

Passepartout als Junggeselle von Überzeugung sah nur mit einem gewissen Schrecken, wie es diesen Mormonenweibern oblag, gemeinsam mit andern das Glück eines einzigen Mormonen auszumachen. Seinem gefunden Verstand nach war der Mann besonders zu beklagen. Es schien ihm eine schreckliche Aufgabe, so viele Frauen miteinander durch die Wechselschicksale des Lebens zu geleiten, sie also truppweise zum Mormonenparadies zu führen, mit der Aussicht, sie dort für ewig in

Gesellschaft des glorreichen Smyth wieder zu finden, welcher die Zierde dieses Ortes der Seligkeit sein musste.

Dazu fühlte er sicherlich keinen Beruf in sich, und er fand – vielleicht täuschte er sich hierin – dass die Bürgerinnen der *Great-Lake-City* etwas beunruhigende Blicke auf ihn warfen.

Glücklicherweise sollte er in der Stadt der Heiligen nicht lange verweilen. Einige Minuten vor sechs Uhr fanden sich die Reisenden wieder auf dem Bahnhof ein, und nahmen Platz im Waggon.

Man hörte das Pfeifen; aber im Augenblick, wie die über die Schienen gleitenden Räder der Lokomotive den Zug in Gang brachten, ließ sich der Ruf: »Halt! Halt!« vernehmen.

Ein Zug, der einmal in Bewegung ist, lässt sich nicht einhalten. Der Gentleman, welcher diesen Ruf hören ließ, war offenbar ein Mormone, der sich verspätet hatte. Er lief, dass ihm der Atem ausging. Zu seinem Glück war der Bahnhof ohne Thore und Schlagbaum. Er stürzte über den Weg, sprang auf die Einsteigtreppe des hintersten Wagens, und sank atemlos auf eine der Sitzbänke.

Passepartout, der mit Besorgnis dieser Gymnastik zugesehen hatte, betrachtete den verspäteten Mann, an welchem er lebhaften Anteil nahm, als er hörte, dieser Bürger von Utah habe nach einer häuslichen Szene die Flucht ergriffen.

Als der Mormone wieder bei Atem war, wagte Passepartout ihn höflich zu fragen, wie viel Frauen er habe, er allein, – und aus der Art, wie er flüchtig geworden, vermutete er, es müssten wenigstens zwanzig sein.

»Eine, mein Herr, erwiderte der Mormone, und hob die Hände zum Himmel, eine, und daran mehr als genug!«

ACHTUNDZWANZIGSTES KAPITEL.

Passepartout vermochte nicht, der Stimme der Vernunft Gehör zu verschaffen.

Als der Zug die Salzseehauptstadt und die Station Ogden hinter sich hatte, lief er eine Stunde lang nordwärts bis zum Weberfluss, nachdem er von San Francisco aus etwa neunhundert Meilen zurückgelegt hatte. Von diesem Punkt an nahm er wieder östliche Richtung durch den unregelmäßigen Hauptstock des Wahsatchgebirges. An dieser Strecke zwischen diesen Bergen und dem eigentlichen Felsengebirge hatten die amerikanischen Ingenieure mit den ernstlichsten Schwierigkeiten zu kämpfen. Darum ist auch der Zuschuss, welchen die Staatsregierung für Herstellung der Bahn gewährte, an der ganzen Strecke auf achtundvierzigtausend Dollars per Meile angesetzt worden, während er auf der Ebene nur sechzehntausend Dollars beträgt; aber die Ingenieure haben, wie bereits gesagt, nicht der Natur Gewalt antun wollen, vielmehr mit ihr wetteifernd die Schwierigkeiten zu umgehen gesucht, und um das große Talbecken zu erreichen, ist auf der gesamten Bahnstrecke nur ein einziger Tunnel, in der Länge von vierzehntausend Fuß, angelegt worden.

Eben am Salzsee hatte bis dahin die Linie ihren höchsten Punkt erreicht. Von diesem aus beschrieb ihr Profil eine sehr lange Kurve abwärts nach dem Tal des Bitter-Creek, um dann wieder aufzusteigen bis zur Wasserscheide zwischen dem Atlantischen und Stillen Auszuschließen. In dieser Gebirgsgegend waren die Bergströme zahlreich; man musste den Muddy, den Green und andere überbrücken. Passepartout wurde im Verhältnis, wie man dem Ziel näher kam, ungeduldiger; aber Fix wäre gern wieder aus dieser schwierigen Gegend heraus gewesen, weil er Verspätungen besorgte, Unfälle befürchtete, und er hatte noch mehr als Phileas Fogg selbst Eile, auf englisches Gebiet zu kommen!

Um zehn Uhr Abends hielt der Zug bei der Station Fort-Bridger, verließ dieselbe wieder alsbald und kam zwanzig Meilen weiter in den Staat Wyoming, – das alte Dakota – längs dem ganzen Talweg des Bitter-Creek, von wo aus ein Teil der Gewässer fließt, welche das hydrographische System des Colorado bilden.

Am folgenden Tage, dem 7. Dezember, wurde bei der Station Green-River eine Viertelstunde gehalten. Die Nacht über war reichlich Schnee gefallen, aber da er, mit Regen vermischt, schon halb geschmolzen war, konnte er die Fahrt nicht hemmen. Doch wurde Passepartout unruhig über dies schlimme Wetter, weil durch Häufung des Schnees eine Hemmung der Reise eintreten konnte.

»Was dachte denn auch mein Herr, sprach er bei sich, dass er die Reise im Winter vornahm! Hätte er nicht bei guter Jahreszeit weit bessere Aussichten auf Erfolg gehabt?«

Aber in diesem Augenblick, wo der brave Bursche sich nur über die Beschaffenheit der Witterung und der niedrigen Temperatur Gedanken machte, empfand Mrs. Aouda lebhafte Besorgnisse aus einem andern Grunde.

Es waren einige Reisende ausgestiegen und spazierten auf dem Quai des Bahnhofes von Green-River, bis der Zug wieder weiter ging. Da sah nun die junge Frau durch das Fenster und erkannte unter den Spazierenden den Oberst Stamp Proctor, jenen Amerikaner, welcher bei dem Meeting zu San Francisco sich so gröblich gegen Phileas Fogg benommen hatte. Mrs. Aouda zog sich, um nicht bemerkt zu werden, rasch vom Fenster zurück.

Dieser Umstand beunruhigte die junge Frau in hohem Grade. Sie hatte sich an den Mann angeschlossen, der, so kühl er auch war, ihr doch jeden Tag die vollständigste Hingebung zu erkennen gab. Ohne Zweifel war ihr die ganze Tiefe des Gefühls, welches ihr Retter ihr einflößte, noch nicht fasslich; sie nannte es nur noch Dankbarkeit, aber ohne dass sie's wusste, umfasste es bereits weit mehr als dies. Darum wurde ihr auch das Herz beklommen, als sie den ungeschliffenen Mann erkannte, mit welchem Herr Fogg früher oder später über sein Verhalten abrechnen wollte. Offenbar war der Oberst Proctor nur durch Zufall auf diesen Zug gekommen, aber er war nun einmal da, und man musste um jeden Preis verhindern, dass Phileas Fogg seinen Gegner nicht zu Gesicht bekam.

Als der Zug sich wieder in Bewegung gesetzt, benutzte Mrs. Aouda einen Augenblick, wo Herr Fogg eingeschlafen war, um Fix und Passepartout in Kenntnis zu setzen.

»Dieser Proctor ist beim Zug! rief Fix. Nun, so beruhigen Sie sich, Madame, ehe er mit Herrn Fogg zu tun bekommt, wird er es mit mir zu tun haben! Es scheint mir, bei alledem, dass ich das schwerste Unrecht erlitten habe.

– Und dazu noch, fügte Passepartout hinzu, mache ich mir mit ihm zu schaffen, trotzdem dass er Oberst ist.

– Herr Fix, versetzte Mrs. Aouda, Herr Fogg wird es Niemand zukommen lassen, ihn zu rächen. Er ist, wie er gesagt hat, fähig, wieder nach Amerika zu kommen, um den Beleidiger aufzusuchen. Wenn er also den Oberst Proctor bemerkt, können wir nicht hindern, dass er mit ihm zu tun bekommt, was beklagenswerte Folgen haben kann. Darum darf er ihn nicht sehen.

– Sie haben Recht, Madame, ein Zusammentreffen könnte alles verderben. Sieger oder besiegt, Herr Fogg würde dadurch aufgehalten, und ...

– Und, setzte Passepartout hinzu, darum ist es den Gentlemen des Reformclubs zu tun. Binnen vier Tagen sind wir zu New-York! Wenn nun mein Herr während der vier Tage nicht aus seinem Waggon kommt, lässt sich hoffen, dass der Zufall ihn nicht mit diesem verdammten Amerikaner zusammen bringen wird. Aber wir werden ihn schon abzuhalten verstehen ...«

Die Unterhaltung wurde abgebrochen. Herr Fogg war aufgewacht, und schaute durch das beschneite Fenster auf das Feld hinaus. Aber später, und ohne dass sein Herr Fogg oder Mrs. Aouda es hörte, sprach Passepartout zu dem Agenten:

»Würden Sie wirklich sich für ihn schlagen?

– Ich werde alles aufbieten, ihn lebend nach Europa zu bringen!« erwiderte einfach Fix mit entschiedenem Ton.

Passepartout fühlte, dass ihn ein Schaudern überlief; aber seine Überzeugung in Beziehung auf seinen Herrn wankte nicht.

Und jetzt, gab es wohl ein Mittel, um Herrn Fogg in seiner Wagenabteilung festzuhalten, damit er von jedem Zusammentreffen mit dem Oberst abgehalten würde? Es konnte nicht schwer fallen, da der Gentleman kein unruhiger Kopf und wenig neugierig war. Jedenfalls glaubte der Polizei-Agent das Mittel gefunden zu haben, denn nach einer kleinen Weile sprach er zu Phileas Fogg:

»Die Stunden hier auf der Eisenbahn sind doch recht lang und langweilig.

– In der Tat, erwiderte der Gentleman, aber sie gehen doch vorüber.

– An Bord der Paketboote, versetzte der Agent, pflegten Sie Ihr Spielchen Whist zu machen?

– Ja, erwiderte Phileas Fogg, aber hier wäre das schwierig. Ich habe weder Karten, noch Mitspieler.

– O! Karten werden wir schon zu kaufen bekommen. Auf den amerikanischen Waggons gibt es alles zu kaufen. Und was Mitspieler betrifft, wenn vielleicht, Madame ...

– O gewiss, mein Herr, erwiderte lebhaft die junge Frau, ich verstehe Whist. Es gehört ja zur englischen Erziehung.

– Und ich, fuhr Fix fort, bilde mir sogar ein, gut zu spielen. Nun, also wir drei und ein Strohmann ...

– Nach Ihrem Belieben«, mein Herr, erwiderte Phileas Fogg, der froh war, sein Lieblingsspiel selbst auf der Eisenbahn zu spielen.

Passepartout wurde abgeschickt, den Stewart aufzusuchen, und brachte bald zwei vollständige Kartenspiele, Marken und ein mit Tuch beschlagenes Tischchen. Es fehlte nichts, und das Spiel nahm gleich seinen Anfang. Mrs. Aouda verstand Whist zu Genüge, so dass ihr der strenge Phileas Fogg sogar darüber Komplimente machte. Der Polizei-Agent war besonders stark darin, und konnte dem Gentleman die Spitze bieten.

»Jetzt, sprach Passepartout zu sich selbst, haben wir ihn fest!«

Um elf Uhr Vormittags befand sich der Zug auf dem Höhepunkt der Wasserscheide zwischen den beiden Ozeanen, zu Passe-Bridger, siebentausendfünfhundertvierundzwanzig Fuß über dem Meeresspiegel. Noch etwa zweihundert Meilen, dann befand man sich auf den weit ausgedehnten, bis zum Atlantischen Meere reichenden Ebenen, welche der Anlage von Eisenbahnen so günstig sind.

Bereits kamen die ersten Quellflüsse der Atlantischen Abdachung zum Vorschein, Neben- und Zuflüsse des oberen Platte-River. Am ganzen nördlichen und östlichen Horizont ragte der ungeheure halbkreisförmige Mittelwall, welcher den nördlichen Teil des Felsengebirges bildet, der vom Pic Laramie beherrscht wird. Zwischen diesem krummen Höhenzug und der Eisenbahn breiteten sich ungeheure, reichlich von Gewässern durchströmte Ebenen aus. Rechts von dem Schienenweg stuften sich die ersten Abhänge des Hauptgebirgsstocks ab, welcher im Süden bis zu den Quellen des Arkansas, eines der großen Nebenflüsse des Missouri, reicht.

Um halb eins bekamen die Reisenden einen Augenblick das Fort Halleck zu sehen, welches diese Gegend beherrscht. In einigen Stunden konnte man über das Felsengebirge hinaus sein, und es stand zu hoffen, dass kein Unfall mehr auf dieser schwierigen Stelle vorkommen werde. Der Schneefall hatte aufgehört, und es trat trockene Kälte ein. Von der Lokomotive aufgescheucht, entflohen weithin die Vögel; kein Rotwild, Bär oder Wolf zeigte sich auf der Ebene, einer kahlen Einöde von ungeheurer Ausdehnung.

Nach einem erquicklichen, im Bahnwagen eingenommenen Frühstück hatten Herr Fogg und seine Spielgenossen eben ihr Whist, das kein Ende nehmen wollte, wieder begonnen, als man heftiges Pfeifen vernahm. Der Zug hielt an.

Passepartout steckte den Kopf zum Fenster hinaus, und sah nichts, was zu diesem Anhalt veranlasst haben konnte. Keine Station war zu sehen.

Mrs. Aouda und Fix mochten eine Weile befürchten, Herr Fogg werde auf den Gedanken kommen, auszusteigen. Aber der Gentleman sagte nur zu seinem Diener:

»Sehen Sie doch, was es gibt.«

Passepartout sprang aus dem Waggon. Bei vierzig Reisende waren ebenfalls ausgestiegen, darunter der Oberst Stamp Proctor.

Der Zug hatte vor einem roten Signalzeichen angehalten, welches den Weg sperrte. Der Maschinist und der Konduktor waren ausgestiegen und disputierten lebhaft mit einem Bahnwärter, welchen der Bahnhofdirektor der Station Medicine-Bow dem Zug entgegengeschickt hatte. Einzelne der Reisenden hatten sich dazugesellt und nahmen an dem Disput Teil, – unter andern der gedachte Oberst Proctor mit seinem lauten Ton und gebieterischen Gebärden.

Passepartout hörte, als er zu der Gruppe kam, wie der Bahnwärter sprach:

»Nein! Es ist nicht möglich hinüberzukommen! Die Brücke von Medicine Bow ist schadhaft und verträgt nicht mehr das Gewicht des Zugs.«

Die fragliche Brücke war eine Hängebrücke über einen reißenden Bergstrom, eine Meile von der Stelle entfernt, wo der Zug stehen geblieben war. Nach Aussage des Bahnwärters waren einige der Hängeketten zersprungen, und man durfte ein Darüberfahren nicht riskieren.

Es war das gar keine Übertreibung. Und zudem bei der gewöhnlichen Fahrlässigkeit der Amerikaner kann man annehmen, dass, wenn sie wirklich einmal vorsichtig sind, man wahnsinnig wäre, wollte man es nicht sein.

Da Passepartout nicht wagte, seinem Herrn davon Kenntnis zu geben, so hörte er mit grimmiger Miene zu, unbeweglich wie eine Statue.

»Ei was! schrie der Oberst Proctor, wir werden doch nicht, denk' ich, hier im Schnee einwurzeln!

– Oberst, versetzte der Konduktor, man hat nach der Station Omaha telegraphiert, um einen Extrazug von dort aus, aber es ist nicht wahrscheinlich, dass er vor sechs Uhr zu Medicine-Bow ankommt.

– Sechs Uhr! rief Passepartout.

– Allerdings, erwiderte der Konduktor. Übrigens brauchen wir auch soviel Zeit, um zu Fuß bis zur Station zu kommen.

– Doch ist sie nur eine Meile von uns entfernt, sagte ein Passagier.

– Eine Meile wohl, aber von der andern Seite des Flusses aus.

– Und kann man denn nicht auf einem Fahrzeug über den Fluss kommen? fragte der Oberst.

– Unmöglich. Es ist ein reißender Bergstrom, dessen Wasser vom Regen angeschwollen ist, und um eine Furth zu finden, müssten wir einen Umweg von zehn Meilen nordwärts machen.«

Der Oberst schleuderte eine Kette von Flüchen über die Compagnie, den Konduktor, und Passepartout war zornig bereit, in seine Tonart einzustimmen. Hier war ein materielles Hindernis, gegen welches alle Banknoten seines Herrn nichts halfen.

Übrigens war die Verlegenheit und Unlust der Reisenden allgemein; denn außer dem Zeitverlust, mussten sie fünfzehn Meilen zu Fuß über den schneebedeckten Boden machen. Daher gab es auch ein Durcheinander von Schreien und Rufen, das sicherlich Phileas Fogg aufmerksam gemacht hätte, wäre er nicht ganz in sein Spiel versunken gewesen.

Doch war Passepartout jetzt genötigt, ihm Mitteilung zu machen, und er ging schon mit gesenktem Kopf auf den Waggon zu, als der Maschinist des Zugs – ein echter Yankee, Forster mit Namen – seine Stimme erhob, und sprach:

»Meine Herren, vielleicht gibt es ein Mittel hinüberzukommen.

– Über die Brücke? fragte ein Passagier.

– Ja wohl.

– Mit unserm Zug? fragte der Oberst.

– Mit unserm Zug.«

Passepartout war stehen geblieben, hörte mit gespitzten Ohren dem Maschinisten zu.

»Aber die Brücke droht einzustürzen! versetzte der Konduktor.

– Einerlei, erwiderte Forster. Ich meine, wenn man den Zug mit höchstmöglicher Schnelligkeit in Bewegung setzte, könnte man doch hinüber kommen.

– Teufel!« sagte Passepartout.

Aber eine Anzahl der Reisenden war gleich für den Vorschlag gewonnen; besonders der Oberst Proctor war damit zufrieden. Und schließlich stimmten alle Beteiligten demselben bei.

»Wir könnten fünfzig gegen hundert wetten, dass wir hinüber kommen, sagte der Eine.

– Sechzig, sagte der Andere.

– Achtzig! ... Neunzig gegen hundert!«

Passepartout war ganz verdutzt, obwohl er Alles zu versuchen bereit war, um über den Medicinefluß zu kommen, aber das Vorhaben kam ihm doch allzu »amerikanisch« vor.

Übrigens, dachte er, was hier geschehen muss, ist eine sehr einfache Sache, und diese Leute denken nicht einmal daran! ... Mein Herr, sagte er zu einem der Passagiere, das von dem Maschinisten vorgeschlagene Mittel scheint mir etwas gewagt, allein ...

– Achtzig gegen hundert, erwiderte der Passagier, und kehrte ihm den Rücken zu.

– Ich weiß es wohl, erwiderte Passepartout, und wendete sich an einen andern Gentleman, aber eine einfache Erwägung ...

– Keine Erwägung, das taugt nichts! versetzte der Amerikaner mit Achselzucken; denn der Maschinist versichert, dass man hinüber kommt!

– Allerdings, fuhr Passepartout fort, wird man hinüber kommen, aber es wäre vielleicht vorsichtiger ...

– Was! vorsichtiger! rief der Oberst Proctor, den dies zufällig vernommene Wort außer sich brachte. Mit höchster Schnelligkeit! sagt man Euch! Verstehen Sie? Mit höchster Schnelligkeit!

– Ich weiß ... ich verstehe ... sagte Passepartout wiederholt, da man ihn nicht ausreden ließ; aber es wäre, wo nicht vorsichtiger, weil Sie diesen Ausdruck beanstanden, wenigstens viel natürlicher ...

– Wer? was? wie? Was will denn der mit seinem natürlich?« ... rief man von allen Seiten.

Der arme Junge wusste nicht mehr, bei wem er sich Gehör verschaffen könnte.

»Fürchten Sie sich? fragte ihn der Oberst Proctor.

– Ich, fürchten! rief Passepartout. Nun denn, meinetwegen! Ich will diesen Leuten zeigen, dass ein Franzose ebenso amerikanisch sein kann, wie sie!

– In die Wagen! in die Wagen! rief der Konduktor.

– Ja! in die Wagen, wiederholte Passepartout, in die Wagen! Und augenblicklich! Aber ich bleibe dabei, es wäre doch natürlicher, man ließe uns Passagiere zuerst zu Fuß über die Brücke gehen, und der Wagenzug folgte hinterdrein! ...«

Aber kein Mensch gab der gescheiten Bemerkung Gehör, und kein Mensch hätte Lust gehabt, ihre Richtigkeit anzuerkennen.

Die Reisenden stiegen wieder ein, Passepartout setzte sich wieder an seinen Platz, ohne von dem, was vorgegangen war, ein Wort zu sagen. Die Spieler waren unablässig bei ihrem Whist.

Die Lokomotive pfiff gewaltig. Der Maschinist ließ seinen Wagenzug erst eine Meile weit zurückgehen, – wie einer, der einen Sprung machen will, einen Anlauf nimmt.

Dann, auf ein zweites Pfeifen, fuhr man wieder vorwärts, mit stets wachsender Schnelligkeit, die bald erschrecklich wurde, man hörte nur noch ein fortwährendes Wiehern aus der Lokomotive; die Stempel gingen zwanzigmal in der Sekunde; die Achsen der Räder rauchten in den geschmierten Radbüchsen. Man fühlte, sozusagen, dass der gesamte Wagenzug, bei einer Schnelligkeit von hundert Meilen die Stunde, auf den Schienen kein Gewicht mehr hatte.

Und man kam hinüber! Blitzschnell! Von der Brücke sah man nichts. Die Wagen sprangen, kann man wohl sagen, von einem Ufer zum andern hinüber, und der Maschinist konnte seine vorwärts geschleuderte Maschine erst fünf Meilen über der Station hinaus zum Anhalten bringen.

Kaum aber war der Wagenzug über den Fluss hinaus, als die nun völlig ruinierte Brücke krachend in den Strudel des Medicine-Bow hinabstürzte.

NEUNUNDZWANZIGSTES KAPITEL.

Einiges, was nur auf amerikanischen Eisenbahnen vorkommt.

An demselben Nachmittag fuhr der Zug ohne Hindernis weiter, am Fort Sauders vorbei, durch die Enge von Chayenne, und kam noch bis zum Pass Evans. An dieser Stelle ist der höchste Punkt der Eisenbahn auf ihrer ganzen Länge, nämlich achttausendeinundneunzig Fuß oberhalb des Meeresspiegels. Von nun an ging es nur abwärts bis zum Atlantischen Meer auf den unbegrenzten, von der Natur nivellierten Ebenen.

Hier entsendet die Hauptbahn eine Abzweigung nach Denver-City, der Hauptstadt von Colorado. Dieses Gebiet ist reich an Gold- und Silberminen, und es haben sich bereits über fünfzigtausend Bewohner dort angesiedelt.

Jetzt hatte man von San Francisco aus dreizehnhundertzweiundachtzig Meilen in drei Tagen und drei Nächten zurückgelegt, und aller Vorausberechnung nach mussten vier Nächte und vier Tage für die Fahrt bis New-York ausreichen. Phileas Fogg hielt sich also innerhalb der vorgezeichneten Fristen.

Während der Nacht ließ man das Lager Walbah links. Der Lodgepole-Creek floss parallel mit der Bahn längs der geradlinigen Grenze der Staaten Wyoming und Colorado. Um elf Uhr fuhr man in Nebraska neben Sedgwick vorbei, und berührte Julesburgh am südlichen Arme des Platte-Flusses.

An dieser Stelle fand am 23. Oktober 1867 die Einweihung der Pacific-Bahn statt, deren Oberingenieur der General I.M. Dodge war. Hier hielten die beiden gewaltigen Lokomotiven mit den neun Waggons der Eingeladenen, worunter der Vize-Präsident M. Thomas C. Durant; hier erschallte das Beifallklatschen; hier gaben die Sioux und Pawnies das Schauspiel eines kleinen Indianerkriegs; hier sah man das Spiel der Kunstfeuerwerke; hier endlich wurde mittelst einer transportablen Druckerei die erste Nummer des Blattes »Railway-Pioneer« hergestellt. So wurde die Einweihung dieser Riesenbahn gefeiert, die ein Werkzeug des Fortschritts und der Bildung, quer durch die unbewohnten Gegenden zieht, mit der Bestimmung, Städte und Ortschaften, die noch nicht existierten, mit einander zu verbinden. Noch wirksamer als Amphion's Leier, sollte die Pfeife der Lokomotive sie bald aus dem amerikanischen Boden hervor wachsen lassen.

Um acht Uhr Vormittags hatte man das Fort Mac-Pherson hinter sich, welches dreihundertsiebenundfünfzig Meilen von Omaha entfernt liegt. Die Eisenbahn folgte den launischen Krümmungen des südlichen Armes des Platte-Flusses auf seiner linken Seite. Um neun Uhr kam man bei der bedeutenden Stadt North-Platte an, die zwischen den beiden Armen des großen Stromes liegt, welche sich hier vereinigen, um von da an nur eine einzige Pulsader zu bilden, – ein ansehnlicher Nebenfluss des Missouri, in welchen er ein wenig oberhalb Omaha einmündet.

Nun war man über den hundertsten Meridian hinaus. –

Herr Fogg und seine Spielgenossen hatten ihr Spiel fortgesetzt, und keiner beklagte sich über die Länge der Fahrt – nicht einmal der Strohmann. Fix hatte anfangs einige Guineen gewonnen, und war schon im Begriff, sie wieder zu verlieren, aber er zeigte sich doch als ebenso leidenschaftlicher Spieler, wie Herr Fogg. Diesem Gentleman lächelte während dieses Vormittags das Glück besonders; es regnete Trümpfe und Honneurs in seine Hand. Eben war er, nachdem er einen kühnen Coup ausgedacht, im Begriff, Pik auszuspielen, als sich hinter der Bank eine Stimme hören ließ:

»Ich würde Eckstein spielen ...«

Herr Fogg, Mrs. Aouda und Fix hoben die Köpfe empor.

Der Oberst Proctor stand hinter ihnen.

Stamp Proctor und Phileas Fogg erkannten sich sogleich.

»O! Sie sind's, Herr Engländer, rief der Oberst aus, Sie wollen Pik ausspielen!

– Und ich spiele es schon, versetzte Phileas Fogg kaltblütig, und warf eine Zehn dieser Farbe hin.

– Ich aber will haben, dass Eckstein gespielt werde«, versetzte der Oberst Proctor mit gereizter Stimme.

– Und er machte eine Handbewegung, als wolle er die ausgespielte Karte wegnehmen, und sagte dabei:

»Sie verstehen nichts von diesem Spiel.

– Vielleicht verstehe ich ein anderes besser, sagte Phileas Fogg, indem er aufstand.

– Es kommt nur auf Sie an, es zu probieren, Sohn John Bull's!« erwiderte der Grobian.

Mrs. Aouda ward blass, alles Blut drang ihr zum Herzen. Sie fasste Phileas Fogg beim Arm, er schob sie sanft zurück. Passepartout war im Begriff, über den Amerikaner herzufallen, der mit höhnendem Blick seinen Gegner ansah. Aber Fix stand auf, trat zum Oberst Proctor und sagte:

»Sie vergessen, dass Sie's mit mir zu tun haben, mein Herr; Sie haben mich nicht nur beleidigt, sondern geschlagen!

– Herr Fix, sagte Herr Fogg, ich bitte um Entschuldigung, dieses geht mich allein an. Da der Oberst behauptete, ich spielte nicht richtig, so hat er mich von Neuem beleidigt, und wird mir dafür Genugtuung geben.

– Wann Sie wollen, und wo Sie wollen, erwiderte der Amerikaner, und auf welche Waffe Ihnen beliebt!«

Mrs. Aouda suchte vergeblich Herrn Fogg zurückzuhalten. Der Polizei-Agent bemühte sich fruchtlos die Sache auf sich zu nehmen. Passepartout wollte den Oberst zur Tür hinauswerfen, aber ein Wink seines Herrn hielt ihn zurück. Phileas Fogg ging aus dem Waggon, und der Amerikaner folgte ihm auf den Steg.

»Mein Herr, sagte Herr Fogg zu seinem Gegner, ich habe große Eile, nach Europa zurückzukehren, und jeder Verzug würde meine Interessen sehr benachteiligen.

– Ah! was geht das mich an? erwiderte der Oberst Proctor.

– Mein Herr, fuhr Herr Fogg höflichst fort, bereits als wir zu San Francisco aufeinander trafen, war ich entschlossen, sobald ich meine Geschäfte in Europa beendet hätte, wieder nach Amerika zu kommen und Sie aufzusuchen.

– Wollen Sie mir in sechs Monaten ein Rendezvous geben?

– Warum nicht in sechs Jahren?

– Ich sage sechs Monate, erwiderte Herr Fogg, und werde pünktlich mich einfinden.

– Alles nur Ausflüchte! rief Stamp Proctor. Jetzt gleich oder nie.

– Meinetwegen, versetzte Herr Fogg. Sie gehen nach New-York?

– Nein.

– Nach Chicago?

– Nein.

– Nach Omaha?

– Das kann Ihnen einerlei sein. Ist Ihnen Plum-Creek bekannt?

– Nein, erwiderte Herr Fogg.

– Es ist die nächste Station, wo wir in einer Stunde eintreffen und zehn Minuten anhalten werden. Das ist Zeit genug, einige Revolverschüsse zu wechseln.

– Gut, erwiderte Herr Fogg. Halten wir zu Plum-Creek.

– Und ich meine sogar, Sie werden nicht mehr von da wegkommen! setzte der unverschämte Amerikaner hinzu.

– Wer weiß, mein Herr?« versetzte Herr Fogg und kehrte so kaltblütig wie immer in seinen Waggon zurück.

Hier suchte der Gentleman Mrs. Aouda durch die Versicherung zu beruhigen, dass solche Prahlhänse niemals zu fürchten seien. Sodann bat er Fix, ihm bei der Begegnung, welche statthaben sollte, Zeuge zu sein. Fix konnte es nicht abschlagen, und Phileas Fogg setzte mit Seelenruhe sein unterbrochenes Spiel fort, indem er ungestört Pik spielte.

Um elf Uhr kündigte das Pfeifen der Lokomotive an, dass man nächst der Station Plum-Creek sei. Herr Fogg stand auf und begab sich, von Fix begleitet, auf den Steg. Passepartout folgte mit einem Paar Revolver. Mrs. Aouda blieb leichenblass im Waggon.

In dem Augenblick öffnete sich die Tür des andern Waggons, und der Oberst Proctor erschien gleichfalls auf dem Steg, begleitet von seinem

Zeugen, der ein Yankee seiner Art war. Aber als eben die beiden Gegner im Begriff waren auszusteigen, kam der Konduktor in aller Eile und rief:

»Es wird nicht ausgestiegen, meine Herren.

– Und weshalb? fragte der Oberst.

– Wir sind um zwanzig Minuten verspätet, und der Zug kann sich nicht aufhalten.

– Aber ich muss mich mit dem Herrn schlagen.

– Ich bedaure, erwiderte der Beamte, aber es geht unverzüglich weiter. Da hören Sie schon die Glocke!«

Wirklich läutete die Glocke, und der Zug ging weiter.

»Es tut mir herzlich leid, meine Herren, sagte darauf der Konduktor; sonst hätte ich Ihnen gefällig sein können. Aber, trotzdem, da Sie hier keine Zeit dafür bekamen, wer hindert Sie, sich während der Fahrt zu schlagen?

– Das steht vielleicht dem Herrn nicht an! sagte Proctor mit spöttischer Miene.

– Ich bin vollkommen damit einverstanden, erwiderte Phileas Fogg.

– Nun, dachte Passepartout, wir sind ganz gewiss in Amerika! und der Konduktor ist ein Gentleman bester Sorte!«

Mit diesen Worten folgte er seinem Herrn.

Die beiden Gegner und ihre Zeugen begaben sich, vom Konduktor geführt, durch alle Waggons der Reihe nach bis ans Ende des Zuges. In dem hintersten Wagen befanden sich nur etwa zehn Reisende. Der Konduktor fragte sie, ob sie die Güte haben wollten, ihren Platz auf einige Augenblicke zwei Gentlemen zu überlassen, die eine Ehrensache mit einander abzumachen hätten.

Die Reisenden machten sich ein großes Vergnügen daraus, den beiden Gentlemen gefällig sein zu können, und zogen sich auf die Stege zurück.

Dieser fünfzig Fuß lange Waggon war für das Vorhaben ganz geeignet. Die Gegner konnten zwischen den Bänken auf einander los gehen, und nach Herzenslust auf einander schießen. Das Duell war sehr leicht zu regeln. Herr Fogg und der Oberst Proctor, jeder mit zwei sechsläufigen Revolvern versehen, gingen in den Wagen hinein, und wurden von ihren Zeugen, die außen blieben, eingeschlossen. Beim ersten Pfeifen der Lokomotive sollte das Feuern beginnen ... darauf, nach zwei Minuten wollte man aus dem Wagen holen, was von den beiden Gentlemen noch vorhanden wäre.

Wahrhaftig höchst einfach; so einfach sogar, dass dem Fix sowohl wie Passepartout das Herz zerspringen wollte.

So wartete man auf das verabredete Zeichen, als plötzlich wildes Geschrei erschallte. Es knallten Schüsse, aber sie kamen nicht aus dem Wagen der Duellanten; sie verbreiteten sich sogar über die ganze Zuglinie bis zum vordersten Wagen. Entsetzliches Geschrei vernahm man aus dem Innern der Wagen.

Der Oberst Proctor und Herr Fogg stürzten, die Revolver in der Hand, augenblicklich heraus und eilten nach vorn, wo die Schüsse und das Geschrei am ärgsten waren.

Es war klar, dass der Zug von einem Trupp Sioux überfallen war.

Diese kühnen Indianer machten aber nicht ihren ersten Versuch; sie hatten schon mehr als einmal die Züge angehalten. Nach ihrer Gewohnheit waren sie, ohne das Anhalten des Zugs abzuwarten, wohl hundert Mann stark auf die Einsteigtritte gestürzt und hatten die Waggons so flink erstiegen, wie ein Clown ein galoppierendes Pferd.

Die Sioux waren mit Flinten bewaffnet, und ihre Schüsse wurden von den Reisenden, die fast alle bewaffnet waren, mit Revolvers erwidert. Gleich anfangs hatten die Indianer die Maschine überfallen und den Maschinisten, wie den Heizer halb tot geschlagen. Ein Anführer wollte den Zug zum Stehen bringen; da er aber den Handgriff des Regulators nicht zu drehen verstand, so hatte er, anstatt zu schließen, dem Einströmen des Dampfes weiten Raum geöffnet, und die Lokomotive stürmte mit erschrecklicher Geschwindigkeit vorwärts.

Zu gleicher Zeit fielen die Sioux die Waggons an, erkletterten wie wütende Affen die Decken derselben, stießen die Türen ein und kämpften Mann für Mann mit den Reisenden. Aus dem Gepäckwagen, den sie aufschlugen und plünderten, flogen die Collis auf die Bahn. Ununterbrochenes Schreien und Schießen.

Indessen verteidigten sich die Reisenden mutig. Einige Waggons waren verbarrikadiert, eine Belagerung auszuhalten, gleich beweglichen Forts, die mit einer Schnelligkeit von hundert Meilen die Stunde fortsausten.

Vom Anfang des Kampfes an benahm sich Mrs. Aouda mutig. Den Revolver in der Hand verteidigte sie sich tapfer, indem sie, wenn ein Wilder ihr vorkam, durch die zerbrochenen Scheiben schoss. Wohl zwanzig zum Tod verwundete Sioux lagen auf dem Bahnweg, und die von den Stegen herab auf die Schienen rutschten, wurden wie Gewürm von den Rädern zermalmt.

Einige von Kugeln oder mit Totschlägern schwer verwundete Passagiere lagen auf den Bänken.

Doch musste der Kampf ein Ende haben, der bereits zehn Minuten dauerte und zum Vorteil der Sioux ausschlagen musste, wenn der Zug nicht zum Stehen kam. Die Station des Forts Kearney, wo sich ein amerikanischer Truppenposten befand, war nur zwei Meilen weit entfernt; aber wenn sie an diesem Posten vorüber fuhren, konnten die Sioux die Oberhand bekommen.

Der Konduktor kämpfte an Foggs Seite, als eine Kugel ihn zu Boden streckte. Im Fallen rief er aus:

»Wir sind verloren, wenn der Zug nicht vor Ablauf von fünf Minuten zum Stehen kommt!

– Er wird zum Stehen gebracht, sagte Phileas Fogg, im Begriff, sich aus dem Wagen zu stürzen.

– Bleiben Sie, rief ihm Passepartout zu. Das geht mich an!«

Phileas Fogg hatte nicht Zeit, den mutigen Jungen zurückzuhalten. Er öffnete unbemerkt von den Indianern eine Tür, und es gelang ihm, unter den Wagen zu gleiten, wo er, während über seinem Kopf unablässig gekämpft und Schüsse gewechselt wurden, alle seine Behändigkeit, seine

Gewandtheit als Clown zu Hilfe nahm und unter den Waggons geschmiegt an den Ketten und anderen Maschinenteilen angeklammert, mit wunderbarer Geschicklichkeit von einem Wagen zum andern klimmend, ohne gesehen zu werden, an den vorderen Teil des Zuges kam.

Hier hielt er sich mit der einen Hand zwischen dem Gepäckwagen und dem Tender fest, und hakte mit der andern die Sicherheitsketten aus; die Kuppelstange loszuschrauben hätte er wohl auch nicht fertig gebracht, aber eine Erschütterung der Maschine zersprengte dieselbe, so dass nun die Wagen allmählich zurückblieben, während die Lokomotive mit erneuerter Schnelligkeit davoneilte.

Der Wagenzug rollte noch einige Minuten lang weiter, dann aber wirkten aus dem Innern derselben die Bremser, und endlich hielt der Zug hundert Schritt weit von der Station Kearney.

Hier kamen die Soldaten des Forts, welche durch die Schüsse bereits aufgeregt waren, in Eile herbei. Die Sioux warteten sie nicht ab, und ehe noch der Zug völlig zum Stehen kam, hatte sich die ganze Truppe entfernt.

Als aber die Reisenden auf dem Quai der Station sich überzählten; nahmen sie wahr, dass Einige fehlten, unter anderen der mutige Franzose, dessen Opferwilligkeit sie soeben gerettet hatte.

DREISSIGSTES KAPITEL.

Phileas Fogg tut nur seine Schuldigkeit.

Drei Reisende, Passepartout darunter, waren verschwunden. Waren sie im Kampf gefallen? waren sie Gefangene? Man konnte es noch nicht wissen.

Viele waren verwundet, aber keiner tödlich. Zu den Schwerverwundeten gehörte der Oberst Proctor, der sich tapfer geschlagen hatte und durch eine Kugel zu Boden gestreckt worden war. Sie wurden auf dem Bahnhof sogleich in Pflege genommen.

Mrs. Aouda war wohlbehalten. Phileas Fogg, obwohl er sich nicht geschont, hatte keinen Ritz. Fix war unbedeutend am Arm verwundet. Aber Passepartout fehlte, und die junge Frau vergoss Tränen um ihn.

Inzwischen hatten alle Reisenden den Zug verlassen. Die Räder der Waggons waren mit Blut befleckt, und Fleischklumpen hingen an den Naben und Speichen. Weithin auf der weißen Fläche sah man rote Streifen. Die hintersten der Indianer verschwanden im Süden am Republican-River.

Herr Fogg stand mit gekreuzten Armen unbeweglich: es war eine wichtige Entschließung zu fassen. Mrs. Aouda, die neben ihm stand, blickte ihn an, ohne ein Wort zu sprechen ... Er verstand diesen Blick. War sein Diener gefangen, musste man nicht Alles daran setzen, ihn den Indianern zu entreißen? ...

»Ich werde ihn wieder bekommen, tot oder lebendig, sagte er einfach zu Mrs. Aouda.

– Ah! mein Herr! rief die junge Frau aus, fasste die Hände ihres Begleiters und bedeckte sie mit Tränen.

– Lebendig! fuhr Herr Fogg fort, wenn wir keine Minute verlieren!«

Mit diesem Entschluss setzte Phileas Fogg Alles daran. Er konnte seinen Ruin herbeiführen. Verspätete er sich um einen einzigen Tag, so verfehlte er das Paketboot zu New-York, und seine Wette war unrettbar verloren. Aber der Gedanke: »Es ist meine Pflicht!« ließ ihn nicht schwanken.

Der kommandierende Hauptmann des Forts Kearney war zugegen. Seine Soldaten, etwa hundert Mann, waren im Verteidigungszustand für den Fall, dass die Sioux den Bahnhof direkt angegriffen hätten.

»Mein Herr, sagte Herr Fogg zu dem Kapitän, drei Reisende sind verschwunden.

– Tot? fragte der Kapitän.

– Tot oder gefangen, erwiderte Phileas Fogg. Die Ungewissheit darüber muss beseitigt werden. Wollen Sie die Sioux verfolgen?

– Das ist bedenklich, mein Herr, sagte der Kapitän. Diese Indianer können bis über den Arkansas hinaus fliehen! Ich darf die anvertraute Feste nicht verlassen.

– Mein Herr, versetzte Phileas Fogg, es handelt sich um drei Menschenleben.

– Allerdings ... Aber kann ich fünfzig Leben einsetzen, um drei zu retten?

– Ich weiß nicht, ob Sie's können, mein Herr, aber Ihre Pflicht ist's.

– Mein Herr, erwiderte der Kapitän, Niemand hier hat mich meine Pflicht zu lehren.

– Nun gut, sagte Phileas Fogg kalt. So werd' ich allein gehen.

– Sie, mein Herr! schrie Fix, der herbeigekommen war, – Sie wollen allein die Indianer verfolgen!

– Meinen Sie denn, dass ich diesen Unglücklichen, welchem wir alle das Leben verdanken, zu Grunde gehen lasse. – Ich gehe.

– Nun denn, allein sollen Sie nicht gehen! rief der Kapitän, der sich der Rührung nicht erwehren konnte. Nein! Sie sind ein wackeres Herz! ... Dreißig Mann, die guten Willen haben!« fuhr er fort zu seinen Soldaten.

Die ganze Compagnie trat in Masse vor. Der Kapitän hatte nur auszuwählen. Es wurden dreißig dazu bestimmt, und ein alter Sergeant trat an ihre Spitze.

»Danke, Kapitän! sprach Herr Fogg.

– Gestatten Sie mir, Sie zu begleiten? fragte Fix den Gentleman.

– Tun Sie nach Belieben, mein Herr, erwiderte Phileas Fogg. Aber wollen Sie mir einen Gefallen erweisen, so bleiben Sie bei Mrs. Aouda. Sollte mir ein Unglück widerfahren ...«

Das Gesicht des Polizei-Agenten erblasste. Sich von dem Manne trennen, welchen er mit soviel Ausdauer auf Schritt und Tritt verfolgt hatte! Ihn so sich in Gefahr begeben lassen! Fix sah dem Gentleman achtsam ins Angesicht, und trotz seiner vorgefassten Meinung, trotz seines inneren Kampfes schlug er die Augen nieder vor diesem ruhigen und offenen Blick.

»Ich bleibe zurück«, sprach er.

Nach einigen Augenblicken drückte Herr Fogg der jungen Frau die Hand, übergab ihr sodann seinen kostbaren Reisesack und machte sich mit dem Sergeanten und seiner kleinen Truppe auf den Weg.

Doch ehe sie gingen, sprach er zu den Soldaten:

»Meine Freunde, Sie bekommen tausend Pfund, wenn wir die Gefangenen retten!«

Es war damals einige Minuten über zwölf Uhr.

Mrs. Aouda hatte sich in ein Gemach des Bahnhofes zurückgezogen und wartete da einsam, in Gedanken an Phileas Fogg, seinen einfachen, großen Edelmut, seinen ruhigen Muth. Herr Fogg hatte sein Vermögen daran gesetzt und jetzt wagte er sein Leben, und das Alles ohne Schwanken, aus Pflichtgefühl, ohne viele Worte. Phileas Fogg war ein Heros in ihren Augen.

Der Agent Fix hatte andere Gedanken, und konnte seiner lebhaften Bewegung nicht Meister werden. In fieberhafter Bewegung ging er auf dem Quai des Bahnhofes auf und ab. Bald war er wieder er selbst. Nun begriff er, wie töricht es gewesen, ihn fort zu lassen. Wie? nachdem er diesem Manne um die Erde herum nachgefolgt, jetzt sich von ihm trennen! Er machte sich Vorwürfe, als wie der Polizeidirektor der Hauptstadt einem Agenten.

»Wie war ich dumm! dachte er. Der Andere wird ihm gesagt haben, wer ich bin! Jetzt ist er fort und wird nicht mehr wiederkommen! Aber wie hab' ich mich nur so können betören lassen, mit dem Haftbefehl in der Tasche! Ich bin doch wahrhaftig ein Rindvieh!«

Indessen flossen ihm die Stunden langsam; er wusste nicht, was er tun sollte. Manchmal hatte er Lust, der Mrs. Aouda Alles zu sagen; doch fiel ihm ein, die junge Frau würde dies übel aufnehmen. Er fing an mutlos zu werden und empfand große Lust, die ganze Partie aufzugeben. Die Gelegenheit dazu bot sich ihm bald dar.

Gegen zwei Uhr Nachmittags, während der Schnee in großen Flocken fiel, hörte man von Osten her langes Pfeifen. Ein enormer Schatten hinter einem gelben Schein kam langsam heran, und gewann im Nebel bedeutend vergrößert ein phantastisches Aussehen.

Doch erwartete man von Osten her noch keinen Zug. Der durch den Telegraphen begehrte Beistand konnte so bald noch nicht anlangen, und der Zug von Omaha nach San Francisco sollte erst am folgenden Tag vorüberkommen. Bald stellte sich heraus, wie es sich verhielt.

Die langsam heran kommende Lokomotive war dieselbe, welche vom Zug abgetrennt mit erstaunlicher Schnelligkeit samt dem Maschinisten und Heizer weiter gefahren war. Sie war noch einige Meilen auf den Schienen gelaufen; dann ließ das Feuer aus Mangel an Heizung nach; der Dampf verlor seine Kraft, und eine Stunde nachher blieb die Maschine, zwanzig Meilen über der Station Kearney, stehen.

Der Maschinist und der Heizer waren nicht tot geblieben und kamen nach langer Ohnmacht wieder zu sich. Damals stand die Maschine bereits still, und der Maschinist, als er die Lokomotive allein, ohne Wagen hinter sich sah, dachte sich, was vorgefallen war, und er war überzeugt, dass der zurückgebliebene Zug in Bedrängnis sei. Er besann sich keinen Augenblick darüber, was seine Pflicht sei. Nach Omaha weiter zu fahren, war klug; umzukehren zu dem, vielleicht noch von den Indianern geplünderten Zug, war gefährlich ... Gleichviel! Einige Schaufeln Kohlen und Holz belebten wieder das Feuer, der Dampf wirkte von Neuem und gegen zwei Uhr Nachmittags war die Maschine wieder auf dem Rückweg zur Station Kearney.

Die Reisenden waren höchlich erfreut, als sie die Maschine wieder an der Spitze des Zuges sahen, um die so jämmerlich unterbrochene Reise fortzusetzen.

Als die Maschine anlangte, wendete sich Mrs. Aouda an den Konduktor:
»Sie wollen abfahren? fragte sie.

— Im Augenblick, Madame.

— Aber die Gefangenen ... unsere unglücklichen Begleiter ...

— Ich kann den Dienst nicht unterbrechen, versetzte der Konduktor. Wir sind schon um drei Stunden verspätet.

– Und wann wird der nächste Zug von San Francisco vorbeikommen?

– Morgen Abend, Madame.

– Morgen Abend! Aber das ist zu spät. Sie müssen warten ...

– Unmöglich, erwiderte der Konduktor. Wollen Sie mitfahren, so steigen Sie ein.

– Ich fahre nicht mit«, war die Antwort.

Fix hatte der Unterredung zugehört. Einige Augenblicke zuvor, als jedes Mittel der Weiterbeförderung ihm abging, wäre er im Stande gewesen, Kearney zu verlassen, und jetzt, da der Zug zum Abfahren bereit war, und er nur einzusteigen brauchte, fühlte er sich mit unwiderstehlicher Gewalt festgehalten. Bei erneuertem Schwanken behielt der Zorn über seinen Misserfolg die Oberhand.

Inzwischen hatten die Passagiere und einige Verwundete – unter andern der Oberst Proctor – ihre Plätze im Waggon eingenommen.

Die siedenden Kessel summten, der Dampf entwich aus den Klappen, der Maschinist pfiff, der Zug setzte sich in Bewegung und enteilte rasch, seine Dampfwirbel verschwanden im Schneegestöber.

Der Agent Fix war nicht mitgefahren.

Es verlief Stunde auf Stunde bei sehr schlimmem Wetter, strenger Kälte. Fix saß auf einer Bank im Bahnhof unbeweglich, man konnte meinen, er schlafe. Mrs. Aouda verließ trotz des Unwetters jeden Augenblick das ihr eingeräumte Zimmer.

Sie lief bis ans Ende des Quais, trachtete durch das Schneewetter hindurch zu sehen, den dichten Nebel zu durchdringen, horchte auf jedes Geräusch. Vergebens. Dann kehrte sie ganz starr zurück, um bald nachher wieder zu kommen, doch immer vergebens.

Es ward Abend, und die Truppe war noch nicht zurück. Wo mochte sie eben sein? War es möglich, die Indianer einzuholen? Kämpften die Soldaten, oder schweiften sie im Nebel umher? Der Kapitän war in großer Unruhe, obwohl er's nicht merken lassen wollte.

Es ward Nacht, der Schnee fiel nicht mehr so arg, aber die Kälte nahm zu. Unermessliches Dunkel, tiefe Stille lag über der Ebene, kein Vogelflug, keine Spur eines Wildes.

Mrs. Aouda, den Geist voll schlimmer Ahnungen, das Herz voll Angst, lief die ganze Nacht hindurch unstet am Rande des Wiesengrundes hin und her. Ihre Phantasie malte ihr tausend Gefahren vor: sie litt unaussprechlich in diesen langen, langen Stunden.

Fix, stets unbeweglich an derselben Stelle, war ebenfalls schlaflos.

So verlief die Nacht. Bei Tagesanbruch stieg die halb erloschene Sonnenscheibe am nebeligen Horizont auf. Doch konnte der Blick bis auf zwei Meilen weit dringen. Im Süden, wohin Phileas Fogg mit seiner Truppe gezogen, war Alles öde und leer. Es war sieben Uhr Vormittags.

Der Kapitän, in äußerster Besorgnis, wusste nicht, was er anfangen sollte. Der ersten Truppe eine zweite zum Beistand nachschicken? Durste er bei so wenig Aussicht auf Rettung noch mehr Truppen opfern? Er winkte einem Leutnant und befahl eine Erkundung vorzunehmen, – da ließen sich Schüsse vernehmen, die Soldaten stürzten aus dem Fort heraus, und in der Entfernung einer halben Meile sah man die kleine Truppe in bester Ordnung auf der Rückkehr, Herrn Fogg an der Spitze und neben ihm Passepartout mit den beiden anderen Reisenden, den Händen der Sioux entronnen.

Zehn Meilen südwärts von Kearney hatte ein Kampf stattgefunden. Kurz vor der Ankunft der Truppen waren Passepartout und seine Gefährten bereits handgemein mit ihren Hütern, und der Franzose hatte schon drei derselben mit der Faust niedergeschlagen, als sein Herr mit den Soldaten zu ihrem Beistand erschien.

Die Retter und Geretteten wurden mit Freudengeschrei empfangen, und Phileas Fogg händigte den Soldaten die zugesagte Prämie ein, während Passepartout nicht ganz ohne Grund sich sagte:

»Wahrhaftig, ich mache meinem Herrn große Kosten.«

Fix sprach kein Wort, sah Herrn Fogg ins Angesicht; was für Gefühle sich in seinem Innern stritten, wäre nicht leicht zu bestimmen. Mrs. Aouda ergriff die Hand des Gentlemans, drückte sie warm in den ihrigen, ohne ein Wort vorbringen zu können.

Passepartout hatte sich sogleich, wie er ankam, nach dem Wagenzug umgesehen; er meinte ihn zur Abfahrt nach Omaha bereit zu finden, und hoffte, man könne die verlorene Zeit wieder einbringen.

»Der Zug, der Zug! rief er.

– Der ist fort, erwiderte Fix.

– Und wann kommt der nächste? fragte Phileas Fogg. – Erst diesen Abend.

– Ah!« war die gelassene Antwort.

EINUNDDREIßIGSTES KAPITEL.

Der Polizei-Agent Fix nimmt sich sehr ernstlich
der Interessen Foggs an.

Phileas Fogg war um zwanzig Stunden verspätet. Passepartout, der unverschuldete Veranlasser, war in Verzweiflung. Ganz gewiss war sein Herr ruiniert!

Da trat der Polizei-Agent zu Herrn Fogg, sah ihm scharf ins Angesicht und fragte ihn:

»In allem Ernst, mein Herr, Sie haben Eile?

– In allem Ernst, erwiderte Phileas Fogg.

– Ich frage weiter, fuhr Fix fort. Es ist Ihnen wohl darum zu tun, am 11. vor neun Uhr Abends zu New-York zu sein, um das Paketboot nach Liverpool zu benützen?

– Es ist mir dringend darum zu tun.

– Und wäre Ihre Reise nicht durch diesen Indianerkampf gehemmt worden, so wären Sie schon am Morgen des 11. zu New-York angekommen.

– Ja, mit zwölf Stunden Vorsprung.

– Gut. Nun zwanzig Stunden später, macht einen Mangel von acht. Wollen Sie diese einzubringen suchen?

– Zu Fuß? fragte Herr Fogg.

– Nein, im Schlitten, erwiderte Fix, im Segelschlitten. Es hat mir jemand dieses Transportmittel vorgeschlagen.«

Phileas Fogg gab keine Antwort; als aber Fix ihm den Mann zeigte, welcher ihm den Vorschlag gemacht hatte, und der auf dem Bahnhof auf und ab ging, so trat der Gentleman zu diesem. Alsbald begab er sich mit diesem Amerikaner, Namens Mudge, in eine Hütte neben dem Fort Kearney.

Hier besichtigte er ein etwas sonderbares Gefährt. Auf zwei langen Balken, die vorne gleich der Unterlage eines Schlittens ein wenig aufwärts gebogen waren, befand sich eine Art Gestell, worauf für fünf bis sechs Personen Platz war. An diesem Gestell war, ein Drittel von vorn, ein hoher Mast mit einem ungeheuren Brigantinsegel aufgerichtet. An diesem, durch Metallbänder wohl befestigten Mast ragte eine eiserne Stange, woran man ein großes Focksegel aufhissen konnte. Am Hinterteile war eine Art Steuerruder, womit das Fahrzeug geleitet werden konnte.

Es war, wie man sieht, ein gleich einer Yacht aufgetakelter Schlitten. Zur Winterszeit, wenn Schneehäufungen die Eisenbahnzüge hemmen, machen auf der gefrorenen Ebene diese Transportgelegenheiten außerordentlich rasche Fahrten von einer Station zur andern. Sie sind übrigens merkwürdig gut besegelt – besser sogar, als es bei einem dem Umschlagen ausgesetzten Renn-Kutter möglich ist – und gleiten, wenn sie den Wind im Rücken haben, über die Prärien mit einer Schnelligkeit, welche die der Eilzüge erreicht, wo nicht übertrifft.

Der Handel mit dem Besitzer dieses Landfahrzeuges war bald richtig, der Wind – ein starker West – war günstig, die Schneedecke gefroren, und so machte sich Mudge anheischig, in einigen Stunden auf die Station Omaha zu fahren. Dort gibt's häufige Bahnzüge und mehrfache Wege nach Chicago und New-York. Es war nicht unmöglich, die Verspätung nachzuholen. Also galt's, ohne Besinnen das Abenteuer zu versuchen.

Herr Fogg wünschte der jungen Frau die Pein einer Fahrt in freier Luft bei dieser Kälte, welche durch die Schnelligkeit noch unerträglicher wurde, zu ersparen und schlug ihr vor, unter der Obhut Passepartouts auf der Station Kearney zurück zu bleiben. Der brave Bursche sollte es übernehmen, sie auf besseren Wegen und unter annehmlicheren Verhältnissen nach Europa zu bringen.

Mrs. Aouda wollte sich nicht von Herrn Fogg trennen, und Passepartout war über diese Entschließung sehr froh. Er hätte um keinen Preis seinen Herrn verlassen mögen, weil Fix ihn begleiten sollte.

Was damals der Polizei-Agent im Sinne hatte, könnte man nicht leicht sagen. War durch die Rückkehr Phileas Foggs seine Überzeugung von ihm erschüttert, oder hielt er ihn für einen so äußerst starken Schurken, dass er nach Vollendung seiner Reise um die Erde sich in England für durchaus sicher halten mochte? Vielleicht hatte Fix wirklich seine Meinung über Phileas Fogg geändert, aber er war deshalb nicht minder entschlossen, seine Pflicht zu tun und ungeduldiger als Alle seine Rückkehr nach England zu beschleunigen.

Um acht Uhr war der Schlitten bereit abzufahren. Die Reisenden nahmen darin Platz und drängten sich in ihren Reisedecken enge zusammen. Die beiden ungeheuren Segel wurden aufgehisst und vom Winde getrieben glitt das Gefährt über die gefrorene Schneedecke mit einer Schnelligkeit von vierzig Meilen die Stunde.

Omaha ist vom Fort Kearney in gerader Linie höchstens zweihundert Meilen entfernt, welche, wenn der Wind anhielt, in fünf Stunden zurückgelegt werden konnten. Kam kein hindernder Zwischenfall vor, so musste der Schlitten um ein Uhr Nachmittags zu Omaha anlangen.

Welche Fahrt! Dicht widereinander gepresst, konnten die Reisenden nicht miteinander reden. Die durch die Schnelligkeit gesteigerte Kälte hätte ihnen das Wort abgeschnitten. Der Schlitten glitt über die Oberfläche der Ebene so leicht, wie ein Boot über das Wasser, – wenigstens bei hohler See. Strich der Wind über die Erde hin, so schien es als werde der Schlitten durch seine Segel, die weit ausgebreiteten Flügeln glichen, vom Boden gehoben. Mudge beim Steuer hielt sich in gerader Linie, und hinderte mit einer Bewegung die Abschweifungen, wozu das Fahrzeug neigte. Die Segel waren voll vom Winde gebläht. Die Schnelligkeit des Schlittens ließ sich nicht mathematisch berechnen, aber gewiss betrug sie nicht weniger als vierzig Meilen in der Stunde.

»Wenn nichts zerbricht, sagte Mudge, so werden wir anlangen!« Und es war Mudge darum zu tun, in der bestimmten Zeit anzulangen, denn Herr Fogg hatte ihn durch eine tüchtige Prämie gespornt.

Der Wiesengrund, welchen der Schlitten in gerader Linie durchschnitt, war eben wie eine Meeresfläche; er glich einem ungeheuren zugefrorenen See. Die Eisenbahn auf diesem Teil des Gebietes zog von Südwest gegen Nordwest über Grand-Island, Columbus, die bedeutendste Stadt in Nebraska, Schuyler, Tremont, dann Omaha. Sie führte längs dem rechten Ufer des Platte-River. Der Schlitten, welcher die Sehne zu dem von der Eisenbahn beschriebenen Bogen fuhr, schnitt also bedeutend ab. Mudge brauchte nicht zu fürchten, vom Platte-River an seiner kleinen Biegung bei Vermont aufgehalten zu werden, weil er zugefroren war. Also war der Weg frei von allen Hindernissen, und Phileas Fogg hatte also nur zwei Unfälle zu fürchten: Beschädigung des Gefährtes, Umschlagen des Windes oder Windstille.

Aber der Wind wehte nicht gelinder; im Gegenteil so kräftig, dass er den Mast bog, der durch seine eisernen Bänder hinlänglich befestigt war.

Mrs. Aouda, sorgfältig in Pelzwerk und ihre Reisedecke eingewickelt, war möglichst gegen die strenge Kälte geschützt. Passepartout, dessen Gesicht so rot war, wie die Sonnenscheibe, wenn sie von Nebel verdeckt ist, schlürfte die scharfe Luft mit Behagen. Auf Grund seiner unverwüstlichen Zuversicht hatte er wieder Hoffnung gefasst. Anstatt vormittags zu New-York einzutreffen, sollte man abends anlangen, aber es war noch einigermaßen zu besorgen, es möge nicht vor Abfahrt des Paketbootes nach Liverpool sein.

Passepartout bekam sogar einmal Lust, seinem Verbündeten Fix die Hand zu drücken. Er vergaß nicht, dass der Polizei-Agent selbst den Segelschlitten verschafft hatte und damit das einzige Mittel, zu Omaha zeitig anzukommen. Aber aus einem unbestimmten Vorgefühl blieb er bei seiner gewöhnlichen Rückhaltung. Jedenfalls aber gab's eine Tatsache, die Passepartout nie zu vergessen fähig war, das Opfer, welches Herr Fogg, ohne sich zu besinnen, gebracht hatte, ihn aus den Händen der Sioux zu befreien. Daran hatte derselbe Vermögen und Leben gesetzt ... Nein, solch ein Opfer ist unvergesslich!

Während so jeder der Reisenden sich anderen Betrachtungen hingab, flog der Schlitten über die unermessliche Schneedecke. Wenn es mitunter über Bäche, Flüsse und Nebenflüsse des Little-Blue-River ging, merkte man's nicht. Die Felder und Gewässer lagen unter einer gleichförmigen Schnee- und Eisdecke. Die Ebene war durchaus menschenleer; sie lag wie eine unbewohnte Insel zwischen der Union-Pacific-Bahn und der Abzweigung, welche Kearney mit St. Joseph verbinden soll: kein Dorf, keine Station, nicht einmal ein Fort. Von Zeit zu Zeit sah man blitzschnell einen Baum vorüberfliegen, dessen weißes Gezweig unter des Windes Gewalt sich bog. Mitunter flog ein Trupp wilder Vögel in gleicher Richtung. Bisweilen auch sah man Wölfe der Prärien in zahlreichen Truppen, abgemagert und ausgehungert, dem Trieb ihrer reißenden Natur gemäß, an Schnelligkeit mit dem Schlitten wetteifern. Dann griff Passepartout zum Revolver, um auf die nächsten zu feuern. Hätte da ein Zufall den Schlitten gehemmt, so wären die Reisenden, von dem grimmigen Wild angefallen, in der allergrößten Gefahr gewesen. Aber der Schlitten hielt sich gut, bekam bald einen Vorsprung, und die ganze Truppe blieb heulend dahinten.

Um Mittag erkannte Mudge an einigen Zeichen, dass man über den zugefrorenen Platte-River setzte. Er sagte nichts, war aber doch sicher, dass er nur noch zwanzig Meilen von Omaha entfernt war.

Und es dauerte wirklich keine Stunde mehr, bis der geschickte Führer das Steuer verließ, eiligst die Ziehtaue der Segel ergriff und diese beizog, während der Schlitten unwiderstehlich getrieben noch eine halbe Meile weit ohne die Segelkraft fortglitt. Endlich hielt er an, und Mudge wies auf einen Haufen schneebedeckter Häuser mit den Worten:

»Wir sind an Ort und Stelle.«

Allerdings an Ort und Stelle, an der Station, welche durch zahllose Bahnzüge täglich mit den östlichen Staaten in fortgesetzter Verbindung steht!

Passepartout und Fix sprangen heraus und schüttelten ihre erstarrten Glieder; dann waren sie Herrn Fogg und der jungen Frau beim Aussteigen behilflich. Phileas Fogg rechnete freigebig mit Mudge ab, Passepartout drückte ihm freundlich die Hand, und alle eilten hastig auf den Bahnhof von Omaha.

Bei dieser bedeutenden Stadt Nebraskas hört die eigentliche Pacific-Bahn auf, welche das Mississippi-Becken mit dem Ozean verbindet. Von Omaha nach Chicago führt die »*Chicago-Rock-Island-Road*«, welche Bahn mit fünfzig Stationen gerade ostwärts läuft.

Ein direkter Zug stand zum Abfahren bereit. Phileas Fogg hatte mit seinen Begleitern kaum noch Zeit in einen Waggon zu stürzen.

Mit äußerster Schnelligkeit fuhr dieser Zug in den Staat Iowa über Council Bluffs, Iowa-City. Während der Nacht setzte er zu Davenport über den Mississippi, und gelangte über Rock-Island nach Illinois. Am folgenden Tage, den 10., um vier Uhr Abends, kam er zu Chicago an, das aus seinen Ruinen schon wieder auferstanden, stolzer wie jemals am Ufer seines schönen Sees Michigan liegt.

Chicago ist noch neunhundert Meilen von New-York entfernt, und es fehlte nicht an Zügen, die dahin abgingen. Herr Fogg konnte unmittelbar aus einem in den andern steigen. Die flinke Lokomotive der »Pittsburgh-Fort-Wayne-Chicago-Bahn« fuhr mit größter Geschwindigkeit, als hätte sie gewusst, dass der ehrenwerte Gentleman keine Zeit zu verlieren hatte.

Wie ein Blitz drang sie durch Indiana, Ohio, Pennsylvanien, New-Jersey, an Städten mit antiken Namen vorüber, die zwar Straßen und Rinnenschienenwege hatten, aber noch keine Häuser. Endlich zeigte sich der Hudson, und am 11. Dezember um elf Uhr und ein Viertel Abends lief der Zug in den Bahnhof ein und hielt am rechten Ufer des Flusses dicht vor dem Hafendamm der Dampfer der Linie Cunard, ehemals genannt »*British and North-American royal Mail Steam Paket Co.*«

Der »China« war fünfundvierzig Minuten zuvor nach Liverpool abgefahren!

ZWEIUNDDREISSIGSTES KAPITEL.

Phileas Fogg in unmittelbarem Kämpf mit dem Missgeschick.

Der »China« schien durch seine Abfahrt Phileas Foggs letzte Hoffnung mitgenommen zu haben.

In der Tat, keins der direkt zwischen Amerika und Europa fahrenden Paketboote konnte den Absichten der Gentleman dienen.

Der Pereira, der französischen transatlantischen Compagnie gehörig, ging erst übermorgen, den 14. Dezember ab. Und zudem fuhr er nicht nach Liverpool oder London, sondern nach Havre, und die Überfahrt von da nach Southampton hätte seine letzte Anstrengung vergeblich gemacht.

Ein Boot der Compagnie *Imman*, City of Paris, stach zwar übermorgen in See, aber an dieses durfte man nicht denken. Diese Schiffe sind insbesondere für Auswanderer bestimmt, haben schwache Maschinen und fahren langsam.

Über dies alles setzte sich der Gentleman durch seinen Bradshaw in Kenntnis.

Passepartout war vernichtet. Um fünfundvierzig Minuten zu spät, das war zu arg! Und er trug die Schuld, da er, anstatt seinen Herrn zu fördern, ihm unaufhörlich Hindernisse in den Weg gelegt hatte! Und wenn er in seinem Geiste alle Begebenheiten der Reise überschaute, wenn er die rein verlorenen und lediglich in seinem Interesse verausgabten Summen zusammenrechnete, wenn er daran dachte, dass diese enorme Wette, zugerechnet die beträchtlichen nun unnütz gewordenen Reisekosten Herrn Fogg vollständig ruinieren würden, – so konnte er sich der ärgsten Vorwürfe nicht erwehren.

Doch machte ihm Herr Fogg nicht den mindesten Vorwurf, und als er den Pier der transatlantischen Paketboote verließ, sprach er nur:

»Morgen wollen wir weiter fahren. Kommen Sie.«

Herr Fogg, Mrs. Aouda, Fix, Passepartout setzten über den Hudson und fuhren in einem Fiaker zum Hotel St. Nicolas in Broadway. Phileas Fogg verbrachte die Nacht in völlig ruhigem Schlaf, aber Mrs. Aouda und seine Begleiter konnten vor Aufregung nicht schlafen.

Der folgende Tag war der 12. Dezember. Von da an, sieben Uhr Vormittags, bis zum 21., acht Uhr fünfundvierzig Minuten Abends, blieben noch neun Tage, dreizehn Stunden und fünfundvierzig Minuten. Wäre also Phileas Fogg am Abend zuvor mit dem China, einem der besten Segler der Linie Cunard, abgefahren, so wäre er zu der bestimmten Zeit in Liverpool, dann in London eingetroffen!

Herr Fogg verließ allein das Hotel, nachdem er seinem Diener anbefohlen, auf ihn zu warten, und der Mrs. Aouda anzusagen, sie möge sich jeden Augenblick bereit halten.

Hierauf begab er sich an das Ufer des Hudsons, und suchte unter den am Quai oder im Fluss vor Anker liegenden Schiffen achtsam solche, die zur Abfahrt bereit waren. Es hatten wohl mehrere Fahrzeuge die Abfahrtsflagge aufgesteckt und rüsteten sich, morgen mit der Flut in See zu stechen; denn in dem unermesslichen und bewundernswerten Hafen von New-York verfließt kein Tag, wo nicht Hunderte von Fahrzeugen nach allen Weltgegenden abfahren, aber es waren meist Segelbarken, die Phileas Fogg nicht dienlich sein konnten.

Bereits schien sein letzter Versuch zu scheitern, als er höchstens eine Kabellänge vor der Batterie ankernd ein feingeformtes Handelsfahrzeug gewahrte, einen Schraubendampfer, dessen Rauchwolken zeigten, dass es sich zur Abfahrt rüstete.

Phileas Fogg fuhr in einem Nachen hinüber zur Henrietta, deren Rumpf von Eisen, die oberen Teile sämtlich von Holz waren. Der Kapitän befand sich an Bord. Phileas Fogg stieg auf das Verdeck und fragte nach demselben; er erschien sogleich.

Es war ein Fünfziger, eine Art Seewolf, der nicht aussah, als sei er gefällig. Starke Augen, kupferfarbige Haut, rote Haare, dicker Hals – keine Spur von einem Weltmann.

»Der Kapitän? fragte Herr Fogg.

– Der bin ich.

– Ich bin Phileas Fogg, aus London.

– Und ich Andrew Speedy, aus Cardiff.

– Sie sind im Begriff abzufahren? ...

– In einer Stunde.

– Sie haben Ladung nach ...

– Bordeaux.

– Und sie besteht?

– Aus Steinen im Bauch. Kein Frachtgut, nur Ballast.

– Haben Sie Passagiere?

– Die nehm' ich nicht. Niemals. Ware, die den Raum füllt und räsoniert.

– Ihr Schiff fährt gut?

– Elf bis zwölf Knoten. Die Henrietta kennt man.

– Wollen Sie mich nebst drei Personen nach Liverpool überfahren?

– Nach Liverpool? Warum nicht nach China?

– Mein Reiseziel ist Liverpool.

– Nein!

– Nein?

– Nein. Mein Reiseziel ist Bordeaux, und dahin fahre ich.

– Macht der Preis nichts aus?

– Nichts.«

Der Ton des Kapitäns gestattete keine Erwiderung.

»Aber wer ist Reeder der Henrietta? versetzte Phileas Fogg.

– Auszuschweißender bin ich selbst, erwiderte der Kapitän. Das Schiff ist mein eigen.

– Ich miete' es Ihnen ab.

– Nein.

– Ich kaufe es Ihnen ab.

– Nein.«

Phileas Fogg verzog keine Miene. Indessen, die Lage war bedenklich. Zu New-York war's anders als in Hongkong, und der Kapitän der Henrietta ein anderer Mann, als der Patron der Tankadere. Bisher überwand der Gentleman alle Hindernisse mit Gold. Diesmal wollte es nicht gelingen.

Und doch galt es ein Mittel, zu Schiffe über den Ozean zu kommen – sofern nicht im Ballon, – was sehr abenteuerlich, und eben nicht ausführbar war.

Es schien jedoch, Phileas Fogg hatte eine Idee. Er sagte zum Kapitän:

»Nun, wollen Sie mich nach Bordeaux mitnehmen?

– Nein, und wollten Sie mir zweihundert Dollars zahlen!

– Ich zahle Ihnen zweitausend.

– Für die Person?

– Für die Person.

– Und es sind Ihrer vier?

– Vier.«

Nun rieb sich der Kapitän Speedy die Stirne. Achttausend Dollars verdienen, ohne seine Fahrt zu ändern, das lohnte wohl, seinen Widerwillen gegen alle Art von Passagieren bei Seite zu setzen. Übrigens sind Passagiere zu zweitausend Dollars keine Passagiere mehr, die können als kostbares Frachtgut gelten.

»Ich fahr' um neun Uhr ab, sagte einfach der Kapitän Speedy, und wenn Sie mit Ihren Leuten dann hier sind? ...

– Um neun Uhr werden wir an Bord sein!« erwiderte ebenso einfach Herr Fogg.

Es war halb neun Uhr. Ans Land setzen, in einen Wagen steigen, ins Hotel St. Nicolas fahren, und Mrs. Aouda, Passepartout, und selbst den unvermeidlichen Fix, welchem er gefällig einen Platz anbot, abholen – das geschah mit derselben Seelenruhe, welche den Gentleman niemals verließ.

Im Moment, als die Henrietta abfahren wollte, befanden sich alle vier an Bord.

Als Passepartout hörte, was diese letzte Fahrt kosten sollte, ließ er ein langes O! vernehmen, das alle Intervalle der chromatischen Tonleiter hinab lief.

Der Polizei-Agent Fix sagte sich, die Bank von England werde sicherlich nicht ohne schweren Verlust davonkommen. Wirklich, nahm man an, dass Herr Fogg nicht noch einige Handvoll Banknoten ins Meer warf, so fehlten bereits über siebentausend Pfund im Banknotensack.

DREIUNDDREISSIGSTES KAPITEL.

Phileas Fogg auf der Höhe der Lage.

Eine Stunde nachher fuhr der Dampfer Henrietta am Leuchtboot vorüber, welches die Einfahrt des Hudsons bezeichnet, um die Spitze Sandy-Hook herum und stach ins Meer.

Während dieses Tages hielt er sich längs Long-Island, auf der Höhe des Leuchtfeuers von Fire-Island in rascher Fahrt ostwärts.

Am folgenden Tage, den 13. Dezember zu Mittag, stieg ein Mann auf den Steg, um das Besteck zu machen. Das muss wohl der Kapitän Speedy sein! Mitnichten. Es war Phileas Fogg, Esq.

Der Kapitän Speedy war ohne weiteres in seiner Kabine eingeschlossen, wo er heulte und schrie aus sehr berechtigtem Zorne. Es war sehr einfach hergegangen.

Phileas Fogg wollte nach Liverpool fahren, der Kapitän wollte nicht. Da hatte sich jener in die Fahrt nach Bordeaux gefügt, aber seit den dreißig Stunden, da er an Bord war, hatten seine Banknoten so gut gewirkt, dass die etwas gemischte Mannschaft, Matrosen und Heizer – die mit dem Kapitän auf schlechtem Fuß stand – ihm angehörte. Darum war Phileas Fogg Kommandant des Schiffes, anstatt des Kapitäns Speedy, deshalb dieser eingeschlossen, und die Henrietta steuerte auf Liverpool. Offenbar, wenn man Herrn Fogg manövrieren sah, zeigte sich's, dass derselbe ein Seemann war.

Wie das Abenteuer ablaufen werde, sollte man später sehen. Doch war Mrs. Aouda fortwährend unruhig, ohne es zu äußern. Fix war anfangs verblüfft. Passepartout fand die Sache ganz einfach wunderhübsch.

»Elf bis zwölf Knoten«, hatte der Kapitän Speedy gesagt, und in der Tat hielt sich die Henrietta durchschnittlich so schnell.

Wenn also das Meer nicht zu schlimm wurde, wenn der Wind nicht umschlug, wenn das Fahrzeug nicht Schaden litt, kein Unfall die Maschine traf: so war es möglich, dass die Henrietta in den neun Tagen vom 12. bis 21. Dezember die dreitausend Meilen bis Liverpool zurücklegte. Zwar nach der Ankunft konnte diese Sache, die noch zu der Sache der Bank hinzukam, den Gentleman etwas weiter führen, als er beabsichtigte.

Während der ersten Tage ging die Fahrt vortrefflich von Statten. Das Meer war nicht sehr schwierig; der Wind schien fast nordöstlich zu wehen; die Segel wurden aufgehisst und die Henrietta segelte wie ein echter Ozeanfahrer.

Passepartout war über den letzten Streich seines Herrn wie begeistert. Wie war er munter, behänd! Die Matrosen staunten über seine Sprünge.

Sein guter Humor teilte sich allen mit. Er hatte alle Gefahren und Mühseligkeiten vergessen, dachte nur an das so nahe Ziel, brennend vor Ungeduld. Mit Fix nur sprach er kein Wort.

Dieser wusste die Sache nicht mehr zu fassen! Die Henrietta erobert, ihre Mannschaft erkauft, Fogg ein vollendeter Seemann – das alles ging über seine Begriffe! Aber demungeachtet, konnte nicht ein Gentleman, der fünfundfünfzigtausend Pfund raubte, am Ende auch ein Schiff rauben? Und ganz natürlich knüpfte sich daran der Gedanke, dass die Henrietta, von Fogg gesteuert, gar nicht nach Liverpool segle, sondern irgend sonst an einen Punkt, wo der Dieb und Seeräuber sich ruhig in Sicherheit bringen würde. Der Detektiv fing nun an ernstlich zu bedauern, dass er sich in die Sache eingelassen.

Der Kapitän Speedy tobte unausgesetzt in seiner Kabine, und Passepartout, der beauftragt war ihm seine Kost zu bringen, tat's trotz seiner Stärke nur mit größter Vorsicht..

Am 13. kam man an der Spitze der Bank von Neufundland vorüber. Das ist eine schlimme Gegend, wo, im Winter zumal, häufige Nebel, fürchterliche Windstöße vorkommen. Seit dem Abend zuvor war das Barometer rasch gesunken, ließ eine bevorstehende Änderung der Luftbeschaffenheit vermuten. In der Tat änderte sich während der Nacht die Temperatur, es wurde lebhaft kalt und zugleich schlug der Wind um zu Südost.

Es war ein widriges Ereignis; um nicht aus seiner Richtung zu kommen, musste Herr Fogg seine Segel einziehen und den Dampf verstärken. Dennoch nahm die Schnelligkeit des Schiffes ab, da bei diesem Zustand des Meeres die starken Wellen wider seinen Vordersteven schlugen. Der Wind wurde allmählich zum Orkan, und man sah den Fall voraus, dass die Henritta sich nicht mehr gegen die Wogen würde halten können.

Zugleich mit dem Himmel wurde auch Passepartouts Angesicht wieder düster, und während zwei Tagen schwebte der brave Junge in Todesängsten. Aber Phileas Fogg war ein kühner Seemann, der dem Meere Trotz zu bieten verstand, und hielt sich fortwährend in der Richtung. Wenn die Henrietta nicht über die Wellen gleiten konnte, drang sie hindurch, dass ihr Verdeck ganz überspült wurde. Bisweilen, wenn ein Wasserberg den hinteren Teil aus den Wellen emporhob, tauchte auch die Schraube aus dem Wasser auf, aber das Schiff kam dabei immer vorwärts.

Doch wurde der Wind nicht so stark, als man befürchten konnte; aber leider wehte er hartnäckig aus Südost, und gestattete nicht die Segel aufzuspannen. Und doch wäre es sehr dienlich gewesen, dem Dampf fördernd beizustehen.

Am 16. Dezember war der fünfundsiebzigste Tag seit der Abfahrt von London. Die Henrietta war noch nicht in beunruhigender Weise verspätet. Fast die Hälfte der Fahrt über den Ozean war gemacht, und die schlimmsten Seestriche waren vorüber. Im Sommer konnte man schon für den Erfolg bürgen; im Winter war man der üblen Witterung preisgegeben.

Passepartout äußerte sich nicht. Im Grund hegte er Hoffnung, und wenn der Wind auch mangelte, rechnete er wenigstens auf den Dampf.

An diesem Tage nun kam der Maschinist auf das Verdeck, begegnete Herrn Fogg, und unterhielt sich sehr lebhaft mit ihm.

Ohne zu wissen warum – wohl aus schlimmer Ahnung – ward Passepartout unruhig. Er hätte ein Ohr hingegeben, um mit dem anderen zu hören, was gesprochen wurde. Doch konnte er einige Worte erlauschen, unter anderen, wie sein Herr sprach:

»Sind Sie dessen auszuschließendes, was Sie melden?

– Ja, mein Herr, erwiderte der Maschinist. Vergessen Sie nicht, dass wir seit unserer Abfahrt alle unsere Öfen heizen, und hatten wir auch Kohlen genug, um mit schwachem Dampf nach Bordeaux zu fahren, so reicht das nicht aus für die Fahrt nach Liverpool mit stärkstem Dampf!

– Ich will Vorsorge treffen«, erwiderte Herr Fogg. Passepartout hatte es verstanden. Es ward ihm totangst.

Die Kohlen gingen aus!

»Ah! wenn mein Herr dies pariert, sprach er bei sich, ist er auszuschließendes ein famoser Mann!«

Und als er mit Fix zusammentraf, konnte er nicht umhin, ihn von der Lage in Kenntnis zu setzen.

»Dann glauben Sie also, erwiderte der Agent, dass wir nach Liverpool fahren!

– Wahrhaftig!

– Schwachkopf!« versetzte der Agent, und zuckte die Achseln.

Passepartout war im Begriff, diese Bezeichnung, deren eigentlichen Sinn er übrigens nicht verstehen konnte, derb zurückzuweisen; aber er sagte sich, dass dem unglückseligen Fix ein gewaltiger Strich durch die Rechnung gemacht worden, dass er sich in seiner Eigenliebe sehr gedemütigt fühlen musste, nachdem er so ungeschickt eine falsche Fährte um die ganze Erde herum verfolgt und ließ es dabei bewenden.

Und was war jetzt Phileas Fogg im Begriff für einen Entschluss zu fassen? Das war schwer zu denken. Indessen schien es, als habe der phlegmatische Gentleman ein Auskunftsmittel gefunden, denn an demselben Abend ließ er den Maschinisten kommen und sagte zu ihm:

»Lassen Sie stärker feuern und fahren Sie weiter, bis das Brennmaterial völlig zu Ende ist.«

Das Schiff fuhr also mit voller Dampfkraft weiter; aber nach zwei Tagen, am 18., meldete der Maschinist, dass an diesem Tage die Kohlen mangeln würden.

»Man vermindere das Feuern nicht«, erwiderte Herr Fogg.

An diesem Tage ließ Fogg um Mittag, nachdem er die Lage des Schiffes aufgenommen, Passepartout kommen und trug ihm auf, den Kapitän Speedy zu holen. Dem braven Burschen kam es vor, als solle er einen Tiger loslassen, und er sagte beim Hinabgehen ins Hinterverdeck:

»Ganz auszuschließendes wird er wütend sein!«

Wirklich nach einigen Minuten kam der Kapitän Speedy unter Schreien und Fluchen aufs Verdeck, gleich einer Bombe, die zerplatzen will.

»Wo sind wir? waren seine ersten Worte, im Begriff, vor Zorn zu ersticken.

– Wo sind wir? rief er wiederholt, das Gesicht von Zuckungen verzerrt.

– Siebenhundertundsiebzig Meilen von Liverpool, erwiderte Herr Fogg mit unverwüstlichem Gleichmuth.

– Pirat! schrie Andrew Speedy.

– Ich habe Sie rufen lassen, mein Herr ...

– Seeräuber!

– ... mein Herr, fuhr Phileas Fogg fort, um Sie zu bitten, mir Ihr Schiff zu verkaufen.

– Nein, bei allen Teufeln, nein!

– Ich bin genötigt, es zu verbrennen.

– Mein Schiff verbrennen!

– Ja, die oberen Teile wenigstens, denn das Brennmaterial ist ausgegangen.

– Mein Schiff verbrennen! schrie der Kapitän Speedy, der kaum noch Silben vorbringen konnte. Mein Schiff ist fünfzigtausend Dollars wert!

– Hier haben Sie sechzigtausend!« erwiderte Phileas Fogg, und bot ihm einen Pack mit Banknoten an.

Dies machte auf Andrew Speedy einen wunderbaren Eindruck. Ein Amerikaner gerät beim Anblick von sechzigtausend Dollars in einige Gemütsbewegung. Der Kapitän vergaß augenblicklich seinen Zorn, seine Einsperrung, alle seine Beschwerden über seinen Passagier. Sein Schiff war zwanzig Jahre alt, und konnte nun noch eine Goldgrube werden! ...

»Und der Rumpf soll mir bleiben, sagte er mit auffallend gemildertem Ton.

– Der eiserne Rumpf und die Maschine, mein Herr. Sind Sie's zufrieden?

– Abgemacht!«

Und Andrew Speedy nahm die Banknoten, zählte sie und ließ sie in seiner Tasche verschwinden.

Während dieser Szene ward Passepartout leichenblass. Fix wurde fast vom Schlag gerührt. Bei zwanzigtausend Pfund waren ausgegeben, und dazu gab dieser Fogg noch Rumpf und Maschine, d.h. den Hauptwerth des Schiffes, dem Verkäufer preis! Zwar die der Bank entwendete Summe belief sich auf fünfundfünfzigtausend Pfund!

Als Andrew Speedy das Geld eingesteckt hatte, sprach Herr Fogg zu ihm:

»Mein Herr, dass Sie nicht allzu sehr staunen, will ich Ihnen sagen, dass ich zwanzigtausend Pfund verliere, wenn ich nicht am 21. Dezember, um acht Uhr fünfundvierzig Minuten zu London bin.

– Und ich hab' einen guten Handel gemacht, bei allen fünfzigtausend Teufeln der Hölle, rief Andrew Speedy; ich gewinne dabei wenigstens vierzigtausend Dollars.«

Dann fuhr er ruhiger fort:

»Wissen Sie was? Kapitän? ...

– Fogg.

– Kapitän Fogg, wahrhaftig, es steckt etwas von einem Yankee in Ihnen.«

Nach diesem vermeintlichen Kompliment entfernte er sich, und Phileas Fogg sprach:

»Jetzt gehört das Schiff mir?

– Allerdings vom Kiel bis zu den Mastspitzen, alles Holzwerk, versteht sich!

– Gut. Schlagt jetzt die innere Einrichtung zusammen und feuert damit.«

Man denke, was von diesem trockenen Holz verbraucht werden musste, um die Dampfkraft in hinreichender Stärke zu erhalten. An diesem Tage gingen das Hinterverdeck, die Kabinen, die Wohnungen, das falsche Verdeck drauf.

Am folgenden Tage, den 19. Dezember, verbrannte man das Mastwerk, die Sparren und Stengen. Die Mannschaft zeigte sich erstaunlich eifrig im Zerstören; Passepartout mit Hauen, Schneiden, Sägen arbeitete für zehn Mann.

Am folgenden Tage, den 20., wurden die Geländer, Schanzverkleidung, die Holzteile unterm Wasser, der größte Teil des Verdecks verzehrt.

Aber an diesem Tage bekam man die irländische Küste und die Leuchtfeuer von Fastenet in Sicht.

Doch war das Schiff um zehn Uhr Abends erst Queenstown gegenüber. Phileas Fogg hatte nur noch vierundzwanzig Stunden, um in London einzutreffen! Diese Zeit aber brauchte die Henrietta, um nach Liverpool zu gelangen, – selbst wenn man mit vollem Dampf segelte. Und endlich musste dem kühnen Gentleman der Dampf ausgehen!

»Mein Herr, sagte darauf der Kapitän Speedy, der sich nicht mehr um sein Vorhaben kümmerte, Sie dauern mich wirklich. Es ist Ihnen Alles entgegen! Wir sind erst vor Queenstown.

– Ah! sagte Herr Fogg, die Stadt, deren Leuchtfeuer wir erkennen, ist Queenstown?

– Ja.

– Können wir in den Hafen einlaufen?

– Nicht vor Ablauf von drei Stunden; nur bei hohem Wasser.

– Warten wir!« erwiderte ruhig Phileas Fogg, ohne in seinen Zügen zu verraten, dass er durch höhere Eingebung nochmals das Missgeschick zu überwinden versuchte.

Queenstown ist ein Hafen an der irländischen Küste, wo die aus den Vereinigten Staaten kommenden Ozeanfahrer ihre Briefbeutel im Vorbeifahren abgeben. Diese Briefe wurden durch stets zum Abfahren bereite Eilzüge nach Dublin befördert. Von Dublin aus gelangen sie nach Liverpool durch Dampfer größter Schnelligkeit – und kommen so um zwölf Stunden den schnellsten Seglern der überseeischen Gesellschaften zuvor.

Diese zwölf Stunden, welche so der amerikanische Courier gewann, dachte Phileas Fogg auch zu gewinnen. Anstatt auf der Henrietta am folgenden Abend zu Liverpool anzukommen, würde er schon zu Mittag dort sein, und hätte demnach Zeit, vor acht Uhr fünfundvierzig Abends zu London einzutreffen.

Gegen ein Uhr früh lief die Henrietta bei hohem Meer in den Hafen Queenstown ein, und Phileas Fogg ließ daselbst den Kapitän Speedy, der sich mit einem kräftigen Handschlag verabschiedete, auf dem Gerippe seines Schiffes, welches noch die Hälfte des Verkaufspreises wert war.

Die Passagiere stiegen sogleich aus. Fix spürte im Augenblick eine grimmige Lust, den Herrn Fogg zu verhaften. Doch tat er's nicht! Weshalb? Hatte er von demselben eine bessere Meinung bekommen? Sah er endlich seinen Irrtum ein? Immerhin wich Fix dem Herrn Fogg nicht von der Seite. Er stieg mit ihm, Mrs. Aouda und Passepartout, der sich nicht die Zeit nahm, auszuschnaufen, um halb zwei Uhr früh zu Queenstown in den Waggon, der mit Tagesanbruch nach Dublin kam, und nahm unverzüglich auf einem der Dampfer Platz, welche unabänderlich den Wellen trotzend überfahren.

Zwanzig Minuten vor zwölf, am 21. Dezember, landete Phileas Fogg endlich auf dem Quai von Liverpool. Es waren nur noch sechs Stunden bis London.

Aber in diesem Augenblick trat Fix zu ihm, legte die Hand auf seine Schulter, zeigte seinen Haftbefehl und sprach:

»Sie sind der Sieur Phileas Fogg?

– Ja, mein Herr.

– Im Namen der Königin verhafte ich Sie!«

VIERUNDDREIßIGSTES KAPITEL.

Fix wird gebührend bezahlt.

Phileas Fogg war im Gefängnis. Man hatte ihn auf dem Posten des Zollhauses zu Liverpool eingeschlossen, wo er die Nacht über bis zu seiner Transportierung nach London bleiben sollte.

Im Moment der Verhaftung hatte Passepartout über den Detektiv herfallen wollen, wurde jedoch durch Polizeileute zurückgehalten. Mrs. Aouda, voll Bestürzung über die brutale Tat, konnte Alles nicht begreifen. Passepartout erklärte ihr die Lage. Herr Fogg, der ehrenwerte, mutige Gentleman, welchem sie ihr Leben verdankte, war als Dieb verhaftet. Die junge Frau protestierte gegen solch' ein Vorgeben, ihr Herz war entrüstet, Tränen rannen aus ihren Augen, als sie sah, dass sie nichts vermochte, um ihren Retter zu retten.

Fix hatte den Gentleman verhaftet, weil seine Amtspflicht ihm auferlegte, ihn, schuldig oder nicht, zu verhaften. Das Gericht sollte darüber entscheiden.

Da peinigte Passepartout der schreckliche Gedanke, dass sicherlich er an allem Unglück schuld sei! Warum hatte er Herrn Fogg die Wahrheit vorenthalten? Als Fix ihm seine Eigenschaft als Polizei-Agent und seinen Auftrag enthüllte, warum hatte er seinen Herrn nicht davon in Kenntnis gesetzt? Dieser hätte dann ohne Zweifel dem Fix Beweise seiner Unschuld vorgelegt, ihm seinen Irrtum nachgewiesen; jedenfalls hätte er nicht diesen verdammten Agenten auf eigene Kosten im eigenen Fahrzeug mitgenommen, dessen erste Sorge gewesen war, ihn im Augenblick, wo er den Fuß auf englischen Boden setzte, zu verhaften. Beim Gedanken an diese Fehler und Unvorsichtigkeiten empfand der arme Junge die peinlichsten Gewissensvorwürfe. Er weinte, wollte sich den Kopf zerschmettern!

Mrs. Aouda und er waren trotz der Kälte unter dem Säulengang des Zollhauses stehen geblieben. Sie wollten nicht von der Stelle weichen, wollten Herrn Fogg noch einmal sehen.

Dieser Gentleman war vollständig ruiniert, und zwar im Moment, wo er im Begriff war, sein Ziel zu erreichen. Durch diese Verhaftung war er unrettbar verloren. Da er am 21. Dezember zwanzig Minuten vor zwölf Uhr zu Liverpool ankam, so hatte er noch Zeit genug, sich bis acht Uhr fünfundvierzig Minuten in dem Reform-Club einzufinden, – also neun Stunden und fünfzehn Minuten, und er brauchte nur sechs zur Fahrt nach London.

Wer in diesem Augenblick in den Posten der Douane hätte dringen können, hätte Herrn Fogg unbeweglich auf einer Bank sitzen gesehen, ohne Zorn, in unverwüstlicher Ruhe. Ergeben in sein Schicksal konnte man ihn nicht nennen, aber dieser letzte Schlag konnte ihn doch nicht in Aufregung versetzen, so schien es wenigstens. Hatte sich in ihm eine stille Wut gebildet, die furchtbar ist, weil verhalten, und die erst im letzten Moment mit unwiderstehlicher Gewalt losbricht? Man weiß es nicht. Aber Phileas Fogg war da, ruhig wartend ... auf was? Hegte er noch Hoffnung? Glaubte er noch an ein Gelingen, als sich die Kerkertür vor ihm schloss?

Wie dem auch sein mag, Herr Fogg hatte sorgfältig seine Uhr auf einen Tisch gelegt, und sah der Bewegung ihrer Zeiger zu. Kein Wort entschlüpfte seinen Lippen, aber sein Blick war ganz besonders starr.

Jedenfalls war seine Lage fürchterlich. Wer nicht in seinem Gewissen lesen konnte, fasste sie so auf:

Ist Phileas Fogg ein ehrlicher Mann, so ist er ruiniert.

Ist er nicht ehrlich, so ist er gefangen.

Fasste er damals den Gedanken, sich zu retten? Dachte er daran zu suchen, ob ein passender Ausgang vorhanden? Sann er auf Flucht? Man konnte das wohl glauben, denn er untersuchte einmal ringsum sein Zimmer. Aber die Türe war fest verschlossen und das Fenster mit einem eisernen Gitter verwahrt. Er setzte sich also wieder hin und zog sein Reisebüchlein aus der Tasche. Auf der Zeile, wo die Worte standen:

»21. Dezember, Samstag, Liverpool«

fügte er bei:

»80. Tag, 11 Uhr 40 Vormittags«

und er wartete ab.

Es schlug Eins auf der Uhr des Zollhauses. Herr Fogg merkte sich, dass seine Uhr um zwei Minuten vor dieser voraus ging. Zwei Uhr! Angenommen, er steige eben in einen Eilzug, so konnte er noch vor acht Uhr fünfundvierzig Minuten Abends in dem Reform-Club zu London erscheinen. Seine Stirn zeigte leichte Falten ...

Um zwei Uhr dreiunddreißig Minuten hörte man außen ein Geräusch, einen Lärm geöffneter Türen. Man vernahm die Stimme Passepartouts, die Stimme Fix's.

Einen Augenblick glänzten Phileas Foggs Augen.

Die Türe öffnete sich, und Mrs. Aouda, Passepartout, Fix stürzten auf ihn zu.

Fix war außer Atem, seine Haare verwirrt ... er konnte nicht reden!

»Mein Herr, stammelte er, mein Herr ... Verzeihung ... eine beklagenswerte Ähnlichkeit ... Dieb verhaftet seit drei Tagen ... Sie ... frei! ...«

Phileas Fogg war frei! Er ging auf den Detektiv zu, blickte ihm scharf ins Angesicht und machte dann die einzige rasche Bewegung, die er je gemacht und je in seinem Leben machen sollte; er bog beide Arme rückwärts und schlug so genau wie ein Automat mit beiden Fäusten auf den unglückseligen Polizei-Agenten.

»Wohl getroffen!« rief Passepartout. »Wahrhaftig, das heißt englische Fäuste gut appliziert.«

Fix stürzte zu Boden, sprach kein Wort; es war ihm geschehen, was er verdiente. Aber Herr Fogg, Mrs. Aouda und Passepartout eilten aus dem Zollhaus, stürzten in einen Wagen und befanden sich in einigen Minuten auf dem Bahnhof.

Phileas Fogg fragte, ob ein Eilzug nach London abgehe ...

Es war zwei Uhr vierzig ... Vor fünfunddreißig Minuten war ein Expresszug abgefahren.

Darauf bestellte Phileas Fogg einen Extrazug.

Es befanden sich einige Lokomotiven da, welche für einen Schnellzug geheizt waren; aber aus Rücksicht auf Erfordernisse des Dienstes konnte der Extrazug vor drei Uhr nicht ablaufen.

Um drei Uhr also fuhr Phileas Fogg, nachdem er dem Maschinisten einige Worte von einer Prämie gesagt, in Begleitung der jungen Frau und seines treuen Dieners nach London ab.

In fünf und einer halben Stunde musste der Weg von Liverpool nach London zurückgelegt werden, was sehr leicht, wenn der Weg auf der ganzen Bahn frei ist. Aber es waren doch unvermeidliche Verzögerungen, und als der Gentleman auf dem Bahnhof ankam, schlug es acht Uhr fünfzig Minuten auf allen Uhren Londons.

Phileas Fogg hatte die Reise um die Erde zu Stande gebracht, kam aber – um fünf Minuten zu spät!

Die Wette war verloren.

FÜNFUNDDREIßIGSTES KAPITEL.

Passepartout lässt sich einen Auftrag nicht zweimal sagen.

Am folgenden Tag würden die Bewohner der Saville-Row sehr erstaunt gewesen sein, hätte man ihnen gesagt, Herr Fogg sei wieder heimgekehrt. Türen und Fenster waren sämtlich geschlossen; außen war nicht das Geringste verändert.

In der Tat war Phileas Fogg vom Bahnhof weg, nachdem er Passepartout beauftragt hatte, einige Lebensmittel zu kaufen, in sein Haus zurückgekehrt.

Dieser Gentleman nahm den Schlag, welcher ihn traf, mit gewohntem Gleichmuth auf. Ruiniert! und durch Schuld des unglückseligen Polizei-Agenten! Mit sicherem Schritt hatte er die ganze Reise gemacht, tausend Hindernisse beseitigt, tausend Gefahren getrotzt, hatte noch Zeit gefunden, unterwegs Wohltaten zu üben – und nun musste er im Hafen noch scheitern durch eine brutale Tat, welche er nicht voraussehen konnte, und gegen welche er entwaffnet war! Schreckliches Los! Von der ansehnlichen Summe, welche er bei der Abreise mitgenommen hatte, war ihm nur ein unbedeutender Rest geblieben. Sein Vermögen bestand nur noch aus den zwanzigtausend Pfund, welche bei den Gebrüdern Baring deponiert waren, und diese schuldete er seinen Kollegen vom Reform-Club. Nach den ungeheuren Ausgaben, welche er gemacht, hätte ihn diese Wette, wenn er sie gewonnen, allerdings nicht reicher gemacht, und vermutlich hatte er auch dabei nicht nach Bereicherung getrachtet, aber der Verlust dieser Wette ruinierte ihn gänzlich. Übrigens hatte der Gentleman seinen Entschluss auszuschließend; er wusste, was ihm zu tun übrig blieb.

Ein Zimmer im Hause der Saville-Row war für Mrs. Aouda vorbehalten. Die junge Frau war in Verzweiflung: sie hatte aus einigen Äußerungen des Herrn Fogg abgenommen, dass er etwas Unheilvolles im Sinne hatte.

Es ist bekannt, zu welchen beklagenswerten äußersten Schritten mitunter die Engländer, welche an einer fixen Idee leiden, fortgerissen werden. Daher überwachte auch Passepartout seinen Herrn, ohne dass man's merkte.

Aber vor allen Dingen war der brave Bursche in sein Zimmer gegangen und hatte die Gasflamme gelöscht, welche seit achtzig Tagen brannte. Es fand sich im Briefkasten eine Rechnung der Gasgesellschaft, und er musste diesen Kosten, welche er verschuldete, Einhalt tun.

Die Nacht verfloss, Herr Fogg war zu Bette gegangen, aber schlief er auch? Mrs. Aouda konnte nicht einen Augenblick Ruhe finden. Passepartout wachte wie ein treuer Hund an der Türe seines Herrn.

Am folgenden Morgen ließ ihn Herr Fogg kommen, und empfahl ihm in sehr knappen Worten, ein Frühstück für Mrs. Aouda zu bereiten; er werde sich mit einer Tasse Tee und einem Stück Braten begnügen. Mrs. Aouda möge ihn für seine Teilnahme am Frühstück und Diner entschuldigen, denn er sei vollauf mit Ordnung seiner Angelegenheiten beschäftigt. Er werde nicht hinunter kommen; nur am Abend werde er sich die Erlaubnis ausbitten, Mrs. Aouda einige Augenblicke zu sprechen.

Passepartout hatte sich diesem Tagesprogramm nur zu fügen. Er sah seinen Herrn an, der fortwährend keine Gemütsbewegung erkennen ließ, und konnte sich nicht entschließen, sein Zimmer zu verlassen. Es schwoll ihm sein Herz, sein Gewissen war von Vorwürfen gepeinigt, denn mehr wie je maß er sich die Schuld des unverbesserlichen Unheils zu. Ja! hätte er Herrn Fogg gewarnt, hätte ihm des Agenten Fix Pläne enthüllt, so hätte derselbe sicherlich nicht den letzteren mit sich herumgeschleppt, um dann ...

Passepartout konnte sich nicht mehr zurückhalten.

»Mein Herr! Herr Fogg! rief er, fluchen Sie mir. Ich bin schuld, dass ...

– Ich klage Niemand an, erwiderte Phileas Fogg im ruhigsten Ton. Gehen Sie.«

Passepartout verließ das Zimmer und suchte die junge Frau auf, teilte ihr die Absicht seines Herrn mit.

»Madame, fügte er bei, ich vermag nichts durch mich selber, nichts! Ich habe auf den Geist meines Herrn gar keinen Einfluss. Sie vielleicht ...

– Was sollte ich für Einfluss üben, erwiderte Mrs. Aouda, Herr Fogg gestattet gar keinen! Hat er jemals begriffen, dass meine Dankbarkeit gegen ihn grenzenlos ist? Hat er jemals in meinem Herzen gelesen? ... Mein Freund, Sie dürfen ihn nicht einen Augenblick verlassen. Sie sagten, er habe die Absicht zu erkennen gegeben, mich diesen Abend zu sprechen?

– Ja, Madame. Es handelt sich ohne Zweifel darum, Ihre Lage in England zu sichern.

– Warten wir«, erwiderte die junge Frau, die ganz nachdenklich wurde.

Also war während dieses Sonntags das Haus der Saville-Row wie unbewohnt und zum ersten Mal, seit Phileas Fogg dasselbe bewohnte, ging er nicht in seinen Club, als es auf der Turmuhr des Parlaments halb Zwölf schlug.

Und weshalb hätte der Gentleman in den Reform-Club gehen sollen? Seine Kollegen erwarteten ihn da nicht mehr. Weil abends zuvor, an dem verhängnisvollen Samstag, 21. Dezember, Phileas Fogg nicht um acht Uhr fünfundvierzig im Salon des Reform-Clubs erschienen war, hatte er seine Wette verloren. Es war nicht einmal auszuschweißender, dass er zu seinem Bankier ging, um die zwanzigtausend Pfund zu holen. Seine Gegner hatten eine von ihm unterzeichnete Anweisung in Händen, und es war bei den Gebrüdern Baring nur ein Schriftzug auszuschweißender, um die zwanzigtausend Pfund auf ihr Konto überzutragen.

Herr Fogg brauchte also nicht auszugehen, und er ging auch nicht aus. Er blieb auf seinem Zimmer und ordnete seine Angelegenheiten. Passepartout nur ging unaufhörlich die Treppen des Hauses auf und ab. Es gab für den armen Jungen weder Zeit noch Stunde mehr. Er horchte an der Türe seines Herrn, und dachte dabei nicht im Mindesten unrecht zu tun; er sah durch das Schlüsselloch, und meinte ein Recht dazu zu haben: er fürchtete jeden Augenblick eine Katastrophe. Manchmal dachte er an Fix, aber seine Gedanken hatten schon umgeschlagen; er grollte dem Polizei-Agenten nicht mehr. Fix hatte sich, wie Jedermann, in Hinsicht Phileas Foggs geirrt, und indem er ihm nachschlich, ihn verhaftete, tat er nur seine Schuldigkeit, während er ... Dieser Gedanke drückte ihn zu Boden, und er hielt sich für den allerelendesten Menschen.

Wenn sich endlich Passepartout in seinem Alleinsein zu unglücklich fühlte, klopfte er an Mrs. Aouda's Türe, trat in ihr Zimmer, setzte sich, ohne ein Wort zu sagen, in eine Ecke und sah die junge Frau an, die stets gedankenvoll war.

Gegen halb acht Uhr Abends ließ Herr Fogg bei Mrs. Aouda anfragen, ob sie ihn empfangen könne, und nach einer kleinen Weile befand er sich mit derselben allein in ihrem Gemach.

Phileas Fogg nahm einen Stuhl und setzte sich neben dem Kamin der Mrs. Aouda gegenüber. Seine Gesichtszüge zeigten gar keine Gemütsbewegung. Fogg war bei seiner Rückkehr gerade wie bei seiner Abfahrt, ebenso ruhig, ebenso rührungslos.

Fünf Minuten sprach er kein Wort. Nachher blickte er Mrs. Aouda ins Angesicht und sprach:

»Madame, werden Sie mir verzeihen, dass ich Sie nach England mitgenommen habe?

– Ich, Herr Fogg! ... erwiderte Mrs. Aouda, ihr Herzklopfen unterdrückend.

– Haben Sie die Güte, mich ausreden zu lassen, fuhr Herr Fogg fort. Als ich den Gedanken hatte, Sie von dem Lande, das für Sie so gefahrvoll war, weit wegzuführen, war ich reich, und ich konnte darauf rechnen, einen Teil meines Vermögens zu Ihrer Verfügung zu stellen. Sie hätten hier ein glückliches und freies Leben führen können. Jetzt bin ich ruiniert.

– Ich weiß es, Herr Fogg, erwiderte die junge Frau, und ich frage Sie meinerseits: Werden Sie mir verzeihen, dass ich Sie begleitet, und, wer weiß, vielleicht durch Verzögerung zu Ihrem Ruin beigetragen habe?

– Madame, in Indien konnten Sie nicht bleiben, und Ihre Rettung war nur dann gesichert, wenn Sie weit genug entfernt waren, dass jene Fanatiker Sie nicht wieder in ihre Hand bekamen.

– Also, Herr Fogg, fuhr Mrs. Aouda fort, nicht zufrieden, mich von einem schrecklichen Tode zu retten, hielten Sie sich auch für verpflichtet, meine Lage im Ausland zu sichern?

– Ja, Madame, erwiderte Fogg, aber die Ereignisse sind gegen mich gewesen. Doch bitte ich mir zu gestatten, dass ich mit dem Wenigen, was mir bleibt, zu Ihren Gunsten verfüge.

– Aber, Herr Fogg, was soll aus Ihnen werden? fragte Mrs. Aouda.

– Ich, Madame, erwiderte kaltblütig der Gentleman, bedarf nichts mehr.

– Aber, mein Herr, wie sehen Sie denn das Ihnen bevorstehende Los an?

– So wie es sein muss, erwiderte Herr Fogg.

– Jedenfalls, erwiderte Mrs. Aouda, dürfte ein Mann wie Sie nicht Mangel leiden. Ihre Freunde ...

– Ich habe keine Freunde.

– Ihre Verwandten ...

– Ich habe keine Verwandten mehr.

– Dann sind Sie zu beklagen, Herr Fogg, denn Vereinsamung ist ein trauriges Los. Wie? kein Herz, um Ihren Kummer in dasselbe auszuschütten. Doch sagt man, für zwei Seelen sei selbst das Unglück noch erträglich!

– Man sagt es, Madame.

– Herr Fogg, sagte darauf Mrs. Aouda, indem sie aufstand und dem Gentleman ihre Hand reichte, wollen Sie eine Verwandte und Freundin zugleich! Wollen Sie mich zur Frau?«

Bei diesen Worten stand auch Herr Fogg auf. Seine Augen erglänzten in ungewohntem Widerschein, seine Lippen schienen zu zittern. Er sah Mrs. Aouda ins Angesicht. Die Offenheit, Geradheit, Festigkeit und Sanftmut dieses schönen Blickes einer edlen Frau, die Alles wagt, um den zu retten, welchem Sie Alles verdankt, machten ihn bestürzt, durchdrangen ihn. Er schloss einen Augenblick die Augen, als wolle er vermeiden, dass dieser Blick tiefer eindringe ... Als er sie wieder öffnete, sprach er einfach:

»Ich liebe Sie! Ja, wahrhaftig, bei allem Heiligsten, was es gibt auf der Welt, ich liebe Sie, gehöre ganz Ihnen an!

– Ah! ...« rief Mrs. Aouda aus, die Hand auf dem Herzen. Auf den Ton der Glocke erschien Passepartout, während Herr Fogg noch die Hand der Mrs. Aouda in der seinigen hielt. Passepartout begriff, wie es stand, und sein Angesicht strahlte gleich der Sonne im Zenit der Tropengegenden.

Herr Fogg fragte ihn, ob es nicht zu spät wäre, Se. Ehrwürden, Samuel Wilson, den Pastor von Mary-le-Bone zu rufen.

Passepartout sprach mit herzlichem Lachen: »Niemals zu spät.« Es war erst acht Uhr fünf Minuten.

»Für morgen, Montag! sagte er.

– Für morgen Montag? fragte Herr Fogg und blickte die junge Frau an.

– Für morgen, Montag!« erwiderte Mrs. Aouda.

Passepartout lief spornstreichs fort.

SECHSUNDDREISSIGSTES KAPITEL.

Phileas Fogg steigt abermals auf dem Geldmarkt.

Nun ist's Zeit, des Umschlags der öffentlichen Meinung zu gedenken, welche im Vereinigten Königreich stattfand, als die Verhaftung des wirklichen Bankdiebs – eines gewissen James Strand – die am 17. Dezember vorfiel, bekannt wurde.

Drei Tage zuvor war Phileas Fogg ein Verbrecher, dem die Polizei aufs äußerste nachspürte, und jetzt der ehrenhafteste Gentleman, der seine exzentrische Reise um die Erde mit mathematischer Genauigkeit ausführte.

Was für ein Lärm, welche Wirkung in den Journalen!

Alle Wetten für und wider, die bereits vergessen waren, wachten wie auf einen Zauberschlag wieder auf. Alle Verträge gewannen wieder Geltung, alle Verbindlichkeiten lebten wieder auf, und, es ist nicht zu verhehlen, das Wetten begann wieder mit neuer Energie. Der Name Phileas Fogg gewann auf dem Platz abermals Prämien.

Die fünf Kollegen des Gentlemans im Reformclub brachten diese drei Tage in einiger Unruhe hin. Dieser Phileas Fogg, welchen sie bereits vergessen hatten, erschien wieder vor ihren Augen! Wo befand er sich wohl in diesem Augenblick. Am 17. Dezember, – dem Tag der Verhaftung James Strand's – waren es sechsundsiebzig Tage, dass Phileas Fogg abgereist war, und noch keine Nachricht von ihm!

War er unterlegen? Hatte er den Wettkampf aufgegeben, oder setzte er seinen Weg dem Reiseprogramm gemäß fort? Und am Samstag, den 21. Dezember um acht Uhr fünfundvierzig Minuten Abends, sollte er, wie ein Gott der Genauigkeit, auf der Schwelle des Reformclubsalons erscheinen?

Die Spannung, worin drei Tage lang dieser ganze Teil der englischen Gesellschaft schwebte, lässt sich nicht schildern. Man entsendete Depeschen nach Amerika, nach Asien, um über Phileas Fogg Nachricht zu erhalten! Man schickte morgens und abends in Saville-Row, das Haus des Gentlemans zu beobachten ... Nichts. Selbst die Polizei wusste nicht, was aus ihrem Detektiv Fix geworden war, welchen sie so unglückseliger Weise auf falsche Spur geschickt hatte. Demungeachtet erneuten sich die Wetten in höherem Maßstab. Phileas Fogg glich einem Rennpferd, das nun bei der letzten Wendung ankam. Man notierte ihn nicht mehr zu hundert, sondern zu zwanzig, zu zehn, zu fünf, und der alte, gelähmte Lord Albemarle nahm es selbst *al pari*.

Daher war auch am Samstag Abend in Pall-Mall und den nächsten Straßen großes Gedränge, an den Eingängen zum Reformclub standen die Mäkler wie in Permanenz, und man rief die Kurse des Phileas Fogg aus, als wie die der englischen Fonds. Die Polizei vermochte kaum die Menge in Ruhe zu halten, und je näher die Stunde kam, da Phileas Fogg ankommen musste, umso höher stieg die Aufregung.

An diesem Abend waren die fünf Kollegen des Gentlemans seit acht Uhr im großen Salon des Reformclub versammelt. Die beiden Bankiers, John Sullivan und Samuel Fallentin, der Ingenieur Andrew Stuart, Walther Ralph, Administrator der Englischen Bank, der Brauer Thomas Flanagan, alle waren in gespannter Erwartung.

Als die Uhr des großen Saales acht Uhr fünfundzwanzig Minuten zeigte, stand Andrew Stuart auf und sprach:

»Meine Herren, in zwanzig Minuten wird die Frist, welche wir mit Herrn Phileas Fogg ausgemacht haben, abgelaufen sein.

– Um wie viel Uhr ist der letzte Zug von Liverpool angekommen? fragte Thomas Flanagan.

– Um sieben Uhr dreiundzwanzig Minuten, erwiderte Walther Ralph, und der folgende Zug wird erst zehn Minuten nach zwölf eintreffen.

– Nun, meine Herren, fuhr Andrew Stuart fort, wenn Phileas Fogg um sieben Uhr dreiundzwanzig Minuten angekommen wäre, so wäre er bereits hier. Wir können also die Wette schon als gewonnen ansehen.

– Warten wir noch und sprechen uns nicht aus, erwiderte Samuel Fallentin. Sie wissen, dass unser College im höchsten Grad exzentrisch ist. Seine Pünktlichkeit in Allem ist uns bekannt. Niemals kommt er zu spät, aber auch nicht zu früh, und es wäre möglich, dass er in der letzten Minute sich hier einfände, was mich gar nicht wundern würde.

– Und ich, sagte Andrew Stuart, der, wie stets, sehr nervös war, ich würde, wenn ich ihn sähe, doch nicht daran glauben.

– Wirklich, versetzte Thomas Flanagan, Phileas Foggs Unternehmen war unsinnig. So pünktlich er auch sein mochte, er konnte unvermeidliche Verspätungen nicht hindern, und eine Verspätung von nur zwei oder drei Tagen reichte hin, seine Reise zu vereiteln.

– Bemerken Sie übrigens, fügte John Sullivan bei, dass wir gar keine Nachricht von unserem Kollegen erhalten haben, und doch fehlte es auf seinem Wege nicht an Telegraphen.

– Er hat verloren, meine Herren, fuhr Andrew Stuart fort, hundertmal verloren! Sie wissen übrigens, dass das Paketboot China aus New-York, das einzige, mit welchem er zeitig genug in Liverpool eintreffen konnte, gestern hier angekommen ist. Nun sehen Sie die Passagierliste an, welche die ›Shipping Gazette‹ veröffentlicht, und der Name Phileas Fogg kommt auf derselben nicht vor. Nehmen wir die allergünstigsten Umstände an, so ist unser College kaum in Amerika! Ich schätze, dass er wenigstens um zwanzig Tage zu spät kommen wird, und der alte Lord Albermale wird ebenfalls seine fünftausend verlieren!

– Das liegt auf der Hand, erwiderte Walther Ralph, und wir brauchen morgen nur die Anweisung des Herrn Fogg den Gebr. Baring vorzulegen.«

In dem Augenblick schlug die Saaluhr acht Uhr vierzig Minuten.

»Noch fünf Minuten«, sagte Andrew Stuart.

Die fünf Kollegen sahen sich einander an. Es ist wohl glaublich, dass ihre Pulse ein wenig schneller schlugen, denn schließlich war die Partie, selbst für gute Spieler, stark! Aber sie wollten es nicht merken lassen, denn auf Samuel Fallentin's Vorschlag nahmen sie an einem Spieltisch Platz.

»Ich gäbe mein Anteil von viertausend Pfund nicht *al pari*, sagte Andrew Stuart, indem er sich setzte, wenn man mir auch dreihundertneunundneunzig böte!«

Der Zeiger wies in diesem Augenblick acht Uhr zweiundvierzig Minuten.

Die Spieler hatten die Karten in die Hand genommen, aber ihre Blicke waren jeden Augenblick auf die Uhr gerichtet. So sicher sie der Sache waren, so schienen doch die Minuten ihnen sehr lang!

»Acht Uhr dreiundvierzig«, sagte Thomas Flanagan, indem er die Karten abhob, die Walther Ralph ihm darreichte.

Darauf herrschte einen Augenblick Stille im weiten Clubsaal. Aber draußen hörte man Lärm und Getöse der Menge, und zwischendurch helles Schreien. Der Uhrenschwengel schlug mathematisch regelmäßig die Sekunden. Jeder Spieler konnte die Sechzigteile zählen, welche zu seinem Ohr gelangten.

»Acht Uhr vierundvierzig Minuten!« sagte John Sullivan mit einem Ton, der unwillkürliche Gemütserregung verriet.

Nur noch eine Minute und die Wette war gewonnen. Andrew Stuart und seine Kollegen ließen ihr Spiel: sie hatten die Karten bei Seite gelegt, und zählten die Sekunden.

In der zweiundvierzigsten Sekunde, nichts, in der fünfzigsten, noch nichts!

In der fünfundfünfzigsten Sekunde hörte man draußen ein donnerähnliches Getöse, Beifallklatschen, Hurras, selbst Flüche, die sich rollend weiter verbreiteten.

Die Spieler standen auf.

In der siebenundfünfzigsten Sekunde öffneten sich die Salontüren und der Schwengel hatte noch nicht die sechzigste Sekunde hören lassen, als Phileas Fogg erschien, gefolgt von einer wahnsinnigen Menge, welche den Eingang in den Club erstürmt hatte, und mit seiner gelassenen Stimme sprach:

»Hier bin ich, meine Herren!«

SIEBENUNDDREIßIGSTES KAPITEL.

Beweis, dass Phileas Fogg durch seine Reise um die Erde nichts gewann, außer sein häusliches Glück.

Ja! Phileas Fogg persönlich.

Wir erinnern uns, dass Passepartout um acht Uhr fünf Minuten Abends, – fünfundzwanzig Stunden etwa nach Ankunft der Reisenden zu London, – von seinem Herrn den Auftrag erhalten hatte, Se. Ehrwürden, den Herrn Samuel Wilson, in Betreff einer gewissen Heirat, welche den folgenden Tag geschlossen werden sollte, zu ersuchen.

Passepartout war voll Freude raschen Schrittes in die Wohnung Sr. Ehrwürden gegangen, der noch nicht nach Hause gekommen war. Natürlich wartete Passepartout, und zwar zwanzig Minuten wenigstens.

Kurz, als er aus der Wohnung des geistlichen Herrn herauskam, war es acht Uhr fünfunddreißig Minuten. Und er lief über Hals und Kopf, wie man noch nie einen Mann laufen sah, warf wie eine Trombe auf den Trottoirs die Begegnenden zu Boden, und war in drei Minuten wieder im Hause der Saville-Row, wo er atemlos in Foggs Zimmer stürzte.

Reden konnte er nicht.

»Was gibt's?« fragte Herr Fogg.

– »Mein Herr ... stotterte Passepartout ... Heirat ... unmöglich.

– Unmöglich?

– Unmöglich ... für morgen.

– Weshalb?

– Weil morgen ... Sonntag ist!

– Montag, erwiderte Herr Fogg.

– Nein ... heute ... Samstag.

– Samstag? Unmöglich!

– Ja, ja, ja! rief Passepartout. Sie haben sich um einen Tag geirrt! Wir sind vierundzwanzig Stunden früher angekommen, aber es ist nur noch zehn Minuten Zeit! ...«

– Passepartout fasste seinen Herrn beim Kragen, und riss ihn mit unwiderstehlicher Kraft fort!

Also verließ Herr Fogg, ohne Zeit zum Besinnen zu haben, sein Zimmer, sein Haus, sprang in einen Cab, versprach dem Kutscher hundert Pfund, und langte, nachdem er zwei Hunde totgefahren und fünf Wagen aufgehalten, im Reformclub an.

Die Uhr stand auf acht Uhr fünfundvierzig Minuten, als er im großen Saal eintrat ...

Phileas Fogg hatte die Reise um die Erde in achtzig Tagen vollendet und damit seine Wette von zwanzigtausend Pfund gewonnen!

Und jetzt, wie konnte es einem so pünktlichen, so methodischen Manne begegnen, dass er sich um einen Tag irrte? Wie war es möglich, dass er meinte, es sei Samstag, der 21. Dezember, als er zu London ausstieg, da es doch erst Freitag, der 20. Dezember, war, der neunundsiebzigste Tag seit seiner Abfahrt?

Die Ursache ist sehr einfach.

Phileas Fogg hatte »ohne es zu ahnen«, einen Tag über sein Reisebüchlein hinaus gewonnen, – und zwar aus dem einzigen Grund, weil er die Reise um die Erde ostwärts gemacht hatte; und er würde ebenso, wäre er westwärts gereist, einen eingebüßt haben.

Die Tatsache ist, dass Phileas Fogg ostwärts der Sonne entgegen reiste, und folglich die Tage für ihn bei jedem Grad, welchen er in dieser Richtung vorwärts kam, um vier Minuten kürzer waren. Nun zählt man rings um die Erde dreihundertundsechzig Grade, welche Zahl mit vier Minuten multipliziert gerade vierundzwanzig Stunden gibt, – so dass also unbewusst dieser Tag gewonnen war. Mit andern Worten, während Phileas Fogg bei seiner östlichen Richtung die Sonne achtzigmal über den Meridian gehen sah, war dies bei seinen Kollegen, die zu London geblieben waren, nur neunundsiebzigmal der Fall. Daher kam es, dass dieselben ihn an diesem Tage, welcher Samstag und nicht wie Herr Fogg meinte, Sonntag war, im Reformclubsaal auf ihn warteten.

Und dieses würde die famose Uhr Passepartouts – welcher sie immer bei der Londoner Zeit gelassen hatte – nachgewiesen haben, wenn sie, wie die Stunden und Minuten, zugleich auch die Tage angegeben hätte.

Phileas Fogg hatte also die zwanzigtausend Pfund gewonnen. Aber da er unterwegs etwa neunzehntausend davon ausgegeben hatte, so war das Ergebnis an Geld unbeträchtlich. Doch hatte, sagte man, der exzentrische Gentleman bei dieser Wette nur den Streit im Sinne, nicht das Vermögen. Und sogar die übriggebliebenen tausend Pfund teilte er zwischen dem wackeren Passepartout und dem unglückseligen Fix, dem er nicht zu grollen fähig war. Nur, und zwar der Regelmäßigkeit wegen, zog er seinem Diener den Preis des durch seine Schuld während der neunzehnhundertundzwanzig Stunden verbrauchten Gases ab.

Diesen nämlichen Abend sagte Herr Fogg, ebenso leidenschaftslos, ebenso phlegmatisch zu Mrs. Aouda:

»Sind Sie, Madame, mit der Heirat immer noch zufrieden?

– Herr Fogg, erwiderte Mrs. Aouda, diese Frage habe ich an Sie zu richten. Sie waren ruiniert, jetzt sind Sie reich ...

– Entschuldigen Sie, Madame, dieses Vermögen gehört Ihnen. Hätten Sie nicht den Gedanken dieser Heirat vorgebracht, so wäre mein Diener nicht zu dem geistlichen Herrn gelaufen, und ich wäre meinen Irrtum nicht gewahr worden, und ...

– Lieber Herr Fogg ... sagte die junge Frau.

– Liebe Aouda ...« erwiderte Phileas Fogg.

Es versteht sich, dass die Heirat nun achtundvierzig Stunden später stattfand, wobei Passepartout, stolz, glänzend, blendend, der jungen Frau Zeuge war. Gebührte nicht ihm, der sie auf seinen Schultern gerettet hatte, diese Ehre?

Nur klopfte am folgenden Morgen bei Tagesanbruch Passepartout laut an die Türe seines Herrn.

Die Türe öffnete sich, und der leidenschaftslose Gentleman erschien.

»Was gibt's, Passepartout?

– Was es gibt, mein Herr! Soeben habe ich gemerkt ...

– Was denn?

– Dass wir die Reise um die Erde in nur achtundsiebzig Tagen hätten fertig bringen können.

– Allerdings, erwiderte Herr Fogg, wenn wir nicht durch Indien gefahren wären. Aber hätten wir nicht diesen Weg genommen, so hätte ich nicht Mrs. Aouda retten können, und dann wäre sie nicht meine Frau, und ...«

Und Herr Fogg schloss in aller Seelenruhe die Türe. So hatte also Phileas Fogg seine Wette gewonnen, denn er hatte die Reise um die Erde in achtzig Tagen gemacht! Zu diesem Zweck hatte er alle Arten von Transportmitteln gebraucht, Paketboote, Eisenbahnen, Wagen, Yachten, Handelsfahrzeuge, Schlitten, Elefanten. Der exzentrische Gentleman hatte dabei seine Kaltblütigkeit und Pünktlichkeit in erstaunlichem Grade aufgeboten. Dann aber, was hatte er dabei gewonnen? Was hatte ihm die Reise eingetragen?

Nichts, sagt man wohl? Nichts, ich gebe es zu, außer eine liebenswürdige, reizvolle Frau, die – so unwahrscheinlich dies vorkommen mag – ihn zum glücklichsten Menschen machte!

Wahrlich, würde man nicht die Reise um die Erde auch um ein geringeres Ziel vornehmen?

.

www.ingramcontent.com/pod-product-compliance
Lightning Source LLC
Chambersburg PA
CBHW051433170626
46809CB00006B/2449